战局篇

王强◎著

北京燕山出版社
BEIJING YANSHAN PRESS

图书在版编目（CIP）数据

圈套. 战局篇 / 王强著. — 北京：北京燕山出版社，2018.5

ISBN 978-7-5402-5105-5

Ⅰ. ①圈… Ⅱ. ①王… Ⅲ. ①长篇小说－中国－当代 Ⅳ. ①I247.5

中国版本图书馆CIP数据核字（2018）第080049号

圈套. 战局篇

著　　者：王　强
责任编辑：李瑞芳　刘朝霞
封面设计：仙　境
出版发行：北京燕山出版社有限公司
社　　址：北京市丰台区东铁匠营苇子坑路138号
邮　　编：100079
电话传真：86-10-65240430（总编室）
印　　刷：北京嘉业印刷厂
开　　本：700×980　1/16
字　　数：237千字
印　　张：16
版　　别：2018年7月北京第1版
印　　次：2018年7月北京第1次印刷
书　　号：ISBN 978-7-5402-5105-5
定　　价：42.00元

目录 CONTENTS

惊天逆转

车刚从光华路的路口拐上东三环，洪钧就知道糟了。东三环上自南向北的车道已经被堵成了停车场，半个小时之内无论如何是赶不到机场了。

司机小丁刚刚抓住车流中的一个空当，把车并到了里面的车道，就扭过头对洪钧说："老板，看样子够呛啊，没准这次得让您的老板等咱们了。"

洪钧坐在后座上没说话，如何尽快赶到机场是小丁的事，他正有些懊恼地想着自己的事：刚才真不该去吃Linda的"快餐"。

洪钧做销售已经做了十多年，在现在的这家ICE公司做销售总监也已经将近三年，他很喜欢这家美国的软件公司，他感觉ICE让他有一种成就感，最近这些天他的成就感正经历着极大的满足。合智集团这个客户，终于要被盼来了，一百七十万美元的软件合同就要瓜熟蒂落了！ICE公司在中国还从来没有签过这么大的合同，在洪钧印象里这么大的合同在整个亚太区也是凤毛麟角。但是，洪钧心里清楚，他现在所体会到的这种成就感的巨大满足，并非只是因为合智集团这个合同。洪钧做了这么多年的销售，经历了太多的输赢，早已经在感觉上"疲"了、"淡"了，单单赢得一个合同并不会让他多么兴奋。而真正让洪钧有些按捺不住的是：他终于要被"扶正"了。

洪钧代理ICE中国区的首席代表已经将近一年，从最初的兴奋到想尽快做出成绩的急切，到最近已经开始变得有些焦虑了。每次都听说要把"代理"二字抹掉，每次又都只是风声而已，一吹而过。但这次不同，这次他是真要被“扶正”了。

洪钧的老板，ICE主管亚太区业务的副总裁皮特·布兰森就要到北京了。明天，就在明天，一切都已经安排就绪，首先是ICE和合智集团的正式签约仪式，然后就是皮特和洪钧一起出席一个新闻发布会，向媒体和业界宣布正式任命洪钧为ICE中国代表处的首席代表。

洪钧这些天一直在想合智的项目，总觉得在他脑海里有一个声音：“太顺了吧，会不会是……”以往每到项目的这种最后关头，洪钧常会听到脑子里的那个声音，只是这次的声音格外强烈，而且更急迫。洪钧已经把合智这个项目从头到尾捋了很多遍，他想不出有什么破绽，也想不出自己有什么遗漏掉的细节。他只好安慰自己，人就是这样，一直盼着愿望实现，可是当愿望真要实现的时候，又会想：“真有这么好的事情吗？”然后强迫自己找出可能导致愿望终会落空的理由。

就在刚才，快到中午的时候，洪钧又在自己的办公室里听到了那个声音，他只好再一次陷入了苦思冥想，难道合智的项目真是万无一失了吗？忽然，他隔着落地玻璃上百叶窗帘间的缝隙，看见Linda熟悉的身影在外面大办公区的走廊上像云彩一样一掠而过，接着，就传来了轻轻的敲门声。

洪钧刚说了个“请”字，“进”字还没有出口，Linda已经推开门进来了，随手在身后把门掩上。Linda笑着，凑到洪钧的大班台前，摆弄着大班台上放着的名片架，问洪钧：“一个人干吗呢？都快吃饭了。”

洪钧随口说：“没什么，想点事情。”

Linda的眼角和嘴角都翘翘的，说：“那还不如想我呢。想好中午怎么安排了吗？”

洪钧心不在焉地回答：“能有什么安排？等一下就该去接皮特了。”的确，洪钧今天的头等大事就是去机场接皮特。

Linda笑了，说：“那还早着呢。哪能一直这么等着呀？要不，咱们现在去你家吧。”

洪钧一愣，看着Linda，她的别出心裁总能让洪钧获得新奇的体验。Linda脸上露出一丝诡秘的神情，柔柔地说：“想你了嘛。我想犒劳你一下，你想不想要？”

洪钧脑子里又响起了那个奇怪的声音，怎么也挥之不去。洪钧觉得自己不能再这样下去了，他需要彻底地放松。洪钧坐在自己的高背皮椅上，随着皮椅微微地左右摆动着，右手无意识地拨弄着大班台上黑色的IBM笔记本电脑的鼠标，他看着Linda的脸，Linda眼里的神情让他立刻忘掉了那个声音，他点了点头。

洪钧等Linda走出了办公室，一边站起身来收拾东西，一边拿起桌上的电话拨了司机小丁的手机号码，听到接通了就对小丁说："丁啊，是我。我得回家拿些东西，你在楼下等我。"

洪钧住在东三环和东四环之间，这是几幢落成不到一年的高档公寓。洪钧自己有时候也想不明白当初为什么买了这套四房两厅两卫的房子，反正就是典型的"炒房炒成了房东"，而且他这个房东同时又是唯一的房客，结果一个人在里面住着感觉很是别扭。他有时候分析，认为自己以闪电般的速度和Linda好上就是这套大房子惹的祸。有时候他自己也会想得糊涂了，究竟是自己把Linda勾上了手，还是自己被Linda钓上了钩。

洪钧从床边走到落地窗前，看着外面的景色。八月的北京，简直就是一个火炉，盼了好多天的雨，一直像是在和人们逗着玩儿。每次好不容易终于盼来了黑云压城，一派山雨欲来风满楼的样子，可是老天爷好像和所有洗车铺的老板是亲戚一样，每次都只洒下那么一阵雨点儿，除了把车身打上一层泥点，什么效果也没有。有的时候更干脆，风吹得稍微大了些，把自己刚送来的云彩又给刮得无影无踪了，连那层泥点都没留下。

夏天盼雨，就像洪钧以往盼着客户和他签合同一样。这客户也像是雨，一直盼着它来，也好几次都好像是真要来了，却又没了消息。还好，合智集团这个客户终于真的来了，绝不会再被什么风给刮跑了。洪钧脑子里又闪过那个念头，不会最后关头再出什么变故吧？他立刻烦躁起来，Linda作为迷幻剂的效用现在已经越来越差了，只能让他片刻逃离那种不安和焦虑。

洪钧听到身后有动静，回头一看，Linda已经从床上下来，走到沙发上去拿她的内衣，洪钧就问："急什么？"

Linda抱着衣服回到床边，一边穿着一边说："您是老大，天高皇帝远，谁能管你？可我是小白领，得回去上班呀，下午还有个例会呢，不然你请来的那个

Susan又要找我麻烦。”

洪钧已经有些厌烦了Linda对Susan的抱怨，懒懒地说：“Susan是市场部经理，做市场的就你们两个人还闹别扭，你们女人就是同性相斥。”Linda噘了嘴不作声。

洪钧忽然想起了什么，问道：“你有没有想过换个工作？”

Linda立刻眼睛一亮，穿衣服的动作也下意识地停了下来，反问道：“我把Susan替掉？怎么不想啊？Susan什么本事都没有，真不知道你当初怎么面试她的。”

洪钧听了哭笑不得，他也顾不上会不会让Linda觉得尴尬，就说：“我不是指这个，我觉得，咱俩现在这样，你还留在ICE不太好。”

Linda像是被一棒子打蒙了，愣在那里，脸也一下子红了，过了一会儿她才委屈地说：“凭什么呀？你没结婚我没嫁人，为什么我不能留在ICE？刚开始的时候你还不许我用公司的电邮给你发私信呢，可现在你自己在电邮里什么都敢写。”

洪钧只好连哄带解释：“那不一样啊，当初我是不想让其他人知道，如今反正大家已经都知道了，再想保密也就没什么意义。但是正因为现在大家都知道了，我才觉得你最好换家公司。”

Linda反驳说：“这是什么道理呀？难道一个公司里就不能有一男一女在一起的吗？人家还有开夫妻店的呢。”

洪钧一下子被她逗乐了，笑着说：“你这话算说到点子上了，外企最怕的就是有人开夫妻店。像皮特他们这些老外最不希望在我这儿发生办公室恋情，等我当上正式的首席代表以后，他们肯定对这些更敏感。”Linda气呼呼地坐在床沿上，一声不吭。洪钧便接着说，“咱们就拿Susan来说吧，她是你老板，我又是她老板，她夹在你和我中间，肯定觉得难受，这样在一起共事大家都会觉得别扭。”然后，他口气一转，说，“不过这事不急，我只是说咱们应该从现在开始留意，如果有好的公司你就不用非留在ICE不可，我也会想办法帮你找合适的机会。”

Linda听洪钧这么说，脸色才平和下来，白了洪钧一眼，说：“这还差不多……”

洪钧好像又进入了一种状态，他确信自己肯定忘记了什么，但就是怎么想也想不起来究竟忘记的是什么，他知道这种时候不能再硬想下去的，否则简直会发疯。他离开落地窗，自言自语地说：“我怎么好像有什么事？可就是想不起来了。”

Linda转过身，冲洪钧笑着说："别想了，就想着我，你是老大，我是老大的老婆。"

洪钧豁然开朗，他想起来了，双手使劲拍了一下说："老大？！我的老大要到了！就是这个想不起来了。"洪钧开始忙不迭地穿衣服。

Linda也在往身上套着裙子，嘴里问："皮特是要来了，这么大的事你会忘？"

"当然不是忘了这个，是我得回公司取些东西。我原想从家直接去机场接他的，这才想起来，我要给他看的文件都放在公司了。现在得先回公司再去机场，搞不好就要来不及了。"

Linda一听就笑了："真逗，那急什么，接他进了公司再看呗，今天来不及明天再看不一样？"

洪钧已经松弛了一些，一边打着领带一边解释："你不懂了吧？这个皮特有个毛病，好像非要把分分秒秒都利用上似的，从机场接上他，就得在路上给他做简报，而且不能凭空谈，必须拿着文件什么的指指点点才像个样子，所以我每次接他送他都得拿些书面文件对付他。"

Linda已经穿戴好，过来搂着洪钧的腰说："我算知道你是凭什么爬得这么快了。你说，你是宁肯接老板的时候迟到好呢，还是宁肯忘带文件好呢？"

洪钧把Linda推开，一边拿起手机给小丁拨电话，一边不耐烦地说："当然是宁可迟到。迟到了还可以赖到堵车上面，自己忘带文件可没的解释。"

Linda露出一脸坏相，说："要不要我跟小丁说，就说咱俩刚'那个'完了，他可以来接你了？"

洪钧坐在桑塔纳2000的后座上，心不在焉地翻着刚回公司取来准备应付皮特的文件，觉得有些头晕脑涨、腰酸腿疼。"真是一次不如一次！"洪钧在脑子里总结着刚才和Linda那次短暂的"交火"，看来随叫随到的"快餐"的确不如精心烹制的"大餐"。洪钧在饮食上的确以吃大餐为主，因为他很少有一个人吃饭的时候，但凡一起吃饭的客户、合作伙伴或者下属都不会让他用快餐便饭轻易打发的。相反，在女人上，洪钧一直是吃这种"快餐"，虽然他一直憧憬着一顿大餐的来临。每次他和一个女人开始的时候，他都曾想把对方享用一生，可是每次都沦为了“快餐”体验，只是快餐的种类和档次有所不同，Linda嘛，算是快餐中的上品了吧，有些西式味道，就像必胜客。说来洪钧自己也奇怪，他的脑海里从来没有浮现出过Linda的容貌，做梦也从来没梦到过她，他也从来不注意Linda穿的是什么衣服。在他脑海里能浮现出来的只是一些碎片，她的声音、她的皮肤、她的姿态和她的味道，但这些碎片却一直拼不到一起。

小丁忽然长嘘了一口气：“终于熬出来啦。”洪钧一怔，晃了下脑袋，转头向右一看，发现已经过了三元桥边的南银大厦，开上了机场高速。小丁这句话真是一语双关，正是洪钧此刻很想嘶喊出来的话。是啊，毕业出来跟在别人屁股后面打杂，学着做销售，慢慢可以独当一面，十多年了，吃了多少苦，受了多少罪，只有自己知道，到现在，终于熬出来了。洪钧觉得怎样犒劳自己都不过分，该是可以放纵一下自己的时候了。

洪钧回想着这几年和皮特的一次次会面，已经想不起来这是第几次去机场接他了。洪钧接触过不少外国老板，美国人、德国人、英国人、澳大利亚人，等等，深入地打过交道之后，洪钧觉得好像英国人最有全球观念。可能因为当年的那个大英帝国的缘故，英国人大多都能意识到英伦三岛只不过是泱泱世界的小小一隅，大多领略过英国以外的世界与英国的不同。让洪钧得出这一结论的原因可能就包括：皮特正是个英国人。洪钧觉得在这些老板当中，皮特是和自己相处得最融洽、合作得最顺畅的一个。皮特四十出头，长相一般，有人说英国人是欧洲人中最难看的一群，如此说来皮特在英国人中应该还算好看的了，但皮特的风度和仪表很好，有时候某个动作、某个姿势会让洪钧想起皮尔斯·布鲁斯南。洪钧曾经对下属讲过，皮特是他见过的最善于倾听的人，皮特不自以为他多么了解中国，他希望洪钧多给他介绍中国的事情、分析中国的业务并提出建议，他认真地听、认真地记，而且一般都接受了洪钧的建议。

洪钧不喜欢和娶了中国女人的外国男人打交道，更不希望遇到这样的老板。凡是娶了中国女人的外国男人，大多以为自己已经成了中国通，其实他充其量只是通了一个或几个中国女人而已。而且，这种外国男人常常基于他们对中国女人的了解来对付中国男人，而这最让洪钧受不了。皮特也很喜欢中国女人，不过他常住新加坡，在新加坡有个英国女人和他同住。

小丁终于把车开到了首都机场的地下停车场，洪钧等车刚停稳就从车里跳出来，向到港大厅大步走去。他走过停车场门口的时候，停住脚看了一眼航班信息显示屏，从香港飞来的港龙航空公司KA908航班在二十分钟之前就降落了。皮特这次是巡视整个北亚地区，先从新加坡去首尔，再从首尔到台北，再到香港，从香港来北京只住两个晚上便又回香港，随后再返回新加坡。皮特自然是坐头等舱，所以可以很快走出机舱经廊桥进入机场通道，而不必像后排的经济舱乘客要等半天才能离开机舱。他只在北京停留一天半，所以可能不会带什么需要托运的行李，即使他手提行李较多，港龙的空姐也一定会帮他找到地方放好，而不会要求他托运，这也是皮特喜欢坐国泰和港龙航空的一个原因。皮特应该可以在大队乘客到来之前就办好入境手续，又没有托运行李，他现在恐怕已经在到港大厅等着洪钧了。洪钧想到这些，步子迈得更大了。小丁在后面跑上来，压住步子跟着，他总不能跑到洪钧的前面去。

刚一走进到港大厅，洪钧的脑袋立刻就大了，眼前黑压压的全是人。洪钧不想打皮特的手机，因为皮特很可能根本听不见手机响，而且，洪钧下了决心要亲自找到他。洪钧了解皮特，皮特最不愿意和很多人挤在一起，洪钧曾引用英语中的一句话来和皮特开玩笑，就是“Outstanding people always stand out”（出众的人总是站在众人之外）。洪钧的目光只扫视那些人流稀少的地方，果然，向右边望去，在大厅远远的一端是男女卫生间，两个卫生间的门中间隔了一段距离，在这段距离的中点位置，立着一个人，正是皮特。皮特站在离墙不远的地方，但他永远不会靠着墙，一身藏蓝色西装，白色的衬衫没有系领带，很休闲的样子，右手插在裤兜里，左手撑在拉杆箱升起的拉杆上，左腿直立，右边的小腿弯着从左腿前面勾过来，右脚的鞋尖顶在左脚的外侧，如果他左手拄着的是一支手杖或雨伞，简直就是一副典型的英国绅士的样子。皮特似乎没有一丝焦急的神色，他也没准备用手机给洪钧打电话，他就那样站着、等着，因为找到他是洪钧的责任，而他自己不需要做什么。

洪钧大步走过去，当看到皮特的目光向自己这边移过来时，向皮特挥了挥右手。皮特看到了洪钧，脸上露出笑容，但并没有挪动脚步。洪钧走到皮特面前，皮特已经伸出了右手，两人的手握在一起，洪钧用流利的英语打着招呼：“嗨，皮特，你好吗？非常非常地抱歉。”

皮特左手拍了拍洪钧的肩膀说：“嗨，Jim，没关系。这肯定是你头一次盼着我的航班晚点吧？”Jim是洪钧给自己起的英文名字，因为很多老外都把他的中文名字“钧”念成英语里的“六月”（June）。

小丁赶紧凑上来接过了皮特的拉杆箱，皮特满脸笑容地用他仅会的几句汉语对小丁说：“丁，你好，谢谢。”

小丁红着脸，向皮特缩了一下脖子算是点头致意，说着他仅会的一句英语：“哈喽，哈喽。”就转身快步赶到前面，向停车场走去。

上车后，洪钧问皮特：“我们是先去公司还是直接去嘉里中心酒店？”

皮特坐在洪钧的右边，挪动身子让自己坐得更舒服些，说：“我在北京的时候一切听你安排，你是老板。”

洪钧笑着说：“那我们先去公司，路上我们先谈谈。”

皮特一边把脱下的西装上衣搭好，一边问：“有什么东西要给我看吗？先看好消息还是先看坏消息？”

“当然有东西要给你看，只是恐怕我这次不能让你完全满意，因为我这里没有什么坏消息可以给你。”洪钧说着就把带来的那些文件递给皮特，心里又想到了刚才和Linda在一起的情景，嘴角禁不住翘上去，露出一丝笑意，他马上回过神来，快速但是自然地收敛了。

皮特开心地笑了，接过洪钧递过来的文件，并没有注意到洪钧的表情。洪钧说：“先看一下明天签约仪式的日程安排。”

皮特随意地浏览着，问道：“我的导演，明天你需要我做些什么？”

洪钧有条不紊地回答：“握手、落座、签字、起立、致辞、干杯、合影，就这些，你肯定会演得很出色。”

“你要我说什么吗？”皮特问。

洪钧指着文件上的一段内容，对皮特说：“最后这页上就是我想到的几点：感谢合智集团给我们机会，让我们的产品可以为他们管理水平的提升提供推动力，赞赏合智集团的决策者明智地选择了我们作为他们的合作伙伴，承诺我们一定会不遗余力地支持这个项目，确保他们可以尽早从我们的产品和服务中取得收益，最后预祝双方合作成功。”

皮特显然早已对这些套话耳熟能详，根本没有加以留意，而是接着问：“我要不要邀请他们访问我们在旧金山的总部？”

洪钧回答：“一定要邀请，但不必在致辞中提到，可以在接下来的午宴中直接向合智的老板发出邀请，这样显得更亲切自然一些。”

皮特点了点头，又把文件翻回到第一页看了看，问：“合智集团的头号人物会来吗？”

“合智集团的董事会主席明天不会出席，他们的二号人物陈总裁会出席，代表合智方面签字、致辞的都是他。”洪钧一边说着，一边观察皮特的脸色，他知道皮特一定希望合智由头号人物出面，这样更能满足他的虚荣心。

还好，皮特只是又点了点头，转而看另一份文件，并未流露出任何失望或不满的表情。他的腿尽可能地向前伸，上身往后顶，虽然洪钧事先已经吩咐小丁把副驾驶的座椅向前移，可是桑塔纳2000里面的空间显然很难让他舒服地伸展开。洪钧注意到了，心想，看来需要尽快换车了，也可以换车了。洪钧这时候比皮特更不舒服，他的上身一直没有完全靠在座椅靠背上，而是微微向前倾着，用腰来支撑上半身，这样显得谦恭一些，只是行驶中的车子总在轻微地颠簸晃动，一路保持这种姿势的确让洪钧的腰感到了少许的力不从心。洪钧更后悔中午和Linda的那场“交火”，他暗暗告诫自己以后要慎重使用自己的腰了。是啊，男人的腰简直就是不可再生的宝贵资源，挣钱的时候要用，花钱的时候也要用，必须要讲求资源的使用效率了。

皮特又问洪钧：“合同内容还会有任何变化吗？”

洪钧笑道：“你开玩笑吗？到现在不会再修改合同的任何内容了，除非他们想取消合同。”洪钧说完最后半句话就有些后悔了，真不应该说这种不吉利的话。

皮特却并不在意，看来英国人似乎并不忌讳“乌鸦嘴”，他顺着自己的思路问：“合智现在的业务怎么样？好还是不好？”

洪钧很高兴他换了话题，回答说：“他们现在的日子不轻松，事实上，他们的电子产品业务很艰难。电子产品的价格越来越低，华南的那些企业可以做出非常便宜的产品，他们的销售价甚至比合智的成本都低，合智想推出新产品的难度也很大。”

皮特来了兴趣，说：“那我们的软件正好可以帮助合智降低他们的成本，让他们的价格更有竞争力，这样合智就可以很快看到使用我们软件后带来的效益了。”

洪钧沉吟了一下，摇了摇头：“恐怕我们最好不要让合智对我们有太高的期望值。合智的产量和华南顺德的一家厂商差不多，可在合智领工资的人数是那家厂商的两倍，合智有太多的人在领退休金和报销医药费，我们的软件恐怕改变不了这种状况。在与合智的陈总裁谈时，陈总裁也说，其实他知道现在更能改变合智状况的不是我们的软件，而是他们想要争取到的新政策。”

皮特的眉头皱了起来，把胳膊放在脑后，头向后仰了仰，说：“听起来，合智不会是一个很成功的样板项目？我还想半年后再来参加他们宣布成功使用我们软件的发布会呢。”

洪钧微笑了一下，他越来越佩服自己和老板沟通的本事了。他搞不懂为什么有人那么怕和老板在一起，那么怕向老板汇报。在洪钧看来，向老板汇报的过程，就是一个引导老板提出问题，好把自己想说的话变成老板想听的话，再通过老板的耳朵放到老板心里的过程。

洪钧平静地接着解释：“我对陈总裁说，恰恰因为合智应该尽早开始做准备，所以应该尽早购买软件。一旦新政策下来允许把很多人、很多负担转出合智，一旦合智一直要做的新产品被批准，我们的软件就可以保障合智在很短的时间内完成这些改变，所以合智应该现在就启动我们的软件项目，而不是等到以后再做。”

皮特满意地看了一眼洪钧，点着头说：“显然陈总裁接受了你的建议。对了，我们的那两家老对手怎么样？”

“在合智集团这个项目上，我们的主要对手是维西尔公司，科曼公司在合智项目上没有机会。因为科曼公司的软件最好安装在运行UNIX操作系统的服务器上，而合智集团的服务器都是运行微软的视窗系列操作系统的，我们和维西尔的软件都是既可以在UNIX也可以在微软视窗的环境里运行，所以合智是在我们和维西尔两家之中选择。维西尔公司的销售团队能力不行，到现在都没能和合智的高层建立密切的联系。所以在合智这个项目上，我们的对手一直是合智本身，其余两家都不是对手。”洪钧看到皮特扬起眉毛，似乎在等他进一步说明，就接着说，“我担心的是合智根本不买软件或者拖到以后再买，而不担心他们会买别人的软件。我一直在努力说服合智尽早购买软件，只要他们决定买，就一定会买我们的，因为他们的硬件系统运行科曼软件的效果不会好，而维西尔虽然产品还不错，但是他们的人不行。”

皮特舒了一口气，欣慰地看着洪钧说：“赢了合智集团的合同，我们今年的业绩就非常出色了。”

洪钧笑着回应道：“这还远远不是全部，我已经开始重点跟踪另一个大项目，很可能是比合智集团更大的项目，就是普发集团，我争取在今年年底前再给你一个惊喜。”

车子的速度慢了下来，已经到了三元桥，正从机场高速拐上东三环。皮特很开心，他惬意地用手指弹着前排座椅的靠背，眼睛转过来盯着洪钧说：“所以，最重要的是人。Jim，我有你，ICE有你，而维西尔和科曼都没有，我很幸运。”

洪钧矜持地笑笑，没有立刻说什么，他知道这个时候自己如何应对十分关键。有不少人能扛得住老板的批评甚至斥责，却扛不住老板的表扬和赞许，结果白白葬送了大好形势。就好像老板在你面前立了一根杆子，有的人想都不想就往上爬，结果滑下来摔得很难看；也有人痴痴地看着杆子不知所措，最后竟转身逃开，结果杆子就倒下来正好砸到他脑袋。洪钧自然是要顺着杆子往上爬的，但他会让老板一只手扶着杆子，一只手扶着他，帮他往上爬。

洪钧看着皮特的眼睛，把他早已准备好的话，一字一顿地说了出来：“你和我，咱们是梦之队。”

车子开过了昆仑饭店和长城饭店，正要扎进农展馆前面的那段像隧道一样的桥洞，洪钧的手机响了。洪钧悠闲地拿起手机，他根本想不到，这个电话，让他的人生像他正坐着的车子一样，进入了一段漆黑的隧道。

洪钧在车子进入桥洞之前的一刹那，看了一眼手机上的来电显示，是一串八位数字，而没有显示什么人的名字，看来对方的号码没有存在自己的手机号码簿里。他觉得这个号码有些眼熟，在按下接听键的同时，洪钧想起来了，这个电话应该是从合智集团的一个电话分机打过来的。

洪钧首先向对方问候："喂，你好，我是洪钧。"

手机里立刻传来很热情的声音："洪总吗？你好啊。我是合智的赵平凡啊。"

洪钧听赵平凡称呼自己洪总，而不是像平常那样称呼老洪，介绍他本人时也没有直截了当地说"我是平凡"，就知道赵平凡旁边一定还有其他人在场，而且他打这个电话很可能就是给旁边的人听的。

洪钧瞬间有一种不太舒服的感觉，但还是非常自然地答道："赵助总，你好，有什么事吗？"

赵平凡的声音很急切，急切得有些夸张："洪总，我急着找你啊。出了个很不巧的事，得赶紧告诉你，看看下一步怎么办啊。"

洪钧此刻已经不只是不舒服了，而是很明确地有了一种不祥的预感，以前赵平凡一直也是这样拖着长音说话，可洪钧眼下开始觉得有些反感了，但他还是尽量让自己显得一如平常地沉稳："赵助总，什么事情呢？"

赵平凡大声说着，一副天塌下来的架势："我们陈总啊，突然有很紧急的安排，临时去了香港。我也是刚知道的。你看这可怎么好啊？咱们明天的事都安排好了啊。"

洪钧顿时感觉自己的五脏六腑好像都坠了下去，仿佛周围漆黑一片，这个桥洞真黑啊，他想。洪钧稳定了一下自己的心神，因为他知道，危机已经来临了，面对危机，他必须让自己保持镇定。他的声音和口气没有任何变化，仍然沉稳而平静，甚至更亲和了一些："赵助总，这可真是够突然的。那你们的意思是怎么安排？我们这边都已经准备好了，我刚接到大老板，他已经到北京了，明天的媒体活动也都确认了。陈总什么时候回来？徐董事长在家吗？明天他能出席吗？"

赵平凡的声音好像已然带了些哭腔："洪总啊，陈总走得太急，都没交代给我们，我也不知道他什么时候回来啊。刚才打他手机没开机，肯定在飞机上呢。徐董事长嘛，我倒是可以问一下，但我估计就算他在北京，就算他明天没安排，他也不太可能会出席的，因为你知道咱们这项目他一直是让陈总负责的啊。"

洪钧干脆反问，因为他知道赵平凡早已预备好了："赵助总，那合智的意见是明天的活动怎么办？"

"洪总，真是不好意思啊，看来恐怕不能按计划搞了。你看是不是先推迟一下，啊？”赵平凡很诚恳地说。

洪钧真想问他可不可以见面谈一下，但还是按捺住了，赵平凡不用手机而用桌上的固定电话，而且显然旁边有其他人，就意味着这不是他们之间的一次私人通话，而是合智集团正式向ICE公司发出的通知。如果他急着提出要面谈，赵平凡不仅不会答应，还会觉得他洪钧怎么如此没有水平。

洪钧只好接着说，声音中没有流露出一丝的失望和无奈：“那也好，我这边马上通知那些媒体明天的活动改期。这样吧，麻烦你还是试着联络一下陈总，问问陈总的意见，我老板计划后天就要离开北京了，我总得跟他解释一下，而且他肯定会问要改到什么时候再拜访陈总。”

“那好啊，洪总，咱们明天的活动先推迟。对不起啊，麻烦你们了，真不好意思啊。再见啊，洪总。”赵平凡忙不迭地客气着。

洪钧也说了一声再见，在听到赵平凡挂上电话后才按下手机，把手机顶在下巴上想着什么。他想到了那个这些天来一直回荡在脑子里的声音，那一定是自己的第六感在向他预警呢，虽然洪钧仍然想不明白问题究竟出在何处，但他已经开始懊悔，他一定是过早地得意忘形了。

洪钧忽然意识到右边的皮特一直在等着，忙恢复了常态，转过脸来看着皮特。皮特用右手像刚才那样敲着前排座椅的靠背，微笑着望着洪钧，看来他没有从洪钧的脸上或声音中察觉到有什么不对。

“是合智集团的总裁助理赵先生，说他们的陈总裁突然有急事去了香港，明天不能参加咱们的仪式了，他们希望把明天的活动推迟。”洪钧尽量平淡地说，指望皮特不要太感到意外和震惊。

皮特怔住，右手的手指也停住了敲打，眼睛和嘴巴都张大了，看着洪钧，足有半分钟之后才说：“呃哦，坏消息。合智集团的头号人物能来吗？陈只是二号人物嘛。合同能马上签吗？”

洪钧的脑子里很乱，但还是对皮特解释道：“因为合智集团的徐董事长已经让陈总裁全权负责这个项目，我们只能和陈总裁打交道。赵在电话里没有提到合同，我也没有问，我觉得合同的签署、你和陈总裁的会面，还有新闻发布会都要推迟了。”

“我明白了，”皮特的目光看着车窗外的天空，喃喃地说，“看来刚才我在天上和陈总裁擦肩而过了……如果他是真的飞去了香港。嗯，你打算怎么办？”

洪钧咬了咬嘴唇：“得先弄清楚究竟是怎么回事。现在就是要搜集各种信息，从各个渠道来了解内部消息，争取拼出一幅完整的画来。”

皮特没有看洪钧，嘴里挤出一句话：“我希望你能尽快搞清楚是怎么回事。”洪钧望着皮特的侧影，不知道是因为车里的空调开得太大还是别的什么原因，他开始感觉有些冷。

讹诈与反讹诈

赵平凡和洪钧通完电话，抬起头，扫一眼站在他办公室里的几个人，说："好了，我已经通知ICE公司了。从现在开始，啊，咱们必须统一口径，他们一定会私下和你们联系，急着想打听究竟是怎么回事。我刚才向你们交代的，什么能说、什么不能说，能说的应该怎么说，啊，都清楚了吗？"

几个人都连忙点头，房间里此起彼伏地响起一片声音："清楚了""没问题""OK"……

赵平凡的语气更重了些："以前你们和ICE的人，包括他们的洪总，啊，还有那个销售经理小谭，有的联系多些，有的关系近些，都是过去的事了，啊，无所谓。但是，从现在开始，他们从咱们合智的人嘴里只能听到一种说法！"

有人问了一句："要不要和下面的一些人也都打一下招呼？万一小谭去问我的信息中心底下的人呢？"

赵平凡开始有些不耐烦，他皱起了眉头，说："我就猜到你们可能会这么想。除了这间屋子里你们这几个人以外，啊，其他人都不能知道。你去向他们打什么招呼？啊？他们本来什么都不知道，小谭去问他们，他们正好回答什么都不知道。懂不懂？"

看看似乎不会有人再想说什么，当然主要是因为赵平凡自己不想说什么了，他摆手让这帮人离开了自己的办公室。等到办公室的门轻轻地但是严实地关上了，赵平凡禁不住用脚尖蹬了一下地板，让转椅带着自己原地转了一个圈，他有些兴奋，更有一种成就感，他感觉自己就像是指挥所里的统帅，刚刚下达了总攻的指令，一场精心策划的大戏，开演了。赵平凡努力让自己的心情平静下来，随后又拿起了电话，他现在的任务就是连着打几个电话。

俞威左手的手腕钩着沉沉的电脑包，手指间捏着一张入境卡，右手握着笔在入境卡上歪七扭八地填着，两只脚不时轮换着把放在地上的提包踢着往前挪。就在他以这种悬臂持重的姿势正忙着的时候，裤兜里的手机连振带响地闹将起来。俞威嘴里咕哝着骂了一声，把右手的笔倒腾到左手，用右手来掏左侧裤兜里的手机，手机还没掏出来呢，笔却忽然从左手的指缝滑到了地上，黑色的笔身重重地摔在地面上，发出清脆响亮的声音，摔得笔帽从笔身上甩出去，在一米开外的地面上转圈儿。俞威更恼了，干脆把左手的电脑包和没填完的入境卡都扔在提包的旁边，一边掏手机，一边走过去把笔捡起来。他按了手机的通话键，就把手机夹在左耳和左边肩膀之间，两只手摆弄着他心爱的万宝龙签字笔查看着，嘴上粗声大嗓地说："喂，我是俞威，哪位啊？"

手机里传来熟悉的声音："老俞，我是平凡啊，到香港了吗？"

俞威的脸上立刻堆起笑容，仿佛电话那边的赵平凡能看见他的表情似的，忙说："刚下飞机，这不正排队过海关呢嘛。"

赵平凡的声音里带着一股喜气，甚至有些幸灾乐祸："哦。啊，我已经给ICE的洪钧打了电话，告诉他明天签不成合同了。他好像刚接到他老板，这会儿大概正向他老板解释呢吧。"

俞威现在根本不关心洪钧在做什么，赵平凡这个纯粹是报喜邀功的电话没给他带来任何有价值的信息，他现在觉得比刚才更烦了，可他不会让赵平凡感受出一丝一毫，而是敷衍着："是吗？那好啊。"俞威停了一下，接着问，"他们知道陈总是来香港和我们签合同的吗？"

赵平凡的口气不像刚才那样兴致盎然了："现在应该还不知情，不过我想洪钧很快就会打听到我们陈总是和你们谈合同去了。"

俞威听出赵平凡特意用的是"谈"合同而不是"签"合同，似乎在有意提醒俞威：别得意，你们还没拿到合同呢。俞威脸上露出一丝不易察觉的微笑，他没有理会赵平凡的忸怩作态，而是顺着自己的思路，希望尽快结束这次通话，他说：“那好，有什么情况咱们随时沟通。”

赵平凡那边似乎没有尽兴，“哦”了一声，停了一下，又说：“好的啊，我还要给陈总打个电话呢，先挂了啊。”

俞威抬眼看了一下旁边排着的那条队，看到马上该轮到陈总办入境手续了，俞威赶在赵平凡即将挂上电话之前冲着手机说：“喂，老赵，老赵，要不你过几分钟再打，陈总正要过海关呢。”

俞威听到赵平凡连声说“好的好的”，就挂断了手机，他注意到赵平凡最后的语调中流露出一丝感激。

轮到俞威办理入境手续了。他把港澳通行证、入境卡和往返机票放到柜台上，看着柜台里面的工作人员把这些证件收了进去。他无聊之中四下张望，最后眼睛盯在了柜台里坐着的那人的胸牌上，上面是六个英文字母——“Jackie”，他心想：香港人真逗，成龙叫Jackie，就都跟着也管自己叫Jackie？想到这里，不由得抬眼仔细地看了看胸牌的主人，俞威一下子情不自禁地笑了出来，那是一个瘦小枯干的男人，稀疏的头发倒向一边，可怜兮兮的全然没有半点英武之气。冷不防那人忽然抬头看了一眼俞威，俞威立刻止住笑，正容以对。其实人家只是对照着又看了一下俞威证件上的照片，就低下头去了。俞威不再胡思乱想，他看到不远处陈总已经办好手续向行李提取处走去，他开始着急了。

终于，柜台里的Jackie站了起来，俞威伸手去接证件，却发现Jackie的手里空空如也。俞威正在诧异，Jackie的手向侧面一摆，典型的香港普通话：“这位先森请你先在这边站一哈，你要多等一哈。”

俞威下意识地按Jackie手指的方向挪到了一边，看见Jackie已经在挥手招呼下一名旅客来办手续，而把自己晾在一旁了，他这才反应过来，立刻急了，冲Jackie说：“喂，怎么回事？有什么问题啊？”

Jackie一边接过下一名旅客递上来的证件，一边回答：“没什么事情，只是你要多等一哈。”

俞威更急了，可又不能发作，只好忍着，眼睁睁地看着后面的几个人陆续办好手续翩翩走过。又过了难熬的几分钟，一个从肩章上看得出来级别高些的人走过来，对Jackie嘀咕几句，然后离开了，看都没看俞威一眼。Jackie又站了起来，这次他手里拿着俞威的证件并递过来，微笑着说："对不起，让你'狗'等了，可以了。"

俞威接过证件翻看着，顾不上理会应该是"久等"而不是"狗等"，问道："怎么回事？"

Jackie仍然微笑着说："有人和你的名字一样，我们需要仔细查一哈。"

俞威愣了一下，和自己重名，哪有这么巧？他忽然明白过来，大声对Jackie说："喂，你们是查的英文吧？我这两个中国字，没几个重名的啊，你们查英文，那不连什么'于卫''余伟'全都成了跟我重名啦？！"

Jackie收起笑容，公事公办地说："已经查好了，没有问题，你可以过去了。"说完就坐下，扬手招呼下一名旅客。俞威气哼哼地拖着电脑包和提包向外走，从柜台前面绕到柜台的侧面时，冷不丁地对Jackie说："好好学学普通话，大家都是中国人啦。"

Jackie腾地一下蹦起来，转身正要对俞威说什么，俞威已经头也不回地大步走了过去。

俞威没有托运的行李，他径直走过被等候提取行李的人围着的那一条条传送带，没有看到陈总，心想陈总一定已经出去了。俞威愈发快步向外走，终于在门口看到了陈总，陈总正和簇在身旁的几个人说话，看来是在等他。

陈总瞥见俞威走了过来，就停住交谈向这边看，其他几个人也都意识到了，顺着陈总注视的方向看过来。俞威人高马大的，上身穿一件米黄色的T恤衫，下面是条宽松的棕色全棉的休闲裤，脚上是CLARKS牌子的休闲皮鞋，衣服的颜色衬得他原本就不白的肤色更黑了些，加上他大步赶上来弄得一头汗，好像刚在球场上打完十八个洞的样子。等俞威走到跟前，陈总首先介绍说："这位是俞总，美国科曼公司的销售总监，我这次来就是和他们在香港谈个合同。这位是薛总，我们合智香港的老总，这位是老吴，这位是黄生，这位是阿峰。"

俞威满面热情但却是机械地逐个和陈总旁边的这些生面孔握手，在心里暗暗地抓着每个人的特征，努力用这种办法在一瞬间把他们记在心里。

陈总等大家握完了手，冲着俞威说："小俞啊，他们过来接我，我们去合智的办公室办些事，就不和你一道进市区了。咱们晚上见吧。"

俞威稍微有些意外，他以为陈总会和他一起直接去酒店呢，但他随即答应道："没问题，好的好的。您不用管我，我自己安排。晚上我在酒店等您。"他又和其他几个人互相挥着手告别，嘴上还嘱咐着："替我照顾好陈总啊，别让陈总一下飞机就这么忙啊。"

当他确信他们中间不会有任何一个再回头的时候，才把高举在半空中的手放了下来。俞威忽然觉得自己最后说的那句话太夸张了，夸张到近乎可笑的地步，好像自己和陈总的关系比人家和陈总的关系还要亲密无间。做销售确实常常需要自作多情，面对客户往往都不说"你们公司如何如何"，而是说"咱们公司如何如何"，但俞威没想到自己居然和初级水平的销售是一个层次的，不由自嘲地笑了，摇摇头，自言自语地评点一句："有点儿过了。"然后，他拎起提包，向机场快线的自动售票机走去。

俞威坐在机场快线的车厢里，下意识地把包里的笔记本电脑拿出来，但还没有打开就又放了回去，因为他忽然意识到从赤鱲角机场到中环不过二十多分钟，难道他离开了电脑就连这二十多分钟都熬不过去？！职业病啊！俞威在心里喟叹一声。他干脆闭上眼睛想养养神，整理一下晚上谈判的思路。他没想到，首先蹦到他脑子里的，竟然是洪钧。这也难怪，俞威第一次坐机场快线从赤鱲角机场进市区，就是和洪钧同行。

转眼就三年了，一切好像都没变，一切又好像都一去不复返了。一样的季节，一样的天气，窗外的景色似乎也一样，一样的车厢，就连刚走过去的穿着漂亮制服的服务小姐好像都是同一个女孩儿……

俞威愣愣地看着窗外，洪钧正兴趣十足地摆弄着前排座椅背后的小电视，最后停在一个正播广告的频道上。

洪钧用胳膊肘碰了一下俞威："嘿，别装忧郁了啊。梁朝伟刚过去。"

俞威一听便转过头，向车厢前部的方向张望，又调头向后，问道：“哪儿呢？他也会坐这个？”

洪钧笑了，看着小小的电视屏幕说：“他跳车了，连他都受不了您那忧郁的样子。”

俞威嘴里骂了一句，把身子坐正，闭上眼睛，像是在问洪钧，又像是在问自己：“这公司也够有病的，明明知道咱俩肯定都是要走的人了，还让咱俩跑香港开这破会。”

洪钧没好气地说：“废话，你也不想想，这公司除了咱俩还有能开会的人吗？让前台来？让法务来？是来玩儿啊还是来选美啊？”

俞威眼睛仍然闭着，可嘴上笑出了声：“让她们来，选丑还差不多。”

洪钧也笑了：“没准就是因为公司有这么二位人才，别人才都熬不下去逃了。哎，还真是啊，这么一想就全都明白了，前台难看，你说这客户还能愿意登门吗？法务难看，这客户还能愿意来谈合同吗？这生意没法儿火。”

俞威止住笑，依旧闭着眼睛：“我才不操那心呢，爱火不火。”

洪钧埋怨一句：“就是，来歇两天，买点儿东西，不是挺好吗？你玩儿什么深沉啊？”

俞威晃着脑袋：“不是这个。”就不再出声了。洪钧也不理他，接着看电视。

俞威忽然睁开眼，猛地坐直身子，转过身盯着洪钧，洪钧吓了一跳，冲着俞威骂道：“你有病啊？！”

俞威只当没听见，脸上笑眯眯的：“哎，你看我这主意怎么样？咱俩一块儿去科曼公司，他们要么把咱俩都要了，要么一个也别想要。”

洪钧想了想，撇了撇嘴：“恐怕不现实吧？就算人家真是想一下子招两个销售，就算人家对咱们两个都满意，你这么一要求，不把人家吓死？谁愿意自己手底下有两个是铁哥们儿的？再说，科曼是一帮香港人当头儿，我不想去。”

俞威的眼神黯淡下来，身子慢慢回到靠背上，再次把头转向了窗外。

洪钧又拿胳膊碰了一下俞威，随后说：“我还是想去ICE，我不是告诉过你我的原则吗：要么，老板是真说中国话的；要么，老板是真不说中国话的。”

俞威扭过头，哭丧着脸：“可我的英语不行啊，碰上真不说中国话的，我跟他说什么呀？”

洪钧似乎意识到了什么，他开始明白俞威一直心神不定的原因了。洪钧看着俞威，一字一句地说：“我看呐，你就去科曼，我呢，去ICE，你是不是担心到时候咱俩打起来？这有什么可担心的？各为其主，但咱们照样是哥们儿。诸葛亮和司马懿还是朋友呢，管鲍之交，懂不懂？”说完，洪钧又没心没肺地看上电视了。

俞威可一点儿都没轻松起来，他根本顾不上追究诸葛亮到底什么时候和司马懿成了朋友，也不想搞清楚姓管的和姓鲍的又是怎么回事，而是忙着凑过来，顺着洪钧的话头说：“那孙权后来还把关羽给杀了呢，当初他们可一块儿打曹操来着。”

洪钧觉得又好气又好笑，用手指着俞威的鼻子说：“你要是担心咱们将来做不成朋友，我可以保证：不在一家公司做，照样是朋友。你要是担心咱俩将来打起来谁输谁赢，我可说不好，肯定是有输有赢，那么多项目呢，还不够咱们分的？”

俞威立刻接上：“哎，要不咱们这样，来个君子协定，退避三舍。”

洪钧乐了：“怎么退避三舍？你退三十里？还是我退三十里？还是一起都退三十里？那倒省事儿，谁也碰不着谁了。”

俞威没笑，他认真地说：“你听我说，这么着，你和我碰上的头三个项目，每个项目谁先去见过客户，另一个人就不争这个项目了，谁先到谁先得。三个项目以后就没这规矩了，以后即使我一直在跟的项目，你也可以半路插进来把它抢过去。”

洪钧痛痛快快地应道：“行，没问题。反正你眼勤腿勤，肯定你先找到的项目多，我都不去抢。”

俞威满意地在座椅上舒舒服服地调整着姿势，这下他踏实了。忽然他又像想起什么，刚要对洪钧再叮嘱一句，车厢里的扩音器响了起来，原来是在轮流用三种语言广播，青衣站到了。俞威听着广播里传出的女子清晰柔和的声音，他忽然大声冲洪钧喊道：“她们怎么这样？！怎么把英语放在中国话前面？！先用粤语也就算了，然后应该是用普通话，怎么能是英语呢？”

洪钧注意听了一下，不以为然地说：“那是你没听清，她们是三种语言轮着播的，转着圈儿，你怎么能分清谁先谁后？我就觉得是普通话在前面，然后是广东话，最后是英语。”

…………

车厢里的扩音器又响了起来，青衣站到了，俞威回过神来，看看四周，空空的，哪有洪钧的影子。他又仔细听了一下广播里那清晰柔和的女声，他也糊涂了，是英语在前还是普通话在前呢？分不清了。俞威不禁一笑。洪钧呢？此时此刻的洪钧在做什么？恐怕正像热锅上的蚂蚁在办公室里转呢。俞威又一想，不会，洪钧办公室里的主人如今应该是他的那个英国老板，洪钧眼下应该正站着不动，挨骂呢吧，他英语好，肯定能一字不差地把骂他的话听进心里。哈哈，俞威咧着嘴，大声笑了起来。

洪钧在前面引领着，皮特跟在后面，两人进了公司。坐在前台里的简马上站起身来，皮特微笑着向她打招呼。洪钧的办公室在最里面，他俩沿着两列隔断之间的过道，穿过外面开放式的办公区。洪钧不时得停下来等一下皮特，因为皮特在向办公室里的员工逐一问候，即使有的正在打着电话，皮特也会去拍一下肩膀做个鬼脸。皮特可以叫出每个员工的名字，这让洪钧不得不佩服，因为他很清楚，老外记中国人短短的名字一点儿不比中国人记老外长长的名字来得容易，即使有些员工有英文名字。

到了自己的办公室门口，洪钧推开门，把皮特先让进去。洪钧抬手恭请皮特坐他的大班台后面的高背皮椅，皮特摇摇头，将西装随手搭在沙发上，把大班台对面的两把普通办公椅中的一把往外拽了拽，坐了下来。洪钧只好走过去坐在那把高背皮椅上。

简跟进来，问皮特想喝点什么。皮特笑容可掬地对简说："这是北京，我喝茶，谢谢。"

简又走到洪钧的桌旁伸手来拿洪钧的茶杯，洪钧摆摆手，简转身走到门口，正好小丁拎着皮特的行李进来。皮特嘴上说着谢谢，接过小丁双手递过来的电脑包，取出笔记本电脑，开了机，径自忙起来。

洪钧坐在自己的椅子上，一点儿都不自在。他不能像平时那样向后仰着舒舒服服地靠在椅背上，而是身子前倾，屁股只坐了椅子的前半部，虽然两个胳膊肘放在大班台上，可也不能把全身重量压上去，还是得靠腰部的力量把上身挺着。洪钧看到皮特没有要和自己讨论什么的意思，觉得这般坐着实在别扭，所以只随意地摆弄了几下电脑，便站起来对皮特说一声失陪，皮特摆了下手，洪钧走到门口，一拉门，把正端着茶具要敲门的简吓了一跳。

洪钧走到大厦的电梯间，拿出手机拨了销售经理小谭的号码，叫着小谭的英文名字："喂，David，一直等你电话呢，有什么消息？"

手机里传出小谭急切的声音："Jim，现在还不很清楚，可是感觉不好。陈总的确是去了香港，中午的飞机走的。赵平凡那儿什么也不肯多说。"

"你不要再找他了，他不会告诉咱们什么的。你要从其他的渠道尽可能打听，关键是要搞清楚，陈总去香港究竟是有其他紧急的事情，还是和咱们的案子有关。"洪钧尽力克制着不让自己的焦虑流露出来。

小谭显然已经乱了方寸："Jim，我说感觉不好，就是因为我发现合智的人全都怪怪的，如果陈总真是有别的事急着去了香港，他们也不用对我躲躲闪闪的啊……会不会是维西尔搞的鬼？"

洪钧又有了那种感觉，五脏六腑好像在瞬间都坠了下去，这一次连脖子到后背都感到飕飕的凉气。他喃喃地说："恐怕不是维西尔，维西尔中国和维西尔香港是两个实体，相互独立，没什么关系。我担心的是科曼，科曼大中国区的那帮人都在香港。釜底抽薪，也就俞威有这本事。"

洪钧挂了电话，走进公司，简和其他人都看出洪钧脸色的异常，让在一旁不知所措。洪钧闷着头走过去，回到自己办公室的门口，他转过头向Linda的座位看了一眼，Linda正坐在椅子上目不转睛地盯着他，洪钧的手在锃亮的铜质门把手上停了一下，推门走了进去。

香港维多利亚湾的南岸，有一大片围海造田堆出来的庞然大物，全然是钢铁构架和玻璃幕墙的混合体，这一带就是鼎鼎大名的香港国际会展中心，见证了一九九七年香港回归的所有历史性时刻，据说它东面的紫荆花雕像，简直成了内地到港游客必来驻足留影之地。和国际会展中心连为一体的还有两家酒店，西面的那家就是极豪华的君悦酒店。

君悦酒店里大大小小的商务设施中，有一间能容纳二十人左右的会议室，朝北的落地窗能看到维多利亚湾的夜景和对面九龙岸边高大的霓虹灯广告牌，只是此刻落地窗被厚厚的帷幔严严实实地遮挡住了，会议室里的人谁也没有心思顾盼外面的风景。

偌大的会议室空空荡荡的，巨大的长条形会议桌两旁，分别只坐了三个人。俞威穿着非常正式的蓝黑色西装，白色牛津纺的衬衫，系着一条鲜艳的红底条纹领带，还特意在衬衫的袖口上配了显眼的镀金纽扣。俞威在心里暗自算过，这一身行头，就花了他一万多块钱，对了，还没有包括他左手腕上的瑞士帝舵手表，不然就得加几倍了。俞威的左边，坐着他的老板，科曼公司大中国区的总经理，托尼·蔡。托尼是香港人，瘦瘦的，是香港人中少见的高个子，只是太瘦了，尤其是骨架太窄小，所有的衣服穿在他身上都让人担心会随时从肩膀上滑落下来。托尼的左边，是他的助理，一个瘦小的女孩子。

托尼和俞威都笑容可掬地望着桌子另一边的陈总、老吴和黄生，心里却是各怀心思。俞威一走进这间会议室，就在心里骂托尼这帮人根本没脑子。这房间太大了，桌子也太大了，让人产生强烈的距离感，两边的人一坐下来，不自觉地就会变成两军对垒，长条桌就像一条鸿沟，一丝一毫的亲切气氛都荡然无存。像这种双方各自只有三个人的高层会晤，一定要找一间小会议室，哪怕显得拥挤局促些都没关系，最好是围着一张圆桌，或者也可以是那种成直角摆放的沙发，中间放一张轻巧的茶几就好，这样就能营造出像一家人一样的亲热气氛。

托尼琢磨的却是陈总。陈总是房间里唯一没有穿正装的人，实际上还是他下午飞来香港时穿的那身，根本没换。浅蓝色的衬衫，袖子挽到肘部，没系领带，下面好像是条卡其布的裤子，应该不会是牛仔裤吧？托尼在想。陈总的个子比俞威和托尼都矮一些，当然他旁边一左一右坐着的两个就更矮了。托尼本来安排的不是在这里谈合同，科曼公司就在湾仔，而且就在君悦酒店对面、港湾道上的瑞安中心里面，可是陈总不同意去科曼公司的会议室，他要求在酒店谈，因为这是第三方的地盘。

刚见面时的客套寒暄已经过去，实际上，此刻会议室里的气氛几乎可以用一个“僵”字来形容。

陈总沉默了一会儿，觉得再不说话未免有些不礼貌了，才淡淡地说：“蔡先生刚才说你们这边又有些新情况，有些新东西要提一下，那不妨请蔡先生说说看，我先听听。”

托尼拿起桌上的玻璃杯，喝一口里面的冰水，咽了下去。俞威从侧面可以清晰地看见托尼突出的喉结先是提起来又落下去，他仿佛都听到了这口水落进托尼肚子里的声音。他低头看着自己面前的记事本，不敢去看对面的陈总他们，他相信他们一定也看到了托尼的喉结运动，如果目光对视，很可能都会禁不住笑出声来。

托尼终于开口说话了：“好，我把这边的想法和陈总讲一下。双方的诚意都是不用说的啦，双方的重视也不用说的啦。我老板也很重视，要求我一定把科曼公司的诚意向陈总转达到。”

别说陈总会不耐烦，连俞威都听得有些不耐烦，他忽然想起了周星驰的《大话西游》里面唠叨个没完的唐僧。

托尼却似乎根本没有在意对方的反应，接着说：“总部也做了很大的努力，我们也把合智这个案子的重要性一再和总部讲了，但是科曼毕竟是家国际化大公司，有它一直的做法。总部已经批准了我们申请的优惠折扣，这个合同的价格是没的变了，但是这个付款，总部是要求在我们把软件给你们后，你们一次就都付过来。还有，以后每年的服务费用不可以打折的，以前俞威和你们可能有讲过可以打折，那是他自己搞错了啦。”

俞威更不敢抬头看陈总了，但他可以想象出陈总此时的样子。托尼怎么能这么说话呢？！而且这两条也不能一下子都说出来啊，要先只说一条，另一条要等陈总提出他们一方的要求时再掏出来嘛。

陈总听完托尼的话，把手中的笔放在翻开的记事本上，胳膊离开桌子，身体往后仰，靠在椅背上。他显然压了压自己的情绪，尽可能客气地对托尼说：“蔡先生，俞威对我讲的，我都理解成是你们科曼公司对我讲的。我在北京的时候你们对我讲的，我都不会再和你们谈，因为已经谈定了。我来香港，是想听我们提的那几条你们说还在考虑的，最后考虑得怎么样了。”

托尼的嗓子好像更干了，他硬着头皮说：“陈总，请你理解一下我们，我们一直有在很努力，总部也尽了全力。”

陈总把双手放到脑后，托着脑袋，言语中简直带有些轻蔑了：“蔡先生，我已经讲过了，项目的预算是一次审批、分步到位的，我还没拿到全部的钱，怎么可能一笔付给你？我们的项目经费是一次性的，以后每年的服务费用我们只好从自己日常的管理费用里面出，经费有限，所以你们必须把服务费打折，否则我们接受不了。这些是已经谈定的事，如果你们当初不答应这些，我根本不会来香港。你刚才说，申请的优惠折扣总部已经批了，你要讲清楚，你们申请的是不是就是我们要求的，是不是我说的那个数，如果不是，你们总部批不批对我们没有意义。”

托尼宛如被一只无形的手掐着脖子，他的声音像是被挤出来的：“总部批准了，一百七十万美元，科曼以前从来没有给过这么大的折扣。”

陈总真火了，他上身朝桌子压过来，冲着托尼说：“一百七十万？一百七十万我就和ICE签了，我干吗大老远跑到香港来？！”

托尼反而镇静下来，之前他一直不知道陈总究竟会做何反应，是他脑子里对陈总将如何反应的各种想象与猜测把他自己吓得够呛。现在好了，不用猜了，原来陈总是这样反应的。托尼按照和俞威事先商量好的，使出了他的杀手锏。他把桌上放着的签字笔拿起来，插到西装里面左侧的内兜里，双手缓缓地把摊在桌上的记事本合起来，对仍然盯着自己的陈总说：“陈总啊，我完全理解，双方都非常想合作，这个案子对我们都很重要，肯定还有很多细节要谈的。我看这样，今天我们先谈到这里，陈总今天很辛苦，先休息，我们明天，明天上午或者下午再谈也可以嘛。”

陈总笑了，扭转头分别向两侧坐着的人看了一眼，说：“怎么样？不出我所料吧？”旁边的老吴和黄生都赶紧欠欠身子，也都陪着笑了起来。

陈总根本不看托尼，而是转向俞威，目光如炬：“小俞啊，我们估计到了这种情况。双方都希望合作，我们在北京也谈得不错，所以我这次来香港也是有诚意的。但看起来你们总部的确对我们、对中国市场还不太了解，可能也不太重视，对你们这些在一线做项目的支持力度也不够。这次恐怕只能是个遗憾啦，我看明天也不必再谈了，我争取一早就回去。等一下我给赵平凡打个电话，让他和徐董事长说一下，如果明天我赶不及，他就请徐董事长见一下ICE公司的人，把合作的事定下来。”说完，陈总把笔插在记事本里专门放笔的小袋子里，用比托尼更悠闲自得的姿态把记事本合上，往左边一推，示意左边的黄生替他把记事本收好，随后站了起来。

会议室的空气好像瞬间凝固住了，托尼呆呆地坐在椅子里，仿佛他刚才举起来的杀手锏掉下来正砸在自己头上。他左边的助理张着嘴，不知所措。倒是俞威最先反应过来，他跳起来，绕过长长的桌子，快步走向门口去拦陈总。

俞威走到陈总面前，横在他和会议室的大门中间，陈总正好伸出手来要和俞威道别，俞威双手抓住陈总的右手，又摇又晃，把陈总抬起的手又按回到自然下垂的位置，嘴里拖着长音说："陈总，陈总，别呀。都可以谈，都可以谈嘛。大老远来香港一趟，总不能空手而归呀。"

俞威最后这句话刚一出口他就后悔不及。果然，陈总用力甩开俞威的两只手，正色道："怎么是空手？我很有收获嘛，我总算认识了一家公司，我总算拿定了一个主意！"

托尼也已经反应过来，他站起身，但没有走过来，而是原地杵在桌旁说："陈总，不要生气。都还可以谈，我们是非常愿意谈的，我们是一定要谈成的。"

俞威简直是连推带架把陈总又劝回到刚才的座位旁边，但陈总坚持不坐下，而是双手撑住桌面，对托尼说："说说吧，怎么谈？"

托尼忙不迭地说："好好谈，好好谈。这样，我们现在马上给总部打电话，打电话，请他们批准。"

陈总抬起左手看了一眼表，嘲讽地说："现在是美国的几点钟？你们老板起来了吗？"

托尼的脸红了，嘴上嘟囔着："找得到的，找得到的。"陈总这才坐下。

托尼和俞威前后脚走了出来，那个助理也战战兢兢地跟着，托尼转头对她吼道："你出来干什么？！回去！照顾客人。"助理又战战兢兢地缩了回去。

走出很远，托尼确信没人再能听到他们的谈话，便转过身来，左手叉着腰，右手摊出来冲着俞威嚷道："我就说过不要搞事的吧？人家翻脸了，我们怎么办？总部都批了嘛，直接答应他们，把合同签了嘛。"

俞威强压住心里的怒气，脸上堆着笑解释："托尼，是你首先问我可不可以试一下把价格抬高一些的。他们已经把和ICE签合同的事推了，没有退路了，咱们当然可以试试看，陈总来了香港就一定要签了合同才回去，咱们主动啊，他拖不起的。”

托尼不耐烦地摆着手：“不要再玩火啦，不可以再冒险，马上答应他们，签合同。”

俞威有点急了：“托尼，要么刚才一见面就签合同，开开心心的。既然现在已经闹得不愉快了，就应该坚持一下，看谁能沉得住气。陈总没有退路，他不可能回去找ICE，他怕丢面子，而且ICE的洪钧要是知道了这些，也会抬高价格，陈总心里肯定明白。”

托尼已经不能正常地思考了，他斜睨着俞威说：“你这么有把握，刚才为什么要拦住他？让他走好啦。”

俞威真是感到哭笑不得，他长舒了一口气说：“托尼，刚才他走了，那就彻底翻脸了，他一定会去和ICE签的，不管ICE抬高多少价格。咱们现在进去，就说大老板正在飞机上，从波士顿飞洛杉矶什么的，联系不到，但咱们这次保证不会再有问题，明天一早签合同。等到明天早上，咱们就说别的都批准了，只是以后每年的服务费不能打折，大的都答应他们，但留这个便宜在咱们手里，陈总没办法，也只能同意，给自己一个台阶下了，咱们也算不白折腾这一场。”

托尼摇着头，已经抬腿往会议室走，嘴上说着：“不要再玩了，我不敢再信你了，都是坏主意。我进去就全部答应他们，赶快签合同就好。”

俞威的脑袋嗡嗡的，他真想把前面走着的托尼一脚踹飞，又怕弄坏了自己的Brooks Brothers的高级皮鞋，他把脖子上勒着的领带松了松，跟在后面。到了会议室的门口，俞威没有像平时那样抢上一步替托尼开门，托尼也根本顾不上这些，他径自推开门，在门打开的一刹那，刚才还气急败坏的脸上已然堆上了一层厚厚的笑容。

设局者

俞威自己都搞不清楚是如何从会议室回到酒店楼上自己的房间的，他也记不起来刚才是如何签的合同、如何与陈总他们热情话别，更不愿意再去想分手时托尼的那副嘴脸。他一进房间，就把自己几乎扒了个精光，把上上下下、里里外外那一万多块钱的行头扔得房间里到处都是，身上就剩一条CK牌子的内裤。他仰面躺在硕大的床上，两臂张开，两条腿的膝盖以下在床沿外面耷拉着，就像一个下边被截短的“大”字。他从来没这么窝囊过，而此刻恰恰本该是他最风光最得意的时候。做得多么精彩漂亮的一个项目，没承想到了理应是最高潮的尾声，却是如此地失败和狼狈。俞威感觉浑身火辣辣的，尤其是脸上，好像刚被人狠狠地扇了两记耳光，俞威想，右边的这下是陈总扇的，左边的这下是那个托尼扇的。

忽然，房间里有什么声音，起初很微弱，但越来越清晰起来，俞威回过神，他听出是手机响了。他滑到地毯上，分辨着声音的来源，因为他也记不起刚才把手机塞在哪件衣服的兜里，又把衣服扔在哪儿了。他爬向门口，忽然发现在暄软的地毯上爬行原来是这般舒服，他真想就这样一直爬下去。到了门边，他抓过地毯上的西装上衣，从里面翻出叫声愈发嘹亮的手机，看一眼来电号码，按下接听键：“喂，是我。”

“老俞，我老范啊，忙呢吧？是不是正‘请勿打扰’呐？哈哈。”

俞威坐在地毯上，靠着墙壁，没好气地说：“扯淡！刚回房间，陈总他们刚走。”

“签了吧？肯定没问题的，恭喜恭喜，我给你庆祝庆祝。”

俞威硬邦邦的：“没什么好庆祝的。你在哪儿？”

“我在大堂啊，就在你楼下。这会儿还早，出去转转吧。”

俞威想起来了，他几乎把和老范的约定忘得一干二净，这个老范就是泛舟系统集成公司的老板范宇宙，主要经销UNIX系统的服务器，和俞威在合智项目上一直合作，今天也从北京飞来香港了，说好晚上聚聚的。俞威一边撑着站起身来，一边回答：“真忘了，晕头转向的。你等我一会儿，我这就下来。”

俞威套上一身休闲舒适的衣服，坐电梯下了楼。踱出电梯，他往大堂看去，大堂里虽不能说熙熙攘攘，可也有不少人，但俞威仍然一眼就看到了范宇宙，因为他和大堂里的所有东西都太不协调了。大堂里有四根又高又粗的圆柱，都是黑底白纹的大理石表面，很是气派，圆柱靠近地面的部分是一圈底座，范宇宙就靠在最远处那根圆柱的底座上。他个子不高，但很壮实，上身的宽度和胸背的厚度简直相差无几，胖大的脑袋，短粗的脖子，剃着方方正正的平头，活像一块刚被锻打得敦敦实实的钢锭。范宇宙穿着一件宽大的套头衫，下摆垂在裤子外面，显得上身很长下身很短，下面穿条皱巴且肥大的裤子，脚上是一双凉鞋，他双手背在身后倚靠在柱子上，左脚撑着地，右腿向后弯起来，右脚的鞋底蹬在柱子上，大脑袋像摇头风扇那样摆动，眼睛扫着大堂里过往的人，因为过往的人也都不由自主地要多看他几眼。俞威心里暗笑：“这老范，门童居然放他这样的进来了。”

俞威走到范宇宙前面不远处站定，范宇宙也看见了俞威，便离开柱子迎过来。范宇宙笑着先开了口：“老俞，这地方我待着不自在，咱们先出去上了车再说去哪儿。”俞威答应着，把胳膊搭在范宇宙的肩膀上，向外走去，他忽然发觉旁边的人都在看着他俩，猛地意识到两个男的如此亲密的确有些扎眼，便把胳膊收了回来，和范宇宙也稍微拉开了些距离，而范宇宙好像根本没有留意到俞威的这些举动。

上了的士，范宇宙赶紧问：“去哪儿？九龙？”

俞威懒洋洋地说：“懒得折腾，还得过隧道，就在港岛这边吧。”

范宇宙马上吩咐司机：“去铜锣湾。”

车开动了，范宇宙一脸关切地问：“怎么样？累坏了吧？这么大的合同，再累也值啊。单子多大？”

俞威愈发感觉浑身像散了架一样，有气无力地应道：“不大，一百五十万美元。”

范宇宙一怔：“不是说应该能到一百七十万美元吗？”他又马上接道，“噢，这也已经够大的了，都超过一千两百万人民币了，不错不错。”

俞威一听就来了气：“要依着我，本来能签得更大……”但他随即刹住，他可不想把刚才发生的事讲给范宇宙听。本来计划好的在最后时刻摊牌，逼陈总让步，结果托尼却在与陈总的心理战中一败涂地，什么便宜都没赚到，转过脸反而把俞威骂得狗血淋头，这不是什么露脸的事，还是不说为好。

范宇宙也不再问，话题一转：“看你累得够呛，找个地方给你捏捏吧。”

车开到铜锣湾，在一条挂满霓虹灯的巷子中间停下来。范宇宙付过车费，和俞威走进一家康乐中心。一个女人迎上前来招呼，范宇宙对俞威建议：“先来‘素’的吧？找俩手艺不错的男师傅给咱们好好捏捏，咱们还能聊聊。”

见俞威点头同意，范宇宙便把这意思对那女人说了，那女人连忙把他俩送到男宾部的门口。两个人草草洗了淋浴，便让男服务生带他们进了一间按摩室，里面放着两张按摩床。有个男服务生送进来茶水，后面就进来两个男的按摩师，他们刚开口说老板晚上好，范宇宙就问：“老家哪儿的？江苏的吧？”

其中一个哈着腰说：“老板眼力真好，我们是从江苏来的，扬州的，我来得早，他刚来，是我老乡。”

范宇宙把俞威让到靠里面的床上，自己往离门近的床上趴着，吩咐方才答话的年纪稍长的给俞威做，示意年轻些的给自己按摩，说：“这年头到哪儿都一样，在内地，猜卡拉OK的小姐，不是四川的就是河南的，八九不离十，搓澡的按摩的师傅，一猜扬州的也差不多。没想到在香港也这样。”

按摩师傅各就各位，年长的说：“老板，那可不一样，扬州真有手艺的师傅都出来了，内地的大多都是假冒的。”

范宇宙还没吱声，旁边床上的俞威已经笑了出来：“这儿还有人才流动呐？”他旋即止住笑，恨恨道，“香港有什么好？！都往这儿跑！”

两个师傅见俞威骤然变脸，便都不再说话，闷着头开始做上了。

范宇宙闭着眼，怕俞威睡过去，紧着和他搭话："老俞，这项目也是够不容易的，当初我还真以为咱们没戏了呢。"

俞威声音不大，幽幽的："没有一定能赢的项目，也没有肯定没戏的项目。有时候，别人觉得你没戏，反倒是件好事。合智这项目，赢就赢在让别人都觉得我们没戏，ICE觉得维西尔是对手，维西尔觉得ICE是对手，都没注意我们科曼。"俞威突然叫起来，"嘿嘿，轻点儿嘿！"

年长的按摩师傅忙停下，赔笑道："哟，手重了？看您这么壮实，还不怎么能吃力呀。"见俞威不理他，便接着按起来，力道轻了一些。

范宇宙却同时叫起来："我这位小师傅，你可得重点儿，你就把我当块铁，铆劲按。我告诉你啊，别看我个儿矮，可表面积不小，不许偷懒啊。"给他做的那位年轻师傅讪讪地笑笑，手上已然加了劲。

范宇宙顺着俞威刚才的话说："是啊，合智买了那么多跑微软Windows系统的服务器，可你们科曼的软件又最好是在UNIX机器上跑，谁都觉得合智不会选你们。"

"那是他们只知其一，不知其二。服务器算什么，大不了再买几台UNIX的服务器呗。他们没找到合智真正想要的是什么，还以为合智就是想买软件呢。"俞威顿了一下，心思好像又回到了合智的项目上，"我不是和你说过吗？合智现在的家电业务太累，他们也想做IT，做电脑、网络、服务什么的，上次提到那个'网中宝'，就是他们刚买过来想大做一场的东西。"

范宇宙问："就是你上次说合智想跟你们科曼合作的那个东西？"

"嗯，不是想跟科曼合作，合智是看上了我们科曼的那帮代理商。当时我还不好给你说太多太细。合智现在的代理商全都是向老百姓卖家电的，不知道怎么卖专门给企业用的'网中宝'；我们那么多代理商，又都是专门向企业客户卖软件的，最适合代理他们那个'网中宝'，而且丁点儿不冲突，他们就是看中了我们的代理商体系。那好，合作呗，他只要买我的软件，我就让我的代理商卖他的'网中宝'。"俞威越说越兴起，"软件？买谁的不一样？如果ICE和维西尔也走代理商，而不是只靠自己做直销的话，我们可能就真没戏了，可谁让他们两家都没有代理商呢。”

范宇宙一副愣愣的样子，似乎没全明白，俞威最乐于看到他这种样子，因为这让俞威愈加得意。范宇宙翻过身来，好像还在思考，在确认单凭自己实在思考不出个所以然之后，便问道：“你给我说过以后，我当时心里有底了，可后来听说合智要跟ICE签合同，我就又糊涂了，你还跟我打哑谜，只说不用担心，直到昨天你说要来香港和陈总签合同，我都没明白过来。”

俞威很享受地逗着范宇宙：“你现在就明白了？我不告诉你，你还是不明白。合智和我们整个就是编了一出戏，给我们公司总部那帮老美看的，主角却是ICE，是洪钧和他老板，哈哈。”

俞威瞥一眼范宇宙那张写满困惑的脸，又沉浸到自己的杰作之中：“我们总部那帮老美，真是没法说他们。他们觉得客户买科曼的软件是天经地义的，客户不买科曼的软件说明这客户有毛病。合智钱比较紧，我们的软件也的确是贵了点儿，合智想要的折扣我和托尼都给不出来，只能请总部批准。总部牛啊，不批，他们觉得我们即使不降那么多价合智最终也得找我们买。没办法，逼着我跟合智一块儿想了个主意，你总部不是不批吗，我就吓唬你，人家合智真要买别人的了，看你总部批不批……”

俞威已经顾不上观察范宇宙听没听懂，他起身喝了口茶接着说：“要说演员，陈总和赵平凡是自导自演，演得真好；另外还有俩主角，一个是洪钧，一个是他老板，主要是洪钧演得好，把他老板调动得也到位，当然啦，关键还是我导得好。洪钧这小子太投入了，真以为他能赢这个项目，真以为合智请他老板来签合同呢。我告诉总部，几月几号几点，合智集团的老板要和ICE的老板正式签合同，合同金额会是一百七十万美元，然后我说，如果你总部批准我要的折扣，我就能让合智跟咱们签，让ICE空手而归。这帮老美，不见棺材不落泪，这才批准了。老范你知道吗，三十六计里头的好几计，我这一个项目就全用上了，像明修栈道，暗度陈仓，像隔岸观火，还有釜底抽薪。”

范宇宙张着嘴瞪着眼，半天才嘟囔着说：“哎哟，我都听傻了。你玩儿得真厉害，真狠。”他好像转了转念头，又说，“不过这次是不是把ICE给耍得太惨了？洪钧真把他老板请来签合同，这下可惨了。你们俩当初还是哥们儿呐。”

俞威有些扫兴，一脸不以为然："又不是我要的他，是合智陈总他们。他们想从我们这儿拿到更大的折扣，就用ICE来讨价还价，为了让我们总部相信他们真要和ICE签合同，当然得骗洪钧把他老板请来喽。"

范宇宙似乎还想多打听个究竟："你们俩当初那么好，怎么后来去了互为对头的两家公司呢？如今谁都不理谁，也别太僵了。"

俞威的脸沉下来，说："人在江湖，身不由己，天下没有不散的筵席。以前我和他是不错，可毕竟后来是对手了啊。他也是死心眼儿，当初我们俩说过，头几个项目尽量不争个你死我活，他先去做的项目我不去搅和，我先跟着的项目他别来掺和，可真到了项目上哪顾得上那么多，谁能分得那么清楚？刚到新公司，肯定要争取尽快签几个单嘛，我不管什么他的我的，有项目就做，有什么不对？"

范宇宙忙赔笑："就是就是，生意人嘛，在商言商的好。"他停了片刻，像是享受着被揉捏得很舒服的感觉，其实是在脑子里把想说的话又捋了一遍，然后说，"老俞，软件合同签了，大功告成，合智也得赶紧买UNIX的机器了吧？赶紧签约赶紧安装，装好硬件才好装你们的软件，然后赶紧给你们付款呐。"

俞威的脸色已经平和下来，他知道范宇宙关心的就是这个，慢条斯理地说："我的软件一签，你的硬件合同就跑不掉了，合智肯定得新买UNIX服务器，我不会让他们用那些运行微软系统的服务器安装我们的软件。"

范宇宙进一步试探道："那他们会不会从其他的公司买呢？我已经把底价什么的都告诉赵平凡了，该做的也做了，他们应该会很快定吧？"

俞威明白范宇宙说的"该做的"是指什么，安慰说："老范，都是一样的机器，买谁的不是买？你该做的都做了，他们干吗还非要找别的公司买？我回北京就会找赵平凡，催他赶紧跟你把合同签了，你把心放得踏踏实实的，现在你就可以马上订货，合同一签立马发货，硬件软件安装完了咱们一起收钱。"

范宇宙咧开大嘴，像个孩子似的笑了。正好按摩也做到时间了，两个技师都停下手，等范宇宙给他们签过工单便退了出去。范宇宙盘腿坐在床上，对仍然躺着的俞威说："这我心里就有数了。老俞，怎么样？舒坦点儿没有？整'荤'的吧，我叫领班来告诉他安排一下。"

俞威伸了个懒腰："随你吧。不过我今天战斗力够呛，就当是陪你吧。"

范宇宙笑道："行行，就当陪我吧。"

说着拉开门，把领班叫进来，跟他嘀咕了好几句，领班顿时心领神会的样子，满脸堆笑爽气地说："没问题，保证老板们满意，请稍等下，女孩子会来领老板们去房间。"说完便退了出去。

范宇宙坐回床边，和俞威闲扯："明天怎么安排的？逛逛？"

俞威随口应道："得给老婆买些化妆品，她给拉了个单子，我明天按方抓药，回去交差。"

范宇宙又问："那能花多少时间？回去前没别的事了？"

俞威也坐起来，整理着身上的浴衣说："我得再来趟铜锣湾，找家银行开个账户，在香港有个账户以后有些事办起来方便些。"

范宇宙立刻问："准备找哪家银行啊？东西准备好了吗？"

俞威漫不经心地说："知道一家，用中国护照就可以开户，别的也没什么要准备的，开个户，存几百块钱就行了呗。"

范宇宙不动声色地建议着："老俞，应该多存点儿。我记得有些银行如果你账户里有五万港币，他们就不会每年都收你的服务费，好像还能有些什么VIP服务一类的。这样，老俞，反正明天我也没事，陪你去银行，先往你账户里面放五万港币，以后省得交服务费什么的。"

俞威没有马上回话，低着头整理浴衣上的腰带，过了一会儿才说："也行，那谢谢啦。"说完才抬起头，还用手拍了下范宇宙宽厚的肩膀，但眼睛却避开了范宇宙看着他的目光。范宇宙心里清楚，俞威已经欣然笑纳了自己为他"该做的"。

这时门开了，门口一左一右、一前一后站着两个女孩儿，看着他俩，前面的说："老板，咱们去房间吧。"

俞威看看这个，再看看那个，又看了眼范宇宙，范宇宙立刻明白了，他立刻横着身子从两个女孩中间穿出去，站到走廊上，冲不远处戳着的领班嚷道："喂，不是告诉你要丰满的吗？你怎么找来俩瘦干巴猴儿啊？！"

小谭赶到三里屯南街，推开那家爱尔兰酒吧的门，已经是晚上十点多了。一进去，看见外间厅堂里的客人好像还不如酒吧的服务生多，大概因为今天是星期三而不是周末的缘故。几张厚重的木头桌凳上围坐着几个喝酒的，一看装束就觉得像是从旁边的盈科中心出来的外企白领。小谭抬头看了眼北面墙壁上那幅熟悉的画，那位穿着绿色衣裙的肥肥胖胖的大婶，手里举着几大杯啤酒，咧嘴笑着。小谭冲柜台里的服务生点下头，算是回应他们的问候，就径直穿过柜台旁边的过道，向后面的里间走去。

小谭进到里间，站在过道口上用目光四处搜寻。左前方一张木头桌子，有三个女孩儿坐在桌旁的木头长凳上，一个手里把玩着饮料杯子，一个嘴上叼着根吸管，另一个把一瓶科罗娜放到嘴边却没喝。小谭凭直觉一下子就能判断出这三个女孩子也都是写字楼里的上班族，可能是前台、秘书或助理什么的。她们三个有一搭没一搭地说着什么，三双眼睛却都盯着同一个方向。小谭顺着她们的视线看过去，靠墙是一张长沙发，沙发虽然还算干净，但显然已经很老旧，被无数人坐过，已经看不出布面上最初的颜色和花纹。沙发上靠着一角坐着一个男人，三十多岁的样子，很白净，衬衫也是雪白，而且挺括得好像没有一丝折皱，他悠闲地跷着二郎腿，蓝黑色的西服裤子上能一眼看见笔挺的裤线。虽然是坐着，也能看出是中等个子，身材很匀称。他的西服上衣搭在沙发上，看得出来是仔细地搭上去的，不会把西装压出任何折痕，一条领带被细致地折叠成一个平整的小方块，掖在西装口袋里。这人一只手拿着一本旅游杂志在看，另一只手搭在沙发的扶手上。沙发前面摆着个当作茶几用的木头案子，案子上面放着一只诺基亚的手机，手机旁边是一个厚厚的皮夹。小谭笑了，恨不能把那三个女孩的目光都截留到自己身上，他向这个男人走过去，站在木头案子旁边，说："老板，早来了？"

洪钧抬起头，见是小谭，便笑了笑，把杂志合上放到面前的木头案子上，拍拍沙发示意小谭坐下，应了句："刚到一会儿。"

小谭坐下就问："你是看见那几个女孩儿才坐这儿的，还是她们看见你凑过来的？"

洪钧嘴上说着："哪儿？什么女孩儿？"边向周围扫视。三个女孩冷不防洪钧直直地看过来，慌忙把目光转开，三个人几乎同时都开口说着什么，场面很滑稽。洪钧说："哦，刚才没看见啊。"

小谭笑了："老板还是这么有吸引力啊，今天我也沾沾光。"

洪钧不搭他的话，直接问："怎么约这么晚？你以前不是说，带着女孩儿去酒吧，就到三里屯南街，到酒吧找女孩儿带走，就去三里屯北街，你给我选这地方是什么意思？"

小谭赔笑说："我以为你今天得陪皮特到挺晚呢。选这儿是想和你喝两杯，郁闷。"

洪钧说："皮特早自己回酒店了，他也很郁闷。怎么着？你也郁闷？想让我给你解解闷？"

小谭连忙边摇头边摆手："不不不，没这意思。哪敢啊？合智出了这事，我想跟你好好聊聊。"

服务生走过来，小谭点了杯嘉士伯，洪钧要的是健力士的黑啤。等两杯啤酒送上来，洪钧举起酒杯："说说吧，都打听到什么。"

小谭忙也举起杯子碰了下，喝了一口，嘴上还留着一圈啤酒沫就说："赵平凡的确是什么都不肯说，哼哼哈哈打官腔。项目组里其他人也都吞吞吐吐的，信息中心、财务部，以前熟得不能再熟了，现在全像变了个人似的。后来你说得试试从其他渠道打听，我就找了些别的关系。科曼的一个女孩儿，在科曼做行政的，我从她那儿套出来，俞威今天也去了香港。另外，合智法律部的一个女孩儿告诉我，她们审过两个买软件的合同，一个是和咱们的，一个是和科曼的，她当时还奇怪到底是要和谁签。我还有个同学在合智企划部，做什么新策略新产品规划的，说他们头儿和科曼的渠道发展总监谈过不止一次了。"

洪钧起初听得似乎不太在意，当听到小谭最后这句话时，显然把注意力提了起来。他把酒杯放在一旁，拿起原本放在杯子下面的杯垫，两只手把玩着："不要再有什么侥幸心理了，陈总到香港，看来一定是去和科曼签合同，我也是这样告诉皮特的。现在就是要搞清楚，合智为什么选择科曼。新策略新产品规划，科曼的渠道发展……你把你同学怎么告诉你的都原封不动说一遍。"

小谭的脸色立刻严肃起来，整理一下思路，字斟句酌地说："我这个同学说，合智一直在准备做一种新产品，他们企划部经理让他搜集过几家软件公司的代理商网络情况，看来他们的新产品要交给代理商去销售，企划部经理也和科曼的渠道发展总监开过会，但没有带他去，具体谈什么他也不知道，都是他经理直接向陈总做汇报的。”

洪钧想了想，把杯垫往案子上一扔，缓缓地像是从牙缝里挤出一句：“明白了，我太大意了。”但他马上又恢复到平常样子，说，“陈总也和我提过他们要推出一种新产品，我一直没问是什么产品，他们准备如何销售，不过话说回来，就是问他也不会告诉我。现在想也觉得奇怪，如果新产品还是家电，咱们和他们的研发部门那么熟，那早应该听说了，看来是种全新的东西，而且不是合智自己研发的，没准就是买来的技术。因为是全新的产品，所以销售渠道恐怕也是全新的，谁来帮合智做新渠道？科曼！科曼为什么要帮合智，因为合智答应买科曼的软件！”

洪钧伸出颀长的手指，把裤脚边从沙发上粘来的一根细小的线头儿弹掉，幽幽地说：“咱们不知道很多很重要的事情，不输才怪。”

小谭的眼睛瞪得大大的，好像在寻找着救命的最后一根稻草，仍不死心：“科曼的软件不能装在合智现在那些Windows服务器上啊，合智舍得再花钱买硬件？而且，他们都决定和咱们签合同了，皮特都来了，这不是把咱们当猴耍吗？”

洪钧苦笑一下：“比耍猴耍得惨，惨得多！买新硬件能花多少钱，可自己从无到有建代理商网络要花多少钱、多少时间？这账再好算不过了。至于为什么要咱们，很简单，这种招数以前不少客户也玩过，拿咱们吓唬科曼，如果科曼不答应合智的条件，合智就买ICE的，让我把皮特请来好跟他们签合同，这是做给科曼看的。”

小谭还是有些想不通：“俞威和你多少年的交情，以前虽然说话不算数专门抢你的项目，可这次也太狠了吧？陈总，还有赵平凡，和咱们关系都很不错啊，快像一家人了都，怎么也这么毒呢？”

洪钧恨不能用手指去戳着小谭的脑门教训他，但还是忍住了，尽量耐心地点拨：“David，谁和你是一家人啊？俞威怎么做是他的事，你也永远不要以为客户真和你是一家人。如果咱们自己小心，他们算计不到咱们。这次，不怨别的，是我太想拿到这个项目了，考虑了太多拿到这个项目以后的事，而没有仔细考虑这个项目本身。”

洪钧停下来，盯着小谭的眼睛问：“David，还记得我以前说过，怎样算成功的销售吗？”

小谭一愣，马上挺直身子答道：“成功的销售，就是让客户相信我们让他相信的东西。”

洪钧把目光从小谭身上移开，又像是自言自语般喃喃地说：“怎样算最失败的销售呢？相信了对手让你相信的东西。这回，我是相信了对手和客户联手让我相信的东西。”

小谭真傻了，把酒杯往案子上放的时候差点儿掉到地上，他像忽然想起什么，马上说：“那皮特？皮特也被耍了，他要知道他白跑这趟，肯定得发火啊。”

洪钧平静地说：“他已经知道了，我告诉他这个项目肯定出问题了。他发火也不会发到你头上。”

小谭还在嘟囔着：“本来还挺高兴，这么大的合同，提成大大的，全年的指标也都超额完成了，后几个月可以开始跟踪明年的项目，这下可惨了，又得找新的，手上另外几个单子前一段都没顾得上，又得回去炒冷饭，唉……还是全力去攻普发集团那个项目吧。”

洪钧没有说话，他心里想，这个小谭，真是不知道事情的轻重啊。发生了这么大的事，居然还在盘算着什么提成、指标，心里还惦记着有什么新项目，虽然的确是个不错的销售，可是在这种关键时刻，是一点儿都不能为自己分忧、不能帮自己支撑一下的。洪钧知道，小谭是命好碰上自己这样的“好”老板“罩”着他，他只管做项目就行了，如果遇到另一种老板，像小谭这样只知外战不知内战的，恐怕是没有好日子过的。

洪钧想到此处，不由得微微苦笑一下。他在自嘲，自己已经处于这种危在旦夕的境地，居然还在替部下操这份心。

洪钧终于回到了自己的家。他以前似乎从没有过这种强烈的想逃回家的感觉，在过去，这宽大得近乎冷清的家，只是他过夜的一个地方而已，而刚才，在面对皮特或小谭的时候，他居然有好几次仿佛听到一个声音在他脑海里说：“回家吧，别撑着了，撑不住了。”这些年来，他已经习惯了过山车一般的生活。每个电话，都可能是一个好消息，让他感觉像登上了世界之巅；每封电子邮件，又都可能是一个突发的噩耗，让他仿佛到了世界末日。所以，他已经慢慢养成了别人难以想象的承受力。他有时候会想起范仲淹在《岳阳楼记》里的那句话——“不以物喜，不以己悲”，其实这一直就是他的座右铭，只是当他越来越能领悟到这话中真谛的同时，也愈发体会到这种境界的遥不可及。

可今天，经历的不是过山车，他好像是在玩蹦极，从高高的巅峰纵身一跃，向下面的深渊跌下去。不对，不是蹦极，而且远不如蹦极，洪钧脑子里想着，他是正在巅峰上自我陶醉的时候，被人从后面一脚踹下去的，而且，他的脚上也没有绑着那根绳索，那根可以把他拽着再弹起来的绳索，那根可以让他最终平安落地的绳索。现在已经落到底了吗？洪钧想。没有，还远没有到底，洪钧心里再清楚不过了。

洪钧进到房间里面，立刻感觉自己的筋好像被抽走了似的，几乎要瘫在地板上。是啊，不用再当着老板或下属的面，强撑着充硬汉了，他不用再在自己已经没有底气的时候还要给别人打气。旁边不再有人，不再需要演戏，真自在啊。洪钧一屁股坐在地板上，仰头靠着沙发，浑身彻底地散了架。

这种彻底解脱的感觉稍纵即逝，还不到一分钟，洪钧的头就耷拉下来。是啊，自己所谓的家，原来不过就是个没有别人的地方，这样的家也叫家吗？洪钧知道自己是永远不会满足的，刚才还只是想找一个没人的地方逃避一下，现在已经又想要个人陪了。他就是这样的不满足，一路追逐着想要更多的东西，要赢更多次，要挣更多钱，要管更多人，一路走到了今天的境地。

洪钧脱了衣服，刚要洗个澡，手机响了。他不禁哆嗦一下，难道今天还没过去？难道还有什么坏消息正在夜空中朝自己飞来？不一定吧，难道就不会是他正在等的人吗？洪钧想到这儿便来了精神，拿起手机看一眼，立刻按下接听键，不等Linda说话，直接说：“正想你呢，刚要洗澡。”

要是在一天之前，Linda一定会说：“怎么想的？要不要我陪你一起洗？”可洪钧等了一会儿，等来的却是Linda问道：“合智究竟怎么了？明天的活动怎么都取消了？”

洪钧立刻泄了气，坐到沙发上，叹口气，却没回话。

Linda接着问：“下午Susan让我把订的会场、花篮、横幅什么的都推了，她自已给那些媒体打电话，她打不过来又分给我不少让我打，一个个全通知说明天的活动取消了，到底怎么回事啊？”

洪钧硬着头皮，向他本来认为最不必解释的人解释：“合智的项目出了问题，看来是他们耍了我们，他们今天应该已经和科曼在香港签了合同。”

这回轮到Linda沉默了，洪钧也就静静地等着，过了一会儿，Linda才说：“怎么会呢？他们怎么可能骗到你呢？”

洪钧忍不住苦笑：“我又不是常胜将军，又不是没被别人骗过。”

Linda看来也并不想和洪钧在电话里总结失败教训，转而问她更关心的一个问题：“合同不签了，照样可以向媒体宣布你的任命啊，怎么全取消了呢？只先在公司内部宣布？那有什么意义，本来我们早都知道你是老大。”

洪钧心里觉得更苦，可又被Linda的话弄得更想笑，这滋味真难受，他耐着性子说：“我的傻丫头，合智出了这么大的事，你还惦着皮特正式给我升官啊？现在的问题，根本不是什么时候宣布我当首席代表，也不是到底让不让我当这个正式的首席代表，现在的问题，是我还能不能在ICE待下去。”

电话里一点儿声音也没有，连Linda呼吸的声音都听不到，这样停了半天，洪钧几乎以为电话断了，下意识地把电话从耳旁挪到眼前看一下，显示还在通话中，洪钧便对着手机嚷：“喂，Linda，Linda。”

Linda的声音才又传过来：“怎么会呢？不过是一个案子嘛，而且是小谭跟的啊。为这么一个合智，就不让你干了，那皮特还想不想要别的项目了？”

洪钧把腿抬到沙发上躺下，头枕着胳膊，说到这里他反而变得坦然了：“这是你的想法，可皮特不会这样，他早向总部报了合智这个大项目的特大喜讯，总部也批准了我的任命，结果他白跑一趟，所有对媒体的安排全盘取消，出了这么大的事，他怎么交代？你不明白，美国人是经济动物，而英国人是政治动物。”

Linda这次倒是很快就回应了，把洪钧噎得够呛：“你倒是什么都明白。”

沙发太软，洪钧的腰陷进沙发里面窝着，并不舒服。洪钧挪动着，不想和Linda再说这些沉重的话题。他知道，Linda不可能替他分担什么，也根本没人能替他分担什么。他只盼着Linda能对自己说：“我现在过来吧。”他等了一阵，失望中试探着问一句：“你睡下了吗？”

Linda简单地“嗯”了一声，接着跟一句：“都这么晚了。”

以前，她不在乎晚的。如果是Linda打来的电话，她常会说：“那我过来吧。”如果是洪钧打过去的电话，她也常会问：“你是不是想我过来？”然后就常常会立刻挂上电话，换上第二天上班穿的衣服，赶过来。

洪钧似乎隐约闻到了Linda的味道，中午时在沙发上留下的味道，那味道曾经让他兴奋，现在也让他感觉到一丝暖意，好像自己周围有一个场，托着自己，不让自己掉下去。慢慢地，洪钧似乎觉得那种味道越来越淡了，场就显得越来越弱，他就快掉下去了。洪钧真想对着手机说：“我想你过来陪我。”他张开嘴，但最终还是没说出来。那个味道，那个声音，那个人，好像都已经离他越来越远了。

冰一样冷酷无情

第二天晚上，洪钧一个人坐在嘉里中心饭店的大堂酒吧里，感慨自己的心情和这酒吧的名字“炫酷”无论如何也搭不上边，他现时的感觉，倒正可以用另外两个字来形容：“悬”“苦”。

整个白天异常地平静，好像一切都没有变，而洪钧却感到一切都已经变了。无所事事地熬，觉得这个白天无比漫长。昨天就是漫长的一天，那是因为昨天发生了太多的事情，今天虽然似乎什么事情都没发生，却让他觉得漫长得多，因为洪钧知道那个事情是一定会来的，只是不知道什么时候来，洪钧就这样熬到了晚上。

皮特白天没有到公司，他自己一个人留在饭店的房间里。但洪钧相信，皮特一定很忙，昨天夜里他肯定已经和旧金山总部的头头们商量了，今天白天他肯定在和新加坡那帮亚太区的人忙活需要料理的具体事情。快下班的时候，皮特打来电话，约洪钧晚上在酒吧见面，“喝一杯”。以往，皮特来北京住这家饭店的时候，他们常常是在楼上的豪华阁贵宾廊谈事的。这次特地约在酒吧，洪钧明白皮特一定是想把气氛弄得轻松些，看来见面的话题一定会是沉重的，想到这些，洪钧深吸一口气，又呼出去，心里对自己说：“来吧。”

洪钧坐在软椅上，面朝酒吧的入口，从入口望出去就是大堂。因为还早，酒吧里人不多，菲律宾乐队也还没开始表演。洪钧从桌上拿起饭店提供的精致的火柴盒，把玩着。他对这家饭店太熟悉了，虽然他对北京的主要豪华饭店都很熟悉，但对嘉里中心似乎印象最深。已经开业几年了？洪钧在脑子里回想着，一九九九年开业的？洪钧不太确定。但洪钧可以确定的是，这家饭店自从开业至今就一直被工地包围着。北面、西面、南面，都是工地，饭店门前的路面常常铺满了重型卡车撒落的渣土，每逢冬春季节刮大风的时候，西北面工地上吹来的尘土好像都能穿过饭店的两道门落到大堂里。有人说这饭店的地理位置绝佳，洪钧却觉得在很长时间里它的位置反而是个缺陷，交通拥堵，周围全是工地。洪钧一直在琢磨的是，嘉里中心究竟有什么妙招，能够把那么多的会议和各种商务活动拉过来，能够吸引那么多显贵来北京时到此下榻。实际上，洪钧之所以对嘉里中心饭店印象深，就是因为洪钧觉得他们的销售在北京的豪华饭店中是做得最好的。“找机会一定要和他们做会议销售的人好好聊聊。”洪钧心里念叨着。转瞬间他禁不住苦笑起来，是啊，眼下都什么时候了，自己居然还有心思琢磨别人的生意经，还惦记着要和人家切磋一下，自己可真够敬业的。

洪钧看见一个熟悉的身影，操着熟悉的姿态，穿过大堂向酒吧里走过来。皮特的步子很轻盈，一身休闲装，左手拿着手机，右手拿着饭店的房卡，在手指间倒来倒去，像玩弄着一张扑克牌。皮特也看见了洪钧，脸上立刻露出笑容，扬了下手，走过来。洪钧便站起身，等皮特走到面前，边伸出手握了一下，边打着招呼。

两人都坐下来，四把单人软椅围着一张小圆桌，以往洪钧和皮特都是挨着坐的，今天皮特很自然地便坐在了洪钧对面的椅子上。皮特先跷起二郎腿，洪钧才跟着也跷起二郎腿，让自己尽可能舒服些。皮特看见洪钧面前摆着杯饮料，看样子不是酒，就问：“你要了什么？”

洪钧回答：“汤力水。”

皮特立刻略带夸张地做惊诧状，问道：“为什么不喝点酒？”

洪钧笑着说：“汤力水就很好，你随意吧。”

皮特也笑笑，摇摇头。这时侍者也已经走过来，一个高高瘦瘦的小伙子，皮特对他说：“一杯卡布奇诺，不用带那种小饼干。”侍者答应着走开了。

皮特和洪钧都微笑着看着对方，对视了几秒钟，皮特先开腔：“怎么样？各方面都还好吗？”

这样泛泛地随口一问，洪钧却很难回答。要在以往洪钧都是笑着回答说好得不能再好了，玩笑中流露出自信，皮特也会哈哈地笑起来。而现在，洪钧的感觉却是糟得不能再糟了，可当然不能这样回答。洪钧顿了一下，只好说："还好，和平常一样。"

皮特点下头，表示理解，说："今天又是漫长的一天，我相信对你和我都是这样。"

洪钧也点下头，表示同意，但没有说什么。这时侍者端着杯咖啡送过来，放到皮特面前，皮特说声谢谢，用手捏着咖啡杯的小把手，却没端起来喝，而是看着咖啡上面的泡沫纹理发呆。过了一会儿，皮特才又抬起头，看着洪钧说："现在很难啊，你和我都很艰难，我们都很清楚。"

洪钧又点下头，看着皮特的眼睛，听他继续说："合智是一个大项目，一个非常重要的项目，我们一直以为可以得到它，总部很了解这个项目，他们一直在等待我们的好消息。现在看来，我们肯定已经输掉了这个项目。至于为什么输、怎么输的，肯定还有很多细节我们不知道，或者说至少我不知道，但我不想再在这上面花时间。合智的项目丢了，我们不再谈它，我们要考虑的是未来。"

洪钧专注地听着，没有插话，他听出了皮特真正的意思。皮特说的不再谈合智项目，而考虑未来，并不是说就如此轻易地把这一页翻过去了。他的意思，恰恰是为了未来，首先要把合智项目彻底做个了结。他不关心的只是这项目究竟怎么丢的，他关心的是丢了项目的这笔账该怎么算。

皮特等了下洪钧，见洪钧没有说话的意思，便接着说："合智这个项目丢掉了，ICE中国区今年的业绩指标能否完成，是一个大问号，ICE亚太区今年的业绩指标能否完成，也是个问题。但更重要的是，你和我，在总部建立起来的信誉，被大大地影响了，我们失掉的不仅是一个项目，还有我们的信誉。我们曾对总部说这个项目没有问题，结果事实变成我们这个项目没有机会了，总部以后还会相信我们说的话吗？我们现在要做的就是，让总部看到我们已经找出了问题，并将很快解决问题，这样才能重新建立我们的信誉。"说到这儿皮特停下来，端起咖啡喝了一口，回味着。

洪钧忽然有种憋不住想笑的感觉，这本该是一个非常沉重的话题，而且和他的前途攸关，可他真觉得好像有什么地方特别好笑。什么地方不对呢？洪钧明白了，原来皮特刚才说的好几个“我们”，其实都是意指“我”，只是碍于当着洪钧的面，才只好说“我们”，似乎把洪钧也照应了进去。洪钧想，不少中国人以前很少说“我”如何如何，都是说“我们”如何如何，其实隐含着都只是在说“我”，没想到这个英国人也学会了，而且运用得炉火纯青。

皮特好像又在等着洪钧回应，可是洪钧仍然只是一脸专注地看着皮特，没有任何要开口的意思，皮特也就只好进一步说得更明确些：“那么，问题究竟出在哪里呢？我们必须先找出问题，然后再商量如何解决。”

洪钧知道，这一刻终于来了，他清清嗓子，挪动一下身子让自己坐得更端正些，刚想张口，忽然发现自己怎么弄得像个走向刑场慷慨赴死的英雄似的，又一回几乎憋不住笑出来，但他再次控制住了，没有流露出半点儿，而是非常平静但不容置疑地说出一句很简单的话：“我对输掉合智项目负全责。”

皮特显然有些意外，他愣了一下，用看陌生人一样的眼光看着洪钧，他肯定有些后悔，早知如此刚才何必绕那么大圈子做铺垫呢？皮特马上恢复了常态，面带微笑，温和地对洪钧说：“我完全理解你的感受，你在这个项目上付出了很大的努力，现在输掉了，你肯定觉得难以接受，过于自责，但这样对你不公平，因为你毕竟不是直接负责这个项目的人。”

洪钧知道皮特指的是谁，他指的是小谭。作为直接负责合智项目的销售经理，小谭的确应该为输掉项目负责。但洪钧也清楚，单单一个小谭既不够格成为皮特所要找的“问题”，更不够格由皮特亲自来“解决”。显然，把小谭抛出去并不能改善洪钧的处境，为什么还要做那种“恶人”呢？洪钧打定了主意。他仍然用非常平静的口吻说：“David是做销售的，他当然对输掉项目负有责任。但是合智这么大的项目，自始至终并不是他单独负责，实际上，我直接负责合智项目的整个销售过程，尤其是那些关键阶段，David只是我的助手。”

皮特并没有想说服洪钧，而是试探道：“所以，你没有考虑过让David离开公司？”

“没有。虽然输掉了合智，可现在离财政年度的结束还有四个月，David仍然有机会达到他的业绩定额，他是个不错的销售经理，也从来没有违反过公司的规矩，我们应该给他机会。如果他到年底时没有完成定额，我们可以不和他续签合同。但我觉得如果现在就让他离开，”洪钧停顿了一下，尽量平和地说，“那样不公平。”

皮特面无表情，刚才一直浮现在他脸上的笑容消失了，冷冷地说：“Jim，合智项目不是一个简单的项目，输掉它，后果显然是很严重的。我们必须要有人为此负责。”

洪钧面带微笑，把刚才说过的话用同样的口气又重复了一遍：“我对输掉合智项目负全责。”

皮特追问：“你是说，你准备辞职？”

洪钧笑着摇了摇头，皮特立刻一愣，洪钧不等他再问就接道：“我不辞职，你可以终止我的合同，或者说，你开掉我。”说完就专注地看着皮特的表情。

皮特微微张着嘴，停在那里，但脑子一定在飞速地转动。他挪动一下，把跷着的二郎腿放下，身子向前探过来，用非常诚恳的口吻对洪钧说：“不，这不是个好主意，我不会这么做。”洪钧也把二郎腿放下来，坐得挺直一些，听皮特接着说。“Jim，我知道你是个负责的人，但我们这次的运气太坏了，所以你和我必须做出艰难的决定，但无论如何我不会开掉你。我的想法是，你提出辞职，然后我接受你的辞职。”皮特说完，发现洪钧并没有任何反应，便再把自己的意思说得更明白些，“你辞职的原因可以说是个人职业发展的考虑，要去尝试新的机会，你和公司，都不丢脸，也可以温和地分手，不是很好吗？对了，公司还将给你三个月的工资，你可以理解为对你的损失的补偿，我可以理解为对你的贡献的酬谢。”

说实话，皮特开出的条件不能说没有吸引力，尤其对今日的洪钧来说更是如此，但洪钧心里很明白，他必须坚持住，虽然作为败军之将、行将被扫地出门的人，他没有什么选择余地，但他仍然要守住自己已经做出的决定。

洪钧深吸一口气，不紧不慢地说：“皮特，正是因为考虑到我下一步的职业发展，我才决定宁可被开掉也不辞职。如果我辞职，我和公司签的合同中的非竞争性条款就将生效，我将不能加入与ICE有竞争关系的公司，至少在一段时间内不行，尤其当ICE给了我工资补偿以后。但是，我不想离开这个行业去重新从零开始。所以，我宁可不要ICE给我任何补偿，我宁可ICE把我开掉，我也不愿意在找下一个工作的时候受任何限制。”

皮特显然有些紧张，他已经开始考虑后面更远一些的事情了，他向桌子再靠近一些，对洪钧说：“Jim，即使ICE终止了和你的合同，你也不应该加入ICE的竞争对手啊。”

洪钧微微一笑：“皮特，你把我开掉了，我当然可以到任何公司去工作，当然也可以去你的竞争对手那里，不过，我不会违反我和公司签过的保密协议。”

皮特皱起眉头，把手放在嘴边，洪钧知道这是他在紧张思考时的习惯动作。正好刚才那个高高瘦瘦的侍者走过来，问皮特要不要加些咖啡，皮特不耐烦地摆摆手。洪钧难得发现一向温文尔雅的皮特原来也有这种急躁的时候，他仍然微笑着，等着皮特。

皮特似乎拿定了主意，脸上的表情恢复柔和，甚至露出一丝笑容，说道：“Jim，我和ICE都非常欣赏你，我们都看到你对ICE做出的贡献，实际上，我们不想失去你。只是，现在显然你不再适合领导ICE中国公司。你觉得，在ICE中国公司，或者在新加坡，有没有什么你觉得合适的位置，可以先做一段时间，我可以保证会很快再把你提升起来。”

洪钧无声地笑起来，刚才他的微笑都是摆出来的，现在他好像真的觉得开心，他把桌上装着汤力水的玻璃杯拿起来，向上稍微一举，做个邀请干杯的姿势，然后端在胸前对皮特说：“皮特，谢谢你。你和我一直合作得很好，如果仍留在ICE却不是像现在这样直接向你汇报，我还是宁愿离开。”

皮特的目光中明显露出失望的神色，他双手放在两腿的膝盖上，好像准备撑着身体站起来，嘴里说道：“看来没有其他的解决方案了，Jim，给我一些时间，我要回房间准备些文件，然后你和我要在文件上签字。你肯定理解，这种事，我们越快解决越好。”他看到洪钧笑着点点头，便站起身走了，步子似乎不再像刚才来的时候那样轻快。

洪钧坐着没动，平静地等着。他知道皮特不会很快回来，因为他不得不重新准备文件，洪钧相信他今天原本准备好的文件一定包括两个，一个是洪钧开掉小谭用的，一个是洪钧自己辞职用的，没想到那份辞职的根本没用上，而被开掉的竟是洪钧。洪钧方才的那一丝开心早就消失无踪，他明白自己根本不是什么胜利者，他付出了惨重的代价，只求将来能换来一些机会。

洪钧拿出手机，给Linda发了条短信："还在谈。"

很快，有条短信在他的手机屏幕上闪烁，洪钧打开一看，是Linda的："谈得怎样？"

洪钧只敲了两个字："还好。"

Linda更快地就又回了："那就好，你到家我给你电话。"

洪钧看完短信便删掉了，然后放下手机，有些惆怅地向四周看看，菲律宾乐队的几个人已经聚到小小的表演区域，那个女歌手和几个男乐手在说笑着。洪钧知道，Linda恐怕误会了他的"还好"是什么意思，她会失望的。

大约过了半个小时皮特才回来，手里拿个透明的文件夹，里面有些打印好的文件。洪钧想，这些文件一定是刚刚在楼上豪华阁的商务中心里打印出来的。他自己以前是那里的常客，还曾赞扬过豪华阁服务小姐的专业水准，他当时根本想不到，这些服务小姐有一天也会用一如既往专业的水准来制作出开除他的文件。洪钧想到这儿不禁又苦笑起来。

走过来的皮特看见洪钧脸上的笑容，一定诧异这个洪钧怎么事到如今居然还能开心。不过皮特也不想多和洪钧纠缠，他直接把两份文件摊在小圆桌上请洪钧过目。洪钧拿起文件仔细地审一遍，又拿起另一份确认两份内容完全一致，便从西装上衣内侧的兜里取出万宝龙牌子的签字笔，在两份文件上龙飞凤舞地签上自己的英文签名，然后把文件推给皮特。皮特也跟着签好字，把其中一份递过来，洪钧便伸出一只手去接，同时笑着说："我们就不用交换签过字的笔来做纪念了吧？"

皮特苦笑一下，把一份文件放回文件夹里，站起来。要在以往洪钧也会立刻站起身来，可这次他没有，因为皮特已经不再是他的老板了，洪钧就继续坐在那里，纹丝不动，他发现这样坐着很舒服。

皮特站着，像忽然想起什么，问洪钧："你知道ICE公司名字里的这三个字母是什么意思吗？"

这次轮到洪钧有些诧异，他愣一下，确认他没有听错皮特的话，想了想，硬着头皮说："不是缩写吗？Intelligence&Computing Enterprise（智能计算企业）的头三个字母？"

皮特摇摇头，轻轻地叹了口气，看着洪钧，说：“ICE，就是一个词，‘冰’，像冰一样冷酷无情。Jim，我不得不这样，对不起。”

洪钧刚走出嘉里中心饭店的旋转门，在门廊下站定，旁边不远处等着的小丁便已经看到他，那辆黑色的桑塔纳2000很快开到跟前。小丁下车绕过来要给洪钧开车门，嘴上还说着：“老板今儿早啊，我还以为又得喝到挺晚呢。”

洪钧把小丁打开的车门又给关上了，看着小丁一脸纳闷的样子便说：“你先回去吧，我往前边溜达溜达。”

小丁更奇怪了：“那您待会儿怎么回家啊？”

洪钧漫不经心地说：“打车呗，很方便。”

说完，冲小丁摆下手，朝街上走去。但他马上又折回来，冲刚坐进车里的小丁说：“差点儿忘了。你明天早上八点四十在这儿接皮特，然后送他去公司。”说完转身走了。

小丁在后面大声问：“那您呢？您怎么去公司啊？”

洪钧的脚步显然顿了一下，但他没有回头，把手挥一下，嚷一句：“别管我了。”

洪钧走出没多远便有些后悔了，这种溜达远不如他向往的那般惬意。八月份的北京，晚上也不比白天凉快多少，西装上衣肯定是穿不住的，洪钧用手指钩住西装的领子搭在肩头，西装甩在后背上。走出几步仍然觉得太热，便又把西装倒到胳膊上，腾出两只手分别把衬衫袖口上的扣子解开，把袖子整齐地翻卷到肘部，再把西装搭到后背上，这才觉得稍微舒服些。没有风，只在旁边有车开过去时才会搅得空气产生些流动，带过来的也是尾气和尘土。洪钧开始觉得有些烦躁，停住脚，往来路上张望着，他决定打车回家了。

他刚往机动车道上搜寻了一眼，一辆黑色的桑塔纳2000便从后面不远开了上来，到洪钧身旁停下，小丁探过身子把前面右侧的车门打开，探着头对洪钧说：“老板，上来吧，还是我送您吧，外头太热。”

洪钧笑了，先把后车门打开，把西装上衣扔到后座上，关上后车门，然后上车坐到小丁的旁边。

小丁笑着对洪钧说：“您忘了，您的电脑还在我车上呢。”

洪钧回到家，把电脑包放在沙发上，去用凉水洗了把脸，然后拿起电脑包走进书房，他该着手做善后工作了。

铃声响起，洪钧知道一定是Linda打来的。一接起电话，Linda的声音就从听筒里蹦出来，让洪钧下意识地把电话从耳边挪开一些。“怎么样？没事了吧？”Linda问，声音透着十分的急切。

洪钧笑了，叹口气，从鼻子里哼一声，说：“没事了，这次是彻底没事了。”

Linda刚应一声：“那就好。”但马上就品味出洪钧的语气很奇怪，好像话里有话，便紧接着问，“你什么意思啊？”

洪钧也就变得严肃起来，一边整理着电脑里的文件，一边对着电话说：“皮特建议我把小谭开掉，也建议我辞职，我都没接受，我要求他终止我的合同，皮特接受了，所以，我现在没事了，因为ICE把我开掉了。”

洪钧忽然觉得这一切都非常具有讽刺意味，就在昨天，自己还在劝说Linda离开ICE，口口声声称两个人继续留在同一家公司不太好，如今这问题已然迎刃而解，昨天劝别人离开的人今天已经自己离开了。洪钧有些尴尬，又有些酸楚。

电话里传过来Linda一声长长的“啊”，然后半天再没声音，洪钧耐心地等，也不说话。

又过了一阵，Linda终于愤愤不平地质问：“你说你，你替那个小谭扛什么责任啊？他不就是个小销售吗？”

“你不知道，就算开掉小谭，皮特也不会让我在ICE待下去，他建议我辞职，还提出给我几个月的工资作为补偿。”

洪钧的这句解释反而让Linda觉得他简直疯了，Linda一定认为他彻底地不可理喻。她的声音变得更加尖厉，嗓子好像都快劈开：“啊，公司给你钱都不要，还非让公司把你开掉，你脑子到底怎么想的啊？”

洪钧怎么也记不起Linda可曾发出过这样的声音。高潮的时候？似乎不是，没有这么刺耳，那时的叫声要低沉些，像是拼命压抑但又压抑不住，从身体里最深处发出的声音。而现在这声音，却是毫无约束地迸发出来的。

洪钧有些不高兴，他闷声说道：“你怎么这样对我说话？”

Linda毫不示弱，立刻回应：“怎么啦？你已经不是我老板了。”洪钧听出这话里没有以往那种俏皮，Linda不是在开玩笑。

洪钧脑子里居然浮现出Linda梗着脖子、撇着嘴说出这句话的样子。洪钧纳闷，自己以前很少在脑海里出现Linda的全貌的，怎么现在她竟然变得活生生了呢？洪钧觉得有些好笑，只能耐着性子给Linda解释：“我如果辞职，又拿ICE的钱，我就被限制住了。我让ICE开掉我，我就不受限制，可以去任何公司。”忽然，洪钧意识到自己已经在不经意间改变了一个小小的细节，当提到ICE时，他不再说“公司”如何如何，而是直接说那三个字母了，因为他已经不属于那个公司。人的归属感真是非常奇特，敏感得有时连自己都还没意识到，洪钧已经把他从ICE里彻底择了出来。

Linda从鼻子里哼一声，然后叹口气说：“咳，辞职不丢面子反而不好找工作？被开掉反而更好找工作？真不知道你是怎么想的。”

洪钧不想再说这个，他觉得没有再做解释的必要，他停下手上的事，尽可能柔和地说：“Linda，咱们不说这些了，好吗？我也不敢肯定我这么做将来会怎样，但既然已经这么做了，就不再说了，啊？”

Linda没有回答，看来她也不想再和洪钧理论下去了。洪钧等了一会儿见仍没反应，以为Linda气消了，就说：“想你了，真想现在能和你在一起。”没有回音。洪钧接着幽幽地说，“过来好吗？这种时候很想你能待在我身边。什么都不做，陪我说说话，如果不想说话，我们就挨在一起，坐着。只要你能在我身边就好。”

仍然没有回音，洪钧等着，他实在受不了这种沉寂，刚张开口要说句什么，Linda说话了：“太晚了，我心里也乱得很，去了你也不会开心。”Linda顿一下，声音稍许柔和一些，“睡吧，这两天你太累了，累得都不像你了。”说完，好像又等了一下，然后挂断了电话。

洪钧的嘴张着，举着电话机，听着听筒里传出的蜂鸣声，半天都没放下。

早上七点，洪钧被闹钟吵得睁开眼睛。星期五，该去上班的，小丁很快会到楼下。洪钧一骨碌下了床走到洗手间里，和镜子里的自己打了个照面，他这才一下子真醒过来。他不用这么早起来的，小丁今天也不会来接他，他今天更不用去上班，以后可能很多日子里他都不用去上班。洪钧想起来，他已经没有工作了。

洪钧回到床边，把自己扔到床上，还是睡觉的好，他对自己说。

有蛐蛐叫，声音越来越大，越来越近，好像就在床底下，洪钧要抓住这只蛐蛐，它太烦人了。洪钧翻身坐起来，眼睛仍然闭着，一只手在床上，另一只手在床头柜上，摸索着，终于抓到了那个一边振动一边唱歌的“蛐蛐”。洪钧仍然闭着眼，把手机放到耳边，“喂”了一声，里面传出的是小谭惊慌失措的声音。

“老板，怎么啦？皮特刚给我们开会，说你已经离开公司啦！”

洪钧翻开眼皮，看一眼床头柜上的闹钟，九点半。他没好气地说：“我在睡觉！”就把手机挂了，倒头埋进枕头里。

没过多久，手机又响了。洪钧一下子变得暴躁起来，一看闹钟还不到十点。他拿起手机看一眼号码，是小丁。他平静下来，虽然胸脯仍在一起一伏的，但声音已经正常：“喂，丁啊，有事吗？”

小丁好像很为难地说：“财务总监让我去找您，让把您办公室里的一些东西给您送过去，他还让我把您的笔记本电脑给带回来。”

洪钧已经完全清醒了，他很轻快地对小丁说：“哦，我明白。你送过来吧，顺便把电脑拿回去。”

洪钧爬起来开始洗漱，一切都收拾好了小丁还没到。小丁肯定是想给洪钧多留些时间，在路上磨蹭呢，或者就在楼下等着呢。洪钧这么想着忽然感到心里一热，但马上又觉得凄凉起来。是啊，小丁的确是个很细致、很体贴的人，而现在好像只有小丁还有些人情味儿。

洪钧等了一会儿，困意全无，小丁也按响了门铃。洪钧打开门，小丁手里拎着个纸袋子，里面都是洪钧放在办公室里的私人物品。洪钧一边翻看着纸袋里的东西，一边让小丁进来，可小丁死活不肯，就坚持站在门外的过道里。

洪钧把纸袋大致翻了翻，问小丁：“我整理的那些名片呢？放在桌上的大名片盒里的。”

小丁嗫嚅着说：“东西是我和简收拾的，本来我把那些名片都放进来了，后来财务总监进来看见，就把整个名片盒又都拿了出去，说是客户的资料都是属于公司的，不让带给您。”

洪钧笑了下，没说什么，进去把昨晚已经清理好的笔记本电脑提出来递给小丁，对小丁说：“谢谢啦，丁，保重啊。”

小丁双手接过电脑包，捧在胸前，脸红了，憋半天才吭吭哧哧地说：“老板，您对我不错，以后您要有什么事，您随时招呼我，我指定尽力。”

洪钧笑着点点头，小丁转过身，刚要走又回过头，对洪钧说：“老板，那我走啦。您也保重。”洪钧又笑着点点头，抬手晃了晃，尽力做出像平常分手时那种轻松随意的样子。

洪钧关上门，随手把那个纸袋子撂在一边，心里空荡荡的。他想了想，觉得让自己不那么空荡荡的最好方法可能还是睡觉，便走进卧室，又把自己摔到了床上。

洪钧似乎在迷糊之中又听见手机响起，“不可能，我都没工作了，哪儿来的这么多业务？”他翻个身，想重新做个更有意思的梦，一个没有手机叫声的梦。

不对，怎么好像“处处闻啼鸟”了，到处都是手机响。洪钧只好爬起来，拿起手机瞟一眼，怎么又是小丁？会不会是小丁无意中碰了拨号键，把刚打过的电话又拨出来了？洪钧印象中小丁一直很仔细的，应该不会，便接起来：“喂，丁吗？怎么了？”

电话里小丁的声音好像比先前那个电话里还要为难，甚至有些不知所措，而且有些断断续续的：“老板，我刚到公司地下的停车场，她正在这儿等着呢，她要您的电脑。”

洪钧没听清，便问：“谁？哪儿？谁的电脑？”

小丁吞吞吐吐地解释：“我一到停车场，她就过来了，要我把您的电脑给她，她说她要看看。”

洪钧这回倒是听清楚了，可仍然一头雾水：“谁啊？谁截住你要看我的电脑？”

电话里忽然没了动静，过一会儿才又响起小丁简直有些发颤的声音：“是……是Linda。”

洪钧一下子全明白了，心里有种说不出来的滋味，他等自己平静下来才问：

“那她在你旁边吗？你让她听一下电话。”

能听到电话那一端有人说话的声音，洪钧似乎能看见小丁和Linda推托着的样子，还看见Linda接过电话后走得离小丁足够远才停下。过了一会儿，电话里传来Linda的声音，仿佛来自很远的天际：“Jim，我想看一下你的电脑，看看里面有没有和我有关的东西。”

洪钧已猜到会是这个缘故，他耐心地对Linda说：“Linda，你放心，我昨天晚上已经把整个电脑仔细查过，所有该删的已经都删掉了，你放心好了。”

Linda沉默片刻，似乎像是抱定了决心：“Jim，你就让我再看一下嘛，那里面有些东西对我很重要，我可不想被别人看到，我必须确定你真的都删掉了呀。”

洪钧开始有些不耐烦：“难道你就这么不相信我？”

Linda的口气虽然柔和，可洪钧能听出里面带着刺：“Jim，我只是想看一下你的电脑啊，既然你已经都删了，那更应该可以让我看一下嘛。”Linda停一下，改用半开玩笑的口气，“再说，其实也已经不是你的电脑了呀。”

洪钧张着嘴呆住，是啊，的确已经不是他的电脑了。何止是电脑，曾经属于他的，都已经不再属于他了。

洪钧心里乱极了。一切都好像是很遥远的过去，好像是很久以前的事。不对啊，才两天吧？仅仅两天前，他好像拥有他想得到的一切，他拥有那么多让人称羡的东西，并且有着光明远大的前程。而仅仅四十八小时之后的此刻，洪钧忽然发现，他曾经拥有的都失去了，他感到疼了。拥有的时候他觉得无所谓，决定放弃的时候他也可以告诉自己不要在乎，可当他真正失去所有这些的时候，他感到疼了。忽然，他又觉得非常冷，他不敢去想，因为他已经意识到了更可怕的东西：他的疼才刚刚开始，因为他不仅没有了过去，更没有了前途，也没有了希望。

翻手为云覆手雨

万寿路这一带在北京是出了名的大院多的地方，首先是一堆军队系统的大院，然后就是一些部委机关，以前主要是电子部的，后来是信息产业部的了。北面一条东西向的小街里有几家饭馆。现在正是八九月间，天要挺晚才黑，外面小风吹着也凉快，所以几家饭馆都在外面支上桌子，每张桌子上撑开一把遮阳伞，众人坐在伞下、桌旁，喝着啤酒，嚼着各样下酒的小菜，整条街人声鼎沸、烟熏火燎。本来街道就狭窄，饭馆摆出来的摊子把行人挤到机动车道上，双向的机动车道又被停着的车辆占去一条，只剩下窄窄的一条车道勉强可以交错过车。

一排连着的几家饭馆中间夹着一家茶馆。茶馆门前自然没有摆出桌子来，但也被停靠的车挤得满满当当。俞威坐在靠窗的位子上，嗑着桌上小漆盘里的瓜子，眼睛盯着窗外，外面街上的食客中有几个女子吸引着他的眼球，而且还不时有些过路的女子招摇飘过，把他的眼睛也一路带着走。他开始感觉到眼睛不够用了，因为他还得随时关注一下他停在路边的那辆捷达王，车旁边经过的两轮、三轮和四轮交通工具都随时可能碰到它。

茶馆里一点儿也不比外边清静，不远处的几桌都在打牌，吆五喝六地嚷个不停。俞威已经吃过饭，他在等的人是赵平凡。合智集团有不少人都住在附近的宿舍区里，以赵平凡这几年做总裁助理的收入，也还没攒够在北京买套高档公寓的银子。俞威刚给赵平凡打过电话，告诉他自己已经到了，赵平凡说他正吃饭呢，一会儿就下来。这家茶馆俞威以前来过几次，每次都是来和赵平凡谈事。这地方乱哄哄的，不引人注意，而且显然不是商谈“机密大事”的理想场所，所以即使被合智集团的人看见也不会觉得有什么特别之处。而俞威又恰好喜欢在嘈杂的地方谈“大事”“正事”，一来嘈杂的环境可以让他亢奋，二来这种氛围也不会让对方感觉到拘束。

俞威忙得够呛的眼睛终于捕捉到一个熟悉的身影，他看见赵平凡从斜对面的小区门口向茶馆走来，先是在路上闪躲着争先恐后的车，又从几家饭馆外面的摊子中钻过来，亏得赵平凡还年轻，而且身材矮小灵活，所以面对如此复杂的“路况”还算应付自如。

赵平凡走到茶馆门口，服务员已经挑起门帘，他走进来第一眼就看见已经迎上来的俞威，便笑着伸出手。两个人握了手，寒暄几句，走到窗前的那张桌子旁坐下，服务员也跟过来问他们点什么茶。俞威把茶单递给赵平凡，努着嘴说你来你来，赵平凡虽说接过了茶单，可看也不看就放在桌上，忙着拿出烟来点着，嘴上说：“还是你点，随便来，反正啊我不管是花儿还是叶子，啊，只要说是茶就行。”

俞威也掏出烟，他并没有和赵平凡让烟，因为已经太熟了，各自喜好也都不同，俞威一直是抽白盒的万宝路，而赵平凡则只抽“红河”。俞威把烟叼在嘴里，眯着眼看看茶单，就抬头瞟着服务员说：“绿茶现在都不新鲜了吧？花茶一直不怎么喝，来乌龙吧，有冻顶乌龙吗？没有的话就上你们最好的乌龙也行。”服务员点头说有，就转身离开了。

俞威和赵平凡对望着，都深吸了一口烟，然后朝各自的右边一扭头，几乎同时从嘴里喷出一大团烟雾，两团烟雾朝平行而相反的方向喷出去，很快散开，两个人不约而同会心地笑了。

赵平凡盯着俞威说：“老俞，不够意思啊，合同一签就不过来啦。从香港回来有半个多月了吧？我都一直找不到你。”

俞威看赵平凡脸上带着笑，知道他是故作姿态，不必当真，但他还是很客气地解释道：“我哪儿敢啊，刚回来就又去了趟杭州，一个电力的项目。我知道你这边肯定事儿也很多，估计你忙差不多了，这不就赶紧过来请安嘛。”

服务员抱着一大套泡乌龙茶的茶具走过来，在桌上给他们泡茶。赵平凡的眼睛跟着服务员的手在茶杯茶碗间忙来忙去，说：“陈总刚回来的时候就和我说了，我当时就想问你来着。陈总说在香港谈合同的时候，你们的表现可是不怎么好啊。”

俞威知道赵平凡肯定得提一下这事，他也早就做好了准备，便很诚恳地说：“这件事，我到现在心里都别扭。明明咱们在北京都谈好的，到香港大家客客气气、高高兴兴地搞个签字仪式多好。可托尼，我那个香港老板，贪心不足啊。他当时把我也给搞蒙了，对陈总来了个突然袭击，对我也突然啊。他肯定是合计着陈总已经亲自到了香港，又把跟ICE签合同的事给取消了，他就想把已经答应过的东西反悔掉，再把价格抬高些，签个更大的合同。”

俞威正要接着说，赵平凡插了一句：“哪有这么做生意的啊？你怎么不劝劝他？啊，这弄得陈总对你们印象多不好啊。”

俞威的表情已经从诚恳变成委屈甚至显得有点可怜，声音中简直都快带着哭腔了，他说：“我怎么没劝啊？我都快和托尼翻脸了。我要事先知道他有那种想法，我一定会说服他不要那么做。谈合同的时候他把我和陈总都弄了个措手不及。陈总发火了，我就赶紧劝。然后我把托尼叫出来和他讲，他还想坚持，他说陈总没退路了，不管怎样最后也只得答应他托尼的条件。我就对他说，‘我了解陈总也了解合智，你这么做行不通的’。最后我说，‘我自己不能说话不算数，如果你坚持这么做，我就辞职’。”

俞威的话音在最后变得慷慨激昂，然后猛地收住，他要让这种气氛多停留一下，可以更具震撼力。果然，赵平凡听得呆住了，嘴巴和眼睛都张得大大的，似乎眼前浮现出俞威和一个香港人据理力争的光辉形象，他手指夹着的烟一丝丝燃烧着，都忘了去吸一口，最后还是因为长长的烟灰自己掉到桌上才把他从忘神中拉了回来。赵平凡低下头，用餐巾纸把桌上的烟灰揩到地上，掩饰着刚才的失态，嘴上敷衍着：“你啊，老是这么冲动，就这个脾气怎么行。”

他抬起头来看着俞威，转而很自然地说：“其实啊，陈总也说应该不是你搞的鬼，都是老朋友了嘛。陈总还说估计是你做了你老板的工作，所以你们出去商量了一下，再回来以后就很痛快地签了合同嘛。”他说到这里又顿一下，很关切地说，“有句话可能不该说，毕竟是你们内部工作上的事，可是，啊，你有这样一位老板，恐怕共事起来比较费力啊。”

俞威显得非常感动，像是遇到了知音，把手伸过去拍拍赵平凡放在桌上的手，说：“你们知道我是什么人就行了。”这时他也意识到戏再演下去就有点“过”了，而且搞得气氛异样就不适合再谈别的事，所以他立刻夸张地抬手去擦眼睛，嘴上学着东北口音，“大哥，啥也别说了，眼泪哗哗的。”

赵平凡被他那样子逗笑了，说着：“别啊，你是我大哥，你比我大好几岁呢。”

俞威也笑，他是得意地笑了。当初在香港撺掇托尼在谈判中出尔反尔、横生枝节的时候他就打定主意，如果日后合智的人责问他，他就把脏水全都扣到托尼头上。如今他果然把坏事变成好事，显然赵平凡和他的心理距离又拉近了一层。

俞威拿起小小的茶杯，把里面的功夫茶一饮而尽，然后在嘴里咂摸着，回味着一种甜甜的味道，满意地对赵平凡说：“行了，能喝了，这冻顶乌龙看来是真的，的确不错，尤其是抽一口烟再喝，更觉得嘴里有股甜味儿，你品品。”

赵平凡便端起茶杯也一口喝了，茶水刚进嗓子眼儿就立刻说：“行，不错。”

俞威暗笑，他知道赵平凡对这些东西其实既不讲究也没兴趣，完全是一句敷衍的客套，也就不再和他聊茶，他是来和赵平凡聊正经事的。

俞威从包里拿出一个档案袋一样大小的信封，放到桌边。赵平凡用眼角瞟一眼信封，却装作没看见。俞威说：“上次咱们谈的那事，我已经办妥了，这些东西你看一下，签个字就行，你留一份，其余的我给他们带回去。”说完便把大信封打开，从里面拿出些打印好的文件给赵平凡递过去。

赵平凡接了，却并没有马上翻看，而是随手放在旁边的凳子上，说：“这种法律上的事我不太懂，你给我说说就成了。”

俞威心里暗想，这赵平凡是总裁助理，天天和公司的法律、行政、人事部门打交道，居然说不太懂法律上的事，分明是在做戏，不过是想摆摆姿态、拿拿架子罢了，俞威觉得好笑，但还是克制住了，说：“这家普莱特公司，在我们科曼的代理商中是比较大的一家，一直都做得不错，而且各方面也都还比较正规，公司的股东是两个人，我和他们俩都很熟，关系不错。现在商量好的做法是这样，他们答应给你5%的干股，直接无偿无条件地转让给你，这5%的股份只在分红的时候有效，没有其他权益，没有表决权，反正你就一年到头什么都不用管，年底的时候拿他们利润的5%就行了。”

赵平凡好似无意间随口问：“他们一年的利润大概多少？”

俞威沉吟着回答：“这几年每年的销售额，大概在两千多万，不到三千万，至于利润嘛，不是非常清楚，他们两个告诉我说是在三百万左右。就按这个数粗算，每年十五万的分红，也还可以啦。”

赵平凡这才把刚放在凳子上的文件拿到手里，翻看着说：“钱不钱的无所谓，大家都是朋友嘛。”

俞威看他拿起那些文件，就说：“都是他们的律师给准备的，股东会决议啊，股权转让协议啊什么的，凡是你名字下面留空的地方就是需要你签字的。他们做事很规矩。”

赵平凡边看文件边对俞威说：“大家在一块儿都是为了做点实事，我这边肯定也会尽力的。我们那个网中宝产品，我会首先交给这家……”他顿住了，在文件中查找着，接着说，“这家普莱特公司，来做代理，我可以让他们做总代理，给他们的折扣也可以再大一点。刚开始推新产品，合智这边本来就该多让利给代理商嘛。”

俞威笑着点头：“这就要你赵助总给他们些政策倾斜喽。”心里想，这话其实不必说，赵平凡一定会向他自己多倾斜多让利的。

赵平凡合上文件，看似不经意地问：“你老俞和他们关系不错吧？要不怎么挑了他们。”

俞威知道赵平凡在打探什么，不紧不慢地说：“我和他们就是朋友，处得久了相互之间比较熟悉，也比较信任，项目上、价格上、年底的返利上，我能照顾的就照顾他们点儿，我和他们公司没什么特别的关系，你放心好了。”

赵平凡忙摆着手说：“唉，我有什么不放心的？”

外面街上的人流不知什么时候开始变得稀少，几家饭馆门前刚才还人满为患，现在已经空出了不少张桌子。天已经黑了，外面已看不到什么景色，偶尔有个女孩走过，也已经根本看不清轮廓，更不用说容貌了。俞威便把注意力往茶馆里面转移，发现不知什么时候各张桌子几乎都上了客人。那几桌打牌的仍然非常热烈，俞威只要稍微竖起耳朵听一下就能分辨出每张桌子上大致的战况。附近角落里原先空着的桌子现在都有了人，俞威逐个扫一遍，发现全是一男一女，岁数似乎也都是三十以上的，可无论俞威多么凝神专注都听不到人家在嘀咕什么，只能看见那些男男女女脸上的表情，像整个茶馆里面的光线一样暧昧。俞威心想，看来自己也已经到了该约个半老徐娘来泡茶馆的阶段了吧，但又不甘心，自己才三十多岁，他找的女孩一般都要比他小十岁，这么一算，还是再过些年，等他四十多岁的时候再来茶馆泡三十多岁的女人吧。

俞威的眼睛、耳朵和心思都在忙着，无意中把赵平凡晾在一边，因为俞威准备和他谈的事已经谈完，本意再闲坐一会儿也就散了，没想到赵平凡一句话把他给拽了回来："老俞，还有个事，陈总前几天和我提过，啊，这事得和你商量商量。"

俞威一听，立刻把所有的心思全都收了回来，进入临战状态，赵平凡打了陈总的旗号，应该不会是小事。俞威笑着说："我听着呢，陈总有什么指示？"

赵平凡也笑了，说："什么指示，这方面你是专家，陈总和我是想让你给出出主意。"

俞威微笑着没接茬，他在等赵平凡详细说，凡是变得这么客气的时候，一定是比较难办的事。

赵平凡这回没怎么拉他习惯带的长音，而是挺利索地说："是培训和考察的事。陈总回来以后就和我开始张罗这事，嘿，这一张罗就发现这事还真不太简单。当初咱们谈合同的时候，不是就留出一笔钱准备出国培训和考察时候用的吗，而且我记得当时咱们留的就已经不少了，当时觉得肯定够，可现在一张罗就不行了，太多人要去。开头咱们搞这个项目的时候，这个部门、那个部门的都说和他们没关系，既不参与也不支持，咱们费了多大的劲才把项目争取下来。现在倒好，一听说要出去考察培训，全都找上门来了，积极性这个高啊，压根儿不用动员，都争着说他们对这个项目如何如何重视，都要派最得力的人参加项目组。我心想，这帮混蛋，都是只想参加考察组，等考察回来真到做项目的时候肯定全没影儿了。可陈总是个好人呐，心软，也觉得有个机会能多让些人出去看看也好，起码回来以后不会唱对台戏，不会给这个项目添乱。我理解陈总的意思，但关键是个钱字。咱们一家人不说见外的话，你也知道我们合智现在预算很紧张，就这些钱，干了这个就干不了那个，捉襟见肘啊。我和陈总都想不出什么主意，这不，想听听你的想法嘛。”

俞威的脑子刚开了片刻的小差，此刻又立刻高速运转起来，他听赵平凡刚说第一句话就已经知道是什么事了：太多人要出国考察、培训，预留的费用不够，合智想从其他地方挪些钱过来，而且俞威已经猜到他们在打什么主意，现在的关键是要赶紧想出对策。他忽然开始喜欢起赵平凡的啰嗦了，他越啰嗦，俞威就可以有更多的思考时间。眼下俞威还没完全想好对策，他还需要些时间，所以他需要赵平凡再啰嗦一阵，便装作痴痴地问：“那你和陈总是怎么商量的呢？”

赵平凡试探道：“陈总让我问问你，看能不能在软件款项上想些办法。咱们的合同已经签了，按说也不能减你们软件的金额，可实在是没别的办法。你看能不能这样，我们按合同把软件款分批给你们打过去，你们收到首期款以后再给我们返回一部分来，具体返回多少数目咱们可以再商量，用什么名义返回都行，我们就用这部分钱补足培训和考察的费用，成不成？”

俞威暗笑，早知道你们惦记在我的软件上做文章。都已经签了合同，一百五十万已经比我想要的数少了二十万美元，还想让我再吐一些回去，休想！俞威已然想出了对策，现在是思路清晰、胸有成竹，他要让赵平凡欣然接受他想让赵平凡接受的东西。

俞威很诚恳地说：“老赵，出国的事的确是大事，陈总想多派些人出去是对的，而且还应该把一路上的条件都安排得更好些，所以的确应该多争取些预算。我来之前就想跟你说件事，和出国经费的事没准能联系起来，也许两件事能一起解决呢。你想不想听听？”

赵平凡虽然一心只惦记着出国经费的难题，本不想听俞威再扯什么另外的事，可是又不好不让俞威说，毕竟要想挪用软件款还非得有俞威配合才行，又听俞威提及可能解决出国经费的问题，便忙说：“你说你说，一起商量嘛。”

俞威便不紧不慢地开了口：“前些天碰到你们信息中心的几个人，聊了聊，看来他们都有些想法啊，不知道你和陈总有没有听说？”

赵平凡摸不着头脑：“没有啊，什么想法？”

俞威接着按他设计的思路说：“合智一直是用微软Windows系统的服务器，听说你们要换成跑UNIX系统的服务器，信息中心的人心里没底，于公于私都有些想法啊。于公，他们对新系统不熟悉，也没有经验，担心短时间内掌握不好，影响项目的进行；于私，担心公司会招聘懂UNIX的新人来，他们这些老人又不会UNIX技术，人人自危啊。”

赵平凡还是有些糊涂，糊涂中带着些不快，他瞥一眼俞威：“就是因为你们科曼的软件只能装在UNIX的机器上，我们才不得不买新服务器的嘛，又不是我们自己非买不可。”

俞威立刻坐直身子，睁大眼睛提高嗓门，言之凿凿地说：“还不是ICE和维西尔的那些人这么说的？他们当初和我们争这个项目的时候攻击我们，说我们科曼的软件只能运行在UNIX系统的服务器上，想用这一条把我们挤出去。我们自己可从来没说过我们的软件不能装在Windows服务器上，科曼这么大一家公司，全世界那么多用户，当然有装在Windows服务器上的，哪能只有装在UNIX机器上的呢？”

赵平凡开始明白了，但因为这个思路对他来说太新，他还感觉有些不踏实，便接着问：“那你的意思是？……我们不买UNIX的服务器，就用现在有的这些机器来装你们的软件，然后就可以用准备买服务器的钱去安排培训和考察的事？”

“是啊，”俞威知道赵平凡已经上套了，他还要趁热打铁，“已经批下来买服务器的钱足够了，都够每个人出两次国的。而且钱是你们的，想怎么花就怎么花。另外，这也打消了信息中心那帮人的疑虑，要不然他们还真对我们科曼有些抵触呢。”

赵平凡还要再确认一下心里才能真踏实：“信息中心肯定不想换机器，他们当然想用已经熟悉的技术，也的确会担心你们科曼的软件影响他们的饭碗。可问题是，你们的软件装在微软系统的服务器上真没问题吗？这可不能有半点含糊。所有人都说你们的软件只能用UNIX的机器，买UNIX的机器也是你们建议的嘛。”

俞威仍然理直气壮，他很清楚这种关键时刻一定要顶住，他必须给赵平凡充足的信心，他说：“那是竞争对手对我们的攻击，不说明任何问题。我们当初没有坚决地反驳他们，也是为了和你们配合一起演戏。当初ICE为什么上咱们的当，真以为你们会和他们签合同？就是因为他们判定你们已经相信科曼软件有缺陷，所以才相信你们肯定不会买我们的软件。如果我们当时坚决回击他们，说服你们不信他们的话，ICE就不会自信有十足的把握拿下项目，就不会轻易上当。科曼的软件装在你们现有的服务器上绝对没任何问题，我可以给你打包票。”

俞威稍微喘口气，又喝口茶，也顾不上咂摸里面的甜味儿，赶紧乘胜追击：“这是目前唯一可行的解决办法，要不然，培训和考察的费用从哪儿出啊？让科曼收到软件款再返给你们一部分？外企的内部审计很严，这你不是不知道，我们很难操作。如果你们扣住一部分软件款不付给我们，总部肯定得急，一定不会答应。如果你们想修改合同，少买一些软件，把钱留下来出国用，那也得惊动我们总部啊，这事也就越闹越大，总部肯定不高兴。你想啊，陈总和你们去美国，整个培训和考察都得靠我们总部那帮老美给你们安排，如果他们不高兴，我真担心这一路上可能就有照顾不周的地方，我也是鞭长莫及，美国毕竟不是咱的地盘啊。”

赵平凡沉吟着，没有说话。俞威就拍了下手，斩钉截铁地说：“老赵，你要觉得我空口无凭，咱们可以这样，我明天就让工程师模仿你们的Windows服务器配置搭一个模拟环境，然后把我们Windows版本的软件装上去给你看看。如果你还不放心，咱们再说其他的办法。”

现在轮到赵平凡的脑子转得飞快了，俞威这一大套滴水不漏的说辞确实让他挑不出毛病，他也觉得这的确是个十全十美、一举多得的办法，因为俞威的所有理由都是站在合智公司的角度来考虑的。可赵平凡又总觉得什么地方不太舒服，他是准备让俞威从自己的软件款里退出这笔钱的，怎么就自然而然地让俞威把矛头引到硬件款上去了呢？可俞威所言也的确很有道理，环环相扣，赵平凡想了想就打定主意，不管那么多了。他一直皱着的眉头已然舒展开，笑着说：“还是你考虑得全面，要不怎么陈总让我找你商量呢？”

忽然，赵平凡又僵住，脸上的笑容一下子消失不见，像是猛然想起什么，叫道：“哎呀，还有个事刚才没想到啊。恐怕不这么简单，那个也得考虑进去。”

俞威的心又像被凉水激了一下猛地抽紧，可脸上不动声色，嘴上也平静地说：“什么事啊？一惊一乍的，呵呵。”

赵平凡琢磨一番说辞，然后才开口：“有个老范，范宇宙，那个泛舟公司的，你和他熟吗？”

俞威立刻猜到了八九不离十，刚才抽紧的心终于又可以放松了，他心想，老和赵平凡这样的人打交道迟早得死在心脏病上，嘴上却说：“范宇宙？见过几面，谈不上熟。”

赵平凡接着说：“我们这个项目他也花了不少功夫，跑前跑后的，和我关系也还算不错。如果没有咱们今天谈的这些，我就准备过两天让信息中心和他签合同了，从他那儿买UNIX的服务器。可现在如果我们不新买服务器，就让老范白忙活了，还空欢喜一场，这可怎么好……”

俞威听着，心里暗笑，他知道赵平凡肯定拿了范宇宙的好处，但现在眼看不可能帮范宇宙办成事，正愁范宇宙会不会把好处又要回去，便开导赵平凡：“这有什么。天有不测风云，又不是你不帮他忙。再说，做生意的哪有奢望做一个成一个的？做不成生意就连朋友都不做了？买卖不成情谊在嘛。我虽然和他不熟，总归有点了解。像老范这种人，做生意这么多年，道理一定懂，虽然这次你们没从他那儿买机器，可你这个朋友他一定愿意交定的。”

赵平凡嘀咕：“我这个人就是心软，最怕看到别人失望，尤其是朋友。可怎么和他说呢？我是不好意思当面让他失望，打电话吧又开不了口。”

俞威简直觉得赵平凡这个人着实可气可恨，想到自己以前在别的项目上也曾经被“钱平凡”“孙平凡”们像耍范宇宙一样地耍他“俞宇宙”，他真想把杯中的茶泼到对面那张脸上。不，茶水已经凉了，这杯子也太小，应该把角落里放着的那壶开水整个泼过去！

俞威怎么想的，赵平凡根本察觉不到。俞威修炼多年的功夫，即便面对一个他切齿痛恨的人，目光中仍可以饱含着尊敬、亲切甚至爱慕。他再一次把手伸过去，拍拍赵平凡放在桌上的手，说：“你是好人呐，要不咱俩也成不了这么好的朋友。这样，我当一回恶人，我去找范宇宙，说明一下情况，再好好解释一下。虽然我和他不熟，可我们都是生意人，好交流，合作机会也多嘛。”

赵平凡立刻抬起头，满脸堆笑，这回轮到他表达感情了。他抓住俞威的手，摇了摇说：“哎呀，那可谢谢你了啊。你告诉老范，我这里肯定会尽力再找机会，一定还有机会可以合作的，让他放心。”

俞威明白，赵平凡是想让范宇宙“放心”，他赵平凡才能真正放心。

俞威瞥见那几家饭馆的伙计都已经出来收拾桌椅，正把遮阳伞收起来搬进去。俞威很得意，这种感觉是不是就叫成就感呢？这几杯茶喝得真叫一波三折，有危机也有机会，有好事也有坏事，而他恰恰把危机都变成了机会，把坏事都变成了好事，一切迎刃而解，一切随心所愿。俞威有些飘飘然，他有些奇怪，怎么这冻顶乌龙居然也能醉人？俞威用眼角斜睨着周围桌上的人，打牌的声嘶力竭、目光炯炯，幽会的轻声细语、眼色迷离，他们知道吗，在他们旁边唯一坐着两个男人的这桌，刚刚发生过多少惊心动魄的事？有多少人的命运都被这两个人的此番谈话所影响甚至扭转？有的人还不知道，他将喜获这辈子头一次去美国的机会；有的人还不知道，他将不必去学新东西，大可以抱着现在这点本事继续混下去；也有个人更不知道，他已经被算计到竹篮打水一场空了。

俞威虽然也是坐着，可他忽然觉得他是在俯视周围这些人了，是啊，他们谁能体验到俞威此时此刻这种成功的境界呢？一转念间，俞威又糊涂了，自己是不是也在羡慕他们呢？怎么周围这些人的声音里、目光中，好像也都流露出他俞威从未体验过的快乐呢？

直到赵平凡的背影进入他住的小区大门，向里一拐不见了，俞威才转过身走向自己的捷达王。他坐进驾驶室，把四扇车窗都摇下来，让外面的空气飘进车里，结果饭馆外面那些烧烤摊子上的味道也跟着涌进来，俞威赶忙点着火，开了出去。

车开起来，外面的风飞进来，空气清新而且凉爽，俞威感觉非常地惬意和自在。他忽然想起一句广告语，用来描述他此时的心情再恰当不过，那句话是：“一切尽在掌握。”俞威有时候也会自己总结一下，为什么这么成功，有什么奥秘吗？俞威一直没想太明白，因为他每次都是想着想着，注意力就转到那些成功时候的良辰美景，顾不上去想是怎么成功的了。是自己的天分吗？当然！俞威对自己的聪明是充满自信的。是自己的努力吗？当然！俞威也常会想到自己付出的那些艰辛，所以他才不断地犒劳自己的身和心。是机遇吗？当然！但是任何人面前都有机遇，能否抓住机遇就要靠各人的本事了，所以还是自己捕捉机遇的手眼功夫绝佳。是什么人的帮助吗？俞威以往就是常常想到这儿走神的，有什么人帮过我吗？好像记不太清楚了，可能有吧，但关键还是因为我自己。

现在去哪儿？一个成功男人，开着自己的车，兜里揣着不少钱，精力充沛，还能去哪儿？俞威想起一个人：范宇宙。还是老范手里的“资源”丰富，取之不尽，用之不竭，老范曾经拍着胸脯对他说：只要你没累趴下，要几个我给你送几个，要什么样的我给你送什么样的。俞威心里赞叹：老范，人才啊！刚想到老范，俞威就回过神来，不行，现在不行，今晚不行，他得和老范说个正事呢。想到这儿俞威又对自己的敬业精神由衷地钦佩起来：是啊，为了工作，为了事业，有多少次按捺住了自己的欲望，放弃了多少本来应该潇洒一番的机会。俞威占着最里侧的快车道，把车速放慢，左手拿起手机，拨了范宇宙的手机号码，然后放到左耳边。

电话通了，俞威还没说话，手机里已经传出范宇宙热情洋溢的声音：“老俞，在哪儿呢？正想你呢。”

手机里传出嘈杂的声音，窗外的风声、车声也都刮进耳朵里，后面的车又是鸣喇叭又是晃大灯地催着，俞威便把四扇车窗都关上，风声、车声小了，但手机里仍然乱哄哄的。俞威冲着手机嚷：“我在路上，开着车呢。你在哪儿呢？怎么这么吵啊？”

手机里的嘈杂声似乎在移动，忽强忽弱，过一会儿噪声小了，范宇宙的声音又传出来：“在家酒吧，和几个朋友，我走出来了。正想给你打电话让你也过来呢，有个女孩儿，就是预备介绍给你的，你过来吧。”

俞威的心开始怦怦跳起来，浑身的血液好像也开始沸腾，他觉得有些热。真想去啊，俞威的心里在呐喊，可是，要克制，要按捺，要忍住。俞威的头脑还是战胜了身体某些部位的冲动，他尽量用淡然的口吻说：“今天就算了，累坏了，你先给我留着吧。”

范宇宙那边顿一下，然后“哦”了一声。

俞威集中一下思路，有条不紊地说：“急着给你打电话，是有个事得马上告诉你。不是什么好消息，你先有个心理准备啊。”

范宇宙那边又顿一下，然后又“哦”了一声，过了几秒钟，俞威听见范宇宙咕哝着：“怎么啦？你说吧，我听着呢。”

俞威在报丧的时候都要邀功买好，他说：“刚和赵平凡聊了一下，你不是让我催他们快点儿把服务器的合同和你签了嘛，我就是专门和他谈这个。没想到，合智那边有些变化。”

手机里传来范宇宙又“哦”了一声。俞威接着说：“他们准备派不少人去美国考察和参加我们给他们搞的培训，都想去玩儿一圈，名额全超了，当初准备的培训费用不够，他们就想把预备购买服务器的经费挪过去用。”

俞威停下来，留意听范宇宙的反应，可是范宇宙的反应就是根本没反应，这次连“哦”一声都没有。俞威想这老范的脑子看来是真慢，还没反应过来。他只好再说得详细些：“他们可能不打算从你那里买机器了，要用买机器的钱去美国玩，要去一大帮人。”

手机里还没有动静，过了一阵才又传来范宇宙的声音，好像很沉闷：“噢，那他们不买新服务器，以前那些机器能装你们的软件吗？”

俞威连忙说：“是啊，我也问他们了，我还告诉他们，他们那些微软系统的服务器，不能装我们的软件，他们必须买UNIX服务器。可没用，赵平凡说陈总已经定了。我只好说那出了问题可别找我。”

范宇宙又不吭声了，俞威很耐心地等，过一会儿范宇宙才瓮声瓮气地说：“那这下可全白忙活了。”

俞威恨不能把手伸进手机里，让手随着信号也飘到范宇宙的身旁，拍拍他肩膀以示慰问，但此刻只能加倍地用语言来安抚：“我对赵平凡说了，如果合智非这么干，我也没办法，人家老范也没办法。也是，手长在他身上，笔握在他手里，他不和咱们签，咱们真没办法。但我也对他说了，他心里必须记着这事，一定得找机会照顾你的生意。”

这次范宇宙很快便回答了：“啊，没事儿，以后再说呗，看看别的机会吧。”

俞威马上接口：“是啊，还能怎么样，以后再想办法吧。你放心，我这儿也会留意其他的项目，如果有客户要买UNIX的机器，我一定让他们找你。”

范宇宙的声音又响起来：“你今天真不过来啦？”

俞威挺轻松，赵平凡嘱咐的事已经办好，话已经转给范宇宙了，看样子又是糊弄得滴水不漏，但他仍装作很是遗憾地说：“不去了，真挺累的，改天吧。”

俞威和范宇宙道声再见就挂断手机，然后加大油门开远了。俞威根本想不到，范宇宙接完这个电话会是另外一种样子。

范宇宙挂上电话，站在外面吸了几口新鲜空气，然后长长地呼出来，才转身走回去。

进了酒吧，找回自己的火车座一样的位子，坐着的一个小伙子和两个女孩都忙站起来，范宇宙坐到两个女孩中间，看着对面的小伙子。此时的范宇宙和俞威所知的范宇宙判若两人，他眼睛亮亮的，咄咄逼人，盯着小伙子说：“小马，大哥我让人家给耍了。”

小马脸上的笑容凝固了，张着嘴，问：“咋了，大哥？”

范宇宙一字一顿地说：“我以为鸭子都煮熟了，结果他们把我给耍了。俞威告诉我，说赵平凡不买咱的机器了，买机器的钱有别的用处，他还装蒜，说他帮咱说话了。”他像忽然想起什么，愈发恨恨地说，“妈的，他在香港还劝我早些订货，我订的这些机器都要砸手里喽。”

小马不解地问：“那，您咋知道他骗您了？”

范宇宙哼一声：“他以为我是傻子？他替赵平凡传话，告诉我生意没了，就是怕赵平凡直接和我说的时候把他抖搂出来。如果他俞威没向赵平凡保证合智现在的机器装他的软件肯定没问题，借赵平凡十个胆儿，他也不敢不买新机器。”

小马还愣愣的，两个女孩被突然变化的气氛吓得脸色土灰，呆呆地一动不敢动。

范宇宙自顾自地拿起酒杯，喝了一口，嘴里带着酒气喷出两个字：“耍我！”

心若在梦就在

耳边的风声似乎小了些，周围女孩子们的尖叫声也慢慢减弱了，能听见座椅底部的铁轮子轧着铁轨的吱吱声，链条吃力地拽着座椅往上爬。过山车刚从高处呼啸着冲下，在接近地面的一段水平轨道上把速度减缓，就又开始爬坡，这次要上的是最高最陡的一个大回转。

洪钧喘着气，似乎都能听见链条快要断裂的声音，他真怀疑这么多排沉重的座椅能不能被近乎垂直地拉到顶端，更担心不会在半空中掉下去吧。过山车的速度好像快要降到零了，洪钧往四周张望，什么也看不见，就明白已经上到轨道的最高点了，洪钧的呼吸开始急促，他知道那最刺激的一刻到来了。前面的几排座椅已经在视线中瞬间消失，洪钧坐着的座椅也一头扎了下去。

突然，洪钧发现原本压在他胸口的安全扶手不知什么时候已经抬了起来，高高地举在头顶上，他猛一低头，糟了，刚才还系着的安全带不见了！洪钧忙伸手乱抓，想把扶手拉下来挡在胸前，可是拉不动；想向前抓住前排座椅的靠背，可是够不到。洪钧转头，看见旁边坐着个女孩，正张开嘴大叫，一张脸上就剩下一张嘴了，可是洪钧却听不到任何声音。洪钧知道他完蛋了，周围什么声音都消失了，他从座椅上飞了出来，向几十米下面的水泥地面一头栽下去。洪钧拼命伸手想抓住什么，用力蹬着腿，好像可以在半空中蹬着空气爬上去，忽然，洪钧的头撞在什么东西上，把他撞得睁开双眼，他跌坐在地板上，醒了。

洪钧揉着脑袋，又感觉到一侧的胯骨和另一侧的膝盖也开始疼起来，看来这就是他刚才从床上跌落地板时最先触地的三个部位，真可气，偏偏都是肉少的地方。洪钧记得以前在书上看到过，猫从高处掉下来的时候总可以让自己的四肢先落地，看来人比猫差得太远；他又想起好像谁说过，孩童在睡梦中从床上掉下来的时候也可以下意识地保证不会碰到自己的脑袋。看来自己真是退化了，洪钧总结出这样一个结论。

“现在是什么时候了？”洪钧靠在床边，看一眼床头柜上放着的闹钟，指针指在十点。“我睡了多久了？”洪钧又想，好像上一次看时间是夜里四点多，算来大概已睡了五个小时。

洪钧这些日子白天以睡觉为主，夜里以睡不着觉为主，只是白天也常常被手机吵醒。来电的内容自然是以慰问电为主。从打来电话的时间先后顺序，洪钧都能大致分析出消息传播的渠道。最先打来电话的当然是ICE公司里的一些人，然后就是那几家竞争对手中还算得上是朋友的几个，然后是媒体圈中负责软件领域的，然后就是有过合作的一些硬件厂商或咨询公司里面的人，然后开始有猎头前来探听，再后面是一些客户，先是最近签的新客户，后是一些老客户，居然还包括赵平凡这个曾经被洪钧以为十拿十稳的“客户”，客户后面是一些以前的老同事、老部下，后来离开这个圈子去干别的了，最后才是一些自己早年的同学、多年的私交，却是最后从别人嘴里辗转听到的消息。洪钧觉得有幸生活在信息时代真好，自己没告诉任何一个人，时间不长，似乎该知道的也都知道了。

这么多电话打过来，差不多问一样的话，洪钧也差不多做一样的解释，让洪钧后来都感觉自己怎么像是鲁迅笔下的祥林嫂了，一遍遍地重复着一样的话。有一次洪钧一时兴起，便起草了一封手机短信，准备群发给手机号码簿上的所有人，短信很短：“本人已下岗，闭门修炼武林绝技，勿扰，因练功时铃声乍起恐导致走火入魔。”写完了，看着笑了笑，又删了。

小谭来过一个电话，情绪激昂地说要辞职，以抗议皮特因为输掉合智项目而找替罪羊，还说洪钧应该事先和他说一下，他一定会主动辞职以保护洪钧。洪钧被他搞得哭笑不得，只好说事情没他想的那么简单，劝他就当事情已经过去了，好好上他的班，好好做他的项目。

小丁来过一个电话，问他需不需要什么东西，可以买了送过来，或者有什么他可以跑腿的。洪钧谢了他。

前台的简也来过一个电话，告诉他最近都有哪些人打来电话到ICE公司找他，她请他们打他的手机，凡是不知道他手机的她都没告诉。洪钧也谢了她，并像以前那样夸奖她做得好，洪钧心想这是最后一次夸奖她了。

ICE里其他来过电话的人都是他的下属的下属，他的几个直接下属包括那个财务总监和市场部的Susan都没有来过电话。洪钧明白，他已经被划清界限，作为公司的“前负责人”他已成为历史，像一页书一样被翻了过去，他明白，他的那些下属这么做，证明他们都非常具备“职业水准”，已经真的做到“对事不对人”了。

洪钧这些天没有往外打过什么电话，也没往外发过电子邮件，他没找工作。虽然洪钧非常清楚，这年头，做男人难，做没钱的男人更难，做曾经有钱现在没钱的男人简直是难上加难，但他仍然没有开始找工作。洪钧在等工作来找他，他知道，有时候如果真想把一样东西卖出去、卖个好价，可能最好的办法是在这东西上标明两个字——不卖。

洪钧站起来走到客厅里，满眼一片狼藉，好像都没有下脚的地方，各种牌子方便面的碗筷堆在茶几上、地板上。洪钧又走进厨房，操作台上都是速冻饺子的包装盒，垃圾袋早已装满，垃圾都堆在四周的地上。洪钧想，以前一直以为这些方便食品是专为日理万机的大忙人们准备的，原来像他这种大闲人其实需求更强烈，不知道那些厂家有没有发现这一点。洪钧侧着身子踮着脚，在垃圾之间腾挪过去拉开冰箱门，发现原来冰箱才是家里最干净清洁的地方，因为里面已经什么都没有了。冰箱上面还压着个小纸片，是附近便利店的电话，这些天洪钧的对外联络好像主要就是和它，因为打过不少次，洪钧早已经记牢这个号码，他现在也想不出还有什么新鲜东西可以让便利店送上来的。

洪钧走回到落地窗前，看着窗外的世界。天空灰蒙蒙的，北京的标准色调，公寓楼前的花园里空荡荡的，没什么人影。大家都在忙啊，洪钧想。忽然，洪钧想出去看看了。

洪钧把自己上上下下简单地收拾一下，换上一身感觉最舒服自在的衣服，出了门。

这是洪钧在过去的四十天里，第一次走出自己的家门。

洪钧没有去地下二层开他的那辆帕萨特，他想出去走走。如果开着车，沿着路边慢慢地逛，就太像黑车扫街拉活的了。洪钧又一想，以前见过开着帕萨特拉黑活的吗？但他还是直接走了出去。

出了他住的那一带公寓楼围成的小区，快走到街上的时候，洪钧看到在拐角上的那个摊煎饼的三轮车，他立刻感觉到饿了，便走过去。以前洪钧坐小丁开的车路过，看见过这个煎饼摊儿很多次，只是从没像今天这样贴近过。三轮车上架一个玻璃罩子，四周三面被封上，一面敞开，一个看样子四十多岁的女人坐在旁边的凳子上，显然现在这个时间是没什么生意的“淡季”。她看见洪钧向自己走过来便立刻站起身，麻利地往两个胳膊上套着套袖，笑着用期待的目光看着洪钧。

洪钧走过去，说了句：“来个煎饼。”便立在旁边，看着女人忙活。

她从锅里舀起一勺子和好的面糊，一下浇到锅台的中央，弄出个不太规则的圆，又有些像四方形，洪钧便觉得正像是北京城区的图案。她把勺子放回锅里，抄起摊煎饼的家伙，一根细棍前端是一块长方形的小木板，她把小木板一端的长边放在面糊上，胳膊绕着中心画了一个圆圈，就把方才的北京城区扩大到了三环路，她把木板往外移了移，又画了一个更大的圆圈，就扩大到了四环路，再一画，便到了五环路。看来这下没弄好，在洪钧觉得像是在望京那一带的位置上，面糊被摊得太薄，破了，那女人便把手里的小木板倒了一下，用短的那边把旁边的面糊匀过来一些，把破的地方补好。然后便接着摊，又摊到六环路，就正好摊到锅台的边缘了。洪钧立刻对这个摊煎饼的女人油然而生一股崇敬之情，原来人家和北京城市规划的那些专家们从事的是同样的工作。

洪钧正欣赏着，冷不防女人大声问了一句：“几个蛋？”

洪钧一下子怔住，开始以为自己听错了，想一下意识到没错，是这三个字。他愣着，心想现在真是世风日下，怎么连摊煎饼的女人都如此直截了当。

那女人见洪钧没反应，便又问：“加一个还是两个鸡蛋？”

洪钧一下子笑起来，原来是自己想歪了，忙说：“两个吧。”心想自己确实好久没买过煎饼了，当年在地铁站出口买个煎饼吃着赶路上班的时候，煎饼似乎没有这么多规格。

女人觉得洪钧有些怪，似乎和她的基本客户群不太一样，便又补一句：“两块五啊。”

洪钧想了一下，觉得值，就装作很老练地哼一声：“嗯，做你的吧。”

洪钧拿着煎饼边走边吃，感觉真是味道好极了，嘴塞得满满的，腮帮子胀得鼓鼓的，狼吞虎咽地吃完。洪钧手里拿着刚才装煎饼的薄薄的透明塑料袋，想找个路边的垃圾桶扔进去，就这样一路找着一路向前走，一直走到东三环的一个路口，才找到个垃圾桶扔了进去。

扔完了转过身，洪钧才发现这路口堵得厉害，几个方向的车都排成了长龙，等着通过三环主路跨线桥下的这个路口。在不动的车河中，活跃着一些穿梭不停的身影，正忙于向停着的车上塞小广告。洪钧出于职业习惯，对所有从事市场营销的人都感兴趣，便站在路边看，过一会儿似乎有些累，便干脆蹲在马路牙子上，专注地看着。

洪钧很快便发现这是一支训练有素、专业水平极高的队伍。首先他们选择的这个工作地点就很好，哪个路口车堵得厉害，哪里就是他们的舞台。洪钧不由得有些替他们担心，如果北京真能把这些拥堵路口搞得不这么堵，他们可就得另寻办公场所了。不过洪钧很快就又放宽了心，是啊，等到北京真有那么一天没有拥堵路口，这些人恐怕也都七老八十，正好该安度晚年了。

他们中有不少人手上发的是名片样的卡片，更吸引洪钧的是另外一部分人，他们发的是大而薄的纸片。他们首先把纸片很灵巧地叠成像飞镖一样，然后塞进车窗里，如果车窗是关上的，他们就把“飞镖”插在车门把手上、前后玻璃的雨刷器下，甚至汽车前盖后盖侧面的缝隙中，他们沿着车流，一路走一路插过去。洪钧觉得最精彩的是他们走到车流的末尾，迎着从远处开来的车，眼睛在移动的车身上寻找可以插“飞镖”的地方，在车几乎要撞上他们的一瞬间闪身躲开，同时把手里的“飞镖”准确地插在车上。洪钧觉得他们就像是西班牙斗牛中的那些花镖手，双手举着花镖，在公牛冲过来的一瞬间，转身避开，还把两支花镖插在了牛背上。车里坐着的人有几分像被插上飞镖的公牛，气愤而无奈。

以前塞进车里的小广告都被小丁几乎同时又扔了出去，插在车身上的那些纸片，停车之后也被小丁立刻扔进了垃圾箱，所以洪钧一直没看过这些小广告到底都是推销什么东西，话说回来，他以前也没心思关心这些。现在的洪钧可来了兴趣，他一定要弄清楚什么样的产品可以用这种方式推销。因为他明白，存在的就是合理的，这么多人被雇来发这些小广告，说明雇他们的人肯定知道这种推销方式能带来生意。

绿灯了，洪钧面前的车流开始移动，在这一侧发小广告的人都退回到路边，等着下一个红灯的来临。

洪钧朝离他最近的一个黑瘦的小个子扬一下手，说：“喂，发的什么啊？拿一张给我看看。”

那个黑瘦的小个子没反应，似乎还没有从刚才当“花镖手”的紧张和疲劳中缓过神来。洪钧便冲他又喊一遍：“嘿，给我一张啊。”

小个子这回听见了，转过头看见是洪钧在叫他，便下意识地走过来，没走几步却停住了，满脸狐疑，上下打量洪钧几遍，然后没有任何表示，转回身走开了。任凭洪钧在他背后高声叫着也不理睬，径直晃到马路对面去了。

洪钧又憋气又纳闷，心想这小广告又不是什么宝贝，怎么会舍不得给一张？而且这小广告本来是见车就塞的，怎么却偏偏不肯给自己？洪钧怎么想也想不通。忽然，他明白了，不由得大声笑起来。洪钧低头看一下自己的样子和穿戴，脚上是一双塑料底黑布面的布鞋，就是俗称“懒汉鞋”的那种；下身是一条宽大的蓝布裤子，上身穿一件白色的套头衫，就是俗称“老头衫”的那种，下摆没有掖进裤子里，而是长长地耷拉着。洪钧感觉自己的脸上恐怕也已经沾了不少土，嘴边没准还有刚才吃煎饼没擦干净的渣子。这样一副尊容的人蹲在马路牙子上，与其说像是买得起小广告所推销商品的客户，不如说更像是发小广告的同行。

洪钧止住笑，不对，高抬自己了，自己不如人家，人家可是有工作的。洪钧望着那黑瘦小个子的背影，心想，连发小广告的都懂得要判断一下对方是不是个合格的潜在客户，如果他觉得不是，连一张小广告他都不会给，连一句话他都懒得说。不错，已经是很专业的销售员了，洪钧像是发现了一个人才，赞叹着。

这还是洪钧最熟悉的那个城市吗？洪钧生在这里、长在这里，在这里念书，在这里工作，三十多年了，怎么好像今天才忽然发现很多以前从未留意过的东西。洪钧想这大概就叫“圈子”吧，或者用一个更雅致的词：生活空间。洪钧不想用“阶层”这个词，因为他始终不认为自己属于什么高的阶层，事到如今，他更不愿意承认自己已掉到什么低的阶层。洪钧对自己解释说，自己只是终于有机会从原来的圈子里溜出来，得以溜到其他的圈子中去逛逛。

洪钧开始有一种感觉，似乎空间比以前大了许多，世界比以前丰富许多。他就像一只蚂蚁，在一个小圈子里忙忙碌碌地转了很久，忽然他变成一个小男孩儿，蹲在树下，看着自己在地上画出来的一个小圆圈里，有几只蚂蚁在忙着。人就是这样，先自己动手给自己画一个小圆圈，美其名曰人生规划，然后自己跳进去，在圈子里忙。

洪钧曾自以为他这些年就是在做两件事：他一边给别人设圈套，一边防着别人给他设圈套。所谓成功与失败，无非是别人有没有掉进他设的圈套，以及他有没有掉进别人设的圈套。现在洪钧明白了，其实他一直还在做着第三件事：他在不停地给自己设着圈套，然后自己跳进去。人这一辈子，都是为自己所累。

洪钧如今才发现北京原来真大啊，他好像只是在东北角的这几个街区里逛了逛，就已经大开眼界了，如果再跳到其他地方转转，不知道又会有多少新鲜东西。洪钧走着，感叹着，终于，他觉得累了。洪钧停住脚步，手扶旁边的一棵小树向四下张望，试图寻找适合一个人独自吃饭的地方。他看见一家京味饭馆，觉得可能是个比较理想的去处，便抬脚走了过去。

他走到门口，双手把门上垂下来的玻璃珠编成的帘子往两边一分，刚迈进去一只脚，就听见里边一群人大喊：“一位里边请！”

洪钧一下子怔住，就这样一脚门里、一脚门外地跨在门槛上，稍一愣神，眼睛也适应了从外面到室内的光线变化，一想既然人家已经明确说“里边请”，便走了进去。

很明显，里边的客人比跑堂的这些小伙子还少，三三两两地只零星坐着几桌，倒是站着十几位大小伙子，一色的深灰布衫布裤，脚上和洪钧一样的布鞋，洪钧脑中登时冒出当年评书里常说的一句词，叫作“胖大的魁梧、瘦小的精神”。洪钧心里偷笑，被一个“魁梧”的小伙子领到一张桌子前，坐到木头长凳上。

小伙子问：“您来点儿什么？”

洪钧随口回一句：“炒饼。”刚说完洪钧就纳闷自己怎么想到要点这个，暗想可见环境对人的影响有多大，进到这种饭馆不自觉地都会点应景的东西。

小伙子又问：“您来素的还是肉的？”

洪钧反问：“素的多少钱？肉的多少钱？”

小伙子朗声答道：“素的五块，肉的七块。”见洪钧稍一迟疑，又补充说明，“都送碗汤。”

洪钧立刻说：“素的。”小伙子用布擦一下洪钧面前的桌子，把布往肩上一甩，转身走了。

洪钧手里搓弄着一双粗糙的一次性筷子，等着自己的炒饼。冷不防从身后炸出一声像京戏里叫板一样的喊声：“炒饼一盘！素的！”

洪钧又被镇住，话音刚落，一盘炒饼，素的，已经放在他的桌上，那小伙子立在旁边等洪钧还有什么吩咐没有。洪钧觉得脸上热热的，估计脸已经红了，而且还热得不太均匀，所以恐怕是红一块紫一块的。洪钧低着头，嘴上嘟囔一句：“嚷嚷什么？想让地球人都知道啊？”说完洪钧才抬头瞟了一眼小伙子。

这回轮到小伙子怔住，过一会儿可能才想明白洪钧为什么会不太高兴。小伙子看来很不以为然，只是因为洪钧是客人，只好还算客气地说：“我们这儿都这样，没人在意。”说完又转身走了。

洪钧低头吃他的素炒饼，觉得心里不是滋味，倒不是因为这炒饼的味道，他是还在为刚才小伙子唱着给他上菜觉得别扭。就五块钱的一顿饭，还嚷嚷得让所有人都听见，洪钧觉得臊得慌。他正在心里别扭着呢，忽听身后又传来一声唱，更洪亮悠扬：“花生米一盘！”

另一个“精神”的小伙子端着一小盘花生米，向洪钧斜前方的桌子走去，那张桌子上坐着个男人，不等小伙子把盘子放到桌上便已经双手伸过去在空中接过了花生米，其中一只手里已经捏好一双筷子，刚把盘子放到桌上就用筷子灵巧地夹着花生米吃起来，吃得很香，连洪钧都能听见他吧唧嘴的声音。

是啊，谁会在意你呢？你又何必在意谁呢？能有这种顿悟不容易啊，洪钧现在觉得这五块钱的炒饼点得真值。

洪钧一盘素炒饼进了肚子，似乎意犹未尽，他越来越喜欢这京味小馆，便也要了一盘花生米，炒的，两块钱。等花生米端上来他就用筷子一粒一粒地夹着往嘴里送。

晚饭的高峰时间到了，饭馆里坐满了人，洪钧觉得再耗下去简直是占着桌子影响饭馆的生意，便给跑堂的小伙子七块钱结了账。小伙子收了钱就转身接着忙去了，可洪钧还想听他大声地唱收唱付呢，不由得稍微有些失望。他站起身，这才发现桌上居然没有餐巾纸，刚想招呼一声要几张，却看见小伙子们不管是“魁梧”的还是“精神”的都忙得不亦乐乎，洪钧便不好意思为这点小事麻烦人家，很豪迈地用手抹一下嘴，便往外走。

洪钧一分门帘刚要迈步出门，就听见所有的小伙子又齐声发出一声喊：“客官您慢走！”洪钧听了浑身舒坦，昂首挺胸走出门去。

洪钧一路向北逛，走着走着忽然发现和一群刚下班的民工走在了一起，自己和周围的几个民工浑然一体，俨然是其中的一员，洪钧心里便生出一种温暖的感觉，这大概就叫归属感吧。民工们很快就拐进一个窄小的路口，剩下洪钧一个人沿着大街向北走，直到看见前面人头攒动，音乐震天。

前面是条小河，估计就是北面的老护城河吧，现在看着更像是条水渠，十几米宽的小河，两边是垒得整整齐齐的河岸，南岸是些人工堆出来的漫坡，种上了草坪，砌出了甬道，一直延展到一堵土墙脚下，这就是古老的元大都城墙留下的土城遗址。

小河的北面是个小广场，现在就成了个大舞台。洪钧围绕小广场走着，看着各色人等自娱自乐地玩着各种各样的招式，简直就像浏览一本包含各种文化娱乐和体育健身活动的百科全书。人们很自然地划分成几个特色鲜明的区域，却又互不影响。有一群是跳国标舞的，以中年人为主，配的音乐都很有意思，全是典型民族风格的“主旋律”，搭档的形式很灵活，既有一男一女，也有两男或两女，表情稍显严肃了些，想来大家更多的以切磋技艺、活动身体为目的，而不只限于那种异性间的交际。装束也都很休闲随意，洪钧还看到有几个人穿着拖鞋在跳，看来他们自己也发觉有碍水平发挥，有个人很快就跑到场边把拖鞋踢掉，跑回去搂过舞伴光着脚旋转起来，的确轻快许多。继续往前走，洪钧耳朵里悠扬的舞曲声还没散去，就已经被一种强烈的节奏所震撼，这才忽然发现周围所有人都在“蹦”。他仔细地向四周张望，看出这一区域势力的强大，地上放着好几个大音箱，比刚才国标舞的录音机自然气派许多，一个台阶上的几个人看样子是领舞，不过和洪钧在舞厅或夜总会里见过的那些领舞女郎有很大不同，这几个人可不是被花钱雇来的，而是真正的从群众中涌现出来的先进分子。洪钧看不明白这么多人一起跳的是种什么舞，眼前只能看见一大层脑袋在整齐地上下起伏，不是迪斯科也不是街舞，洪钧猜想大多数人就是在“蹦”舞，很多人蹦的时候全然面无表情，乍看上去就像是一排跳动的僵尸。

洪钧刚以为他方才已经见识过最热烈的场面，便发现他的结论下得太过仓促，最有能量的恰恰是一群老年人的秧歌队。洪钧立刻心生佩服，因为整个广场上最大的“动静”不是靠任何电源支持的音响设备闹出来的，全凭一帮老年人敲锣打鼓整出来，可见“不插电”的威力。洪钧面前的是一支真正的正规军，统一的服装，统一的装备，整齐的动作，一样的表情，都在咧着嘴开心地笑。洪钧不由得感叹，看来在中国或者至少在北京，六十岁以上的老年人是最快乐的。洪钧也被传染，顿感轻松了很多甚至开始有些亢奋，因为他只需要再过二十多年就可以像他们一样快乐了。

洪钧双手抱在胸前，看着老年秧歌队一趟趟地扭，听着单调的鼓点一遍遍地敲，扭的人敲的人都还精神抖擞，站着的洪钧却已然有些累，他便漫无目的地挪动脚步。很快，他就融入了广场上密度最大的一群人，里三层外三层，最外面的人都踮起脚尖，不时转动脖子寻找人群中的缝隙往里看。洪钧已经很多年没看过热闹了，这时却像换了个人，扒开一条缝硬往里钻，鞋几乎被踩掉仍义无反顾，趿拉着布鞋朝前挤，一直挤到站客的最里层，却发现里面还蹲着坐着好几层，圆心处巴掌大的空地上支着一张木头桌子，桌上放着个电视，桌子下面还摞着几个电器样的黑匣子，估计不是录像机就是VCD。电视里放着卡拉OK的片子，桌旁站着个男人，正攥个话筒投入地大声欢唱，穿着和洪钧一样的“老头衫”，把下摆从下往上卷到腋窝下边，腆着个肚子，看来是附近工地上民工里的歌星。

一首《大花轿》唱罢，掌声热烈，叫好声一片，洪钧也情不自禁地鼓掌叫好。他好像已经完全沉浸在这片气氛里，和周围的人融在一起，洪钧觉得自在，觉得痛快，他巴掌拍得越来越卖力，喊好喊得越来越响。但他仍然不过瘾，他感到一种躁动，胸中有一种情绪要宣泄。洪钧好像是一只刚刚从厚厚的壳中脱出的蝉，他要宣告，他已经变了，他不再是只能缩于壳中在树干上爬的家伙，他可以飞了。

一段洪钧似曾熟悉的曲子响起来，这段前奏他听过，这歌他会唱，他想唱，他现在就要唱。他瞥见旁边不远处有个蹲着的人站起来，正抬脚在人群中寻找落脚的地方，要向桌子走去，而桌子上放着那支话筒。洪钧猛地向前扑，就好像后面有人推了他一把似的，他在坐着的人的头顶上方蹦跳着，也不顾踩到别人的脚还是腿，向桌子抢上前去，终于跌跌撞撞地冲到桌旁一把抄起话筒。这时前奏已经过去，屏幕上已经走起了歌词，洪钧缓了一下，喘几口气，调匀呼吸，恰好等来他最喜欢的那节，便扯着嗓子唱起来：“心若在，梦就在……看成败，人生豪迈，只不过是从头再来……”

洪钧在笑，自顾自地咧着嘴笑，甩着肩膀走在街上，身后是那片广场、那片人群、那片歌声。

忽然，裤兜里的手机响起来。“又是来慰问的吧？”洪钧想，“这位听到我下岗的消息可真够晚的。”

洪钧掏出手机看一眼来电显示，只是一串号码，没有显示名字，心想会是谁呢，便问：“喂，哪位？”

“请问是Jim·洪吗？”洪钧一听叫自己的英文名字，看来是圈子里的人，似乎还有些口音。

“我是，请问你是哪位？”洪钧又问一遍。

“Jim，你好。我是Jason，林杰森，我是维西尔公司的。”

洪钧的心跳骤然加快，他好像一直在等的就是这个电话，可现在电话来了，他的感觉却好像和当初期盼的时候不太一样了。洪钧已经听出这是典型的台湾腔，林杰森就是维西尔中国公司的总经理。

洪钧让自己的心情平静一下，尽量自然地说："你好，林总，怎么想起给我打电话？"

"我是狗屁总，不要这样子，就叫我杰森好了，Jason也可以嘛。"杰森的语气很欢快。

洪钧想笑，这个台湾人看来真是很实在，不装腔作势，才说三句话就连"狗屁"都已经带出来了。但洪钧已经和洋人、香港人、台湾人打了太多交道，他知道有不少台湾人在谈话时喜欢用这种"粗鲁"来拉近与对方的距离。洪钧没有回话，他在等杰森回答他刚才的问话，等杰森挑明来意。

杰森接着说："Jim，现在打电话给你不算太晚吧？我估计你这一阵肯定都是很晚才睡的哟。"

洪钧明显感到杰森的话语里含有掩饰不住的幸灾乐祸，这让他有些不舒服，他本想保持沉默让杰森继续说，但还是出于礼貌应了一句："还好，不晚，我手机一直是二十四小时都开的，除了坐飞机。"

手机里传出杰森的笑声："哈哈，Jim你真是很敬业的哟。"洪钧没搭话，杰森说，"我是刚下飞机，刚从上海飞来北京。"

洪钧实在有些不习惯杰森这样兜圈子，便又问一句："找我有事吗？"

杰森的笑声又响起来："哈哈，Jim你是明知故问啊，我是专门来北京见你的呀。"

洪钧早已知道杰森来电话的目的，但他既要假装没猜到，还要矜持地假装不急于想知道，洪钧又没有回话。

杰森便说："Jim，我很想和你见面，好好聊一聊，你明天时间方便吗？"

洪钧知道，他等了四十天的电话终于来了，早在他要求皮特开掉他之时就为自己设想好的机会终于来了。洪钧也知道，刚刚过了一天开心自在的日子，他这就又要回到他原来的圈子里去了。他只是不知道，究竟是杰森已钻进他设好的圈套，还是他即将钻进杰森设好的圈套。不过有一点他可以肯定，他已经钻进了他为自己设好的下一个圈套。

置之死地而后生

国贸中心西边的星巴克咖啡馆里，洪钧独自坐在角落里的一张桌子旁边，桌上放着他刚要的但还没动过的中杯摩卡，他一会儿看看摩卡上面漂浮着的一层厚厚的奶油，一会儿侧过头去看着落地窗外路边的景色。

马上就到十一了，可天气还是挺热，现在正是下午两点，太阳毒毒地晒着。还好，连接星巴克对面国贸西翼的过街楼形成一个门洞，阳光只能从门洞里透过来一些，星巴克外面的路边全被过街楼和西翼遮挡在阴影里，让洪钧感觉很惬意。路上走过的人行色匆匆，星巴克里坐着的人高谈阔论，这都是他以前最熟悉的景象。洪钧想想就觉得很有意思，昨天的这个时刻他还蹲在马路牙子看路上的人流与车河，今天就坐回到他曾经熟悉的圈子里了。这种时空变幻让洪钧有些迷失，究竟自己属于哪里。

恰是因为这一带洪钧太熟悉了，所以昨晚杰森在电话里提议在这儿见面的时候洪钧是犹豫一阵才同意的。世界很大，圈子很小。洪钧担心在这个外企一族人来人往的交通要道接头，要想不被相识的人碰到简直是小概率事件。洪钧总觉得附近桌上的人就有认识他的，随时会有个人走过来跟他打招呼；外面路上瞬间闪过的人里，随时会冒出一张熟悉的脸，冲窗子里的他热情挥手。洪钧对杰森说圈子里的人常去国贸星巴克的，极容易碰到熟人，能不能另选个地方。杰森颇不以为然，大大咧咧地说被人看见又有什么关系，你洪钧已经不在ICE了，咱们就是朋友小聚，又不是竞争对手私下密谈。洪钧心里觉得很不舒服，他知道杰森一定明白以他们俩目前的状况，任何相识的人看到他们坐在一起都能立刻猜出他们是在谈什么。他总感觉杰森有种掩饰不住的幸灾乐祸，而且好像就是恨不能要让所有人都看到似的，但洪钧没再说什么。

两点过五分了，杰森还没到，洪钧端起中杯的摩卡喝一口，然后用纸巾擦一下沾在上嘴唇边上的奶油沫，静静地等。又过了五分钟，洪钧看见一个人奔进星巴克，脚步定在门口，四处张望着。洪钧认出是杰森，虽然他们并未单独相处过，但以往在某些公开场合毕竟见过几次。洪钧站起来冲杰森挥手，杰森也看见了洪钧，忙快步走过来。

杰森身材不高，虽然不算胖但也已经有了肚子，只是在四十多岁的男人里面肚子还不算太大，脸上皮肤有些黑，皱纹不少，似乎是因为疏于保养而显得有些沧桑，洪钧脑海里突然跳出来一个词："渔民！"洪钧赶忙试图把这个念头甩掉，却发现这俩字好似已被牢牢地刻在脑子里。杰森穿着白衬衫，系了条领带，领带看来是被有意松开些，能看到衬衫最上面的纽扣也解开了，洪钧估计他是往这儿赶得有些出汗了。

杰森走过来，咧嘴笑着，用手一指洪钧说："Jim，是吧？终于见面了。"似乎是平生头一次打照面的样子。洪钧又觉得不太舒服，杰森装出这副多忘事的样子好像就说明他是贵人了，也可能在杰森眼里今天的洪钧是"新洪钧"，不是以前见过的那个了。

洪钧笑着伸手和杰森已经探过来的手握了一下，没想到杰森非常用力地攥住洪钧的手，仿佛攥着个握力器正想打破自己的史上最好成绩。洪钧真想立刻把手抽出来，但他忍住了，也加力握一下杰森的手，杰森才放开。两个人都坐下来，洪钧在桌子底下活动着自己右手仍有些发麻的手掌和手指，暗忖外企圈子里有这种臭毛病的还真为数不少，不知道从哪儿学的，都要通过使劲地握手展现自己热情洋溢、坚定果敢、魄力十足，结果让握手变成了"攥手"。

杰森刚一坐下就像椅子上有个弹簧又把他弹起来了，弄得洪钧一愣，正犹豫自己是否也应该再陪着站起来，杰森说话了："我去拿一杯咖啡。"说完就转身奔向柜台，过几分钟端着一杯拿铁咖啡回来了。

洪钧静候杰森坐下，心想终于可以开始了吧，没想到杰森又欠起身子双手递过来他的名片。洪钧双手接过来，原本想直接放在桌上，因为名片上没有他不知道的东西，可是出于礼貌还得仔细端详一番。名片正反面分别印着中英文，中文名字叫林杰森，英文名字叫Jason Lin。洪钧当初第一次听到杰森的名字就想，这人的中英文名字的发音简直是太吻合了，都无从猜测他是先有的中文名还是先有的英文名。公司的英文名称是“VCL”，三个字母缩写，所以根据英文发音起的中文名称“维西尔”倒还算贴切，只是洪钧每次听到这个名字总觉得更像是一家女性内衣的品牌，让他浮想联翩、心驰神荡。

终于坐定的杰森喝一口他的拿铁咖啡，脸上浮现出一丝笑容，看了洪钧几秒钟，才开口说：“久仰你的大名，只是以前一直没有这样子的机会能和你好好聊一聊。”洪钧脸上露出不卑不亢的平和笑容，等着杰森接着说。“听说你离开了ICE，有没有搞得你不太愉快？究竟怎么回事呀？”

洪钧回答：“ICE终止了我的合同，没有什么不愉快，情况我相信和你听说的一样，不会差很多。”

杰森笑道：“福兮祸之所伏，祸兮福之所倚。塞翁失马，焉知非福。”

洪钧看着杰森摇头晃脑地说出这一串酸溜溜的文词儿，再次感觉到杰森似乎有一种掩饰不住的得意，他仍然笑着没有说话。

杰森说：“来维西尔吧，我们合作。”

洪钧没想到刚才磨蹭半天的杰森却冷不丁一下子径直切入主题，一丝试探和铺垫都没有，洪钧被他弄得一愣，心里倒有些喜欢这种直率的风格，这是洪钧头一次觉得杰森身上有些许闪光之处。洪钧毕竟是洪钧，他知道在这种时候应该如何应对。他没有回答，因为这时候说什么都不合适，他继续面带笑容，只等杰森后面的话。

杰森说：“其实我一直很欣赏你，圈子这样小，以前维西尔和ICE差不多在哪个项目上都会碰到，有时候你们赢，有时候我们赢，当然也有时候是科曼赢了，就像这次的合智这样子。我一直很留意你，很看重你的能力，也很钦佩你的为人，我是一直希望我们能有机会一起合作这样子。”

洪钧心里暗笑，他这回感觉到杰森的幸灾乐祸几乎溢于言表了，难道是自己过于敏感？以前洪钧是ICE在中国的一把手，杰森是维西尔在中国的一把手，两家直接竞争对手的一把手一起合作不啻天方夜谭。恰恰是洪钧的“落魄”创造出两人“合作”的机会，一个杰森可以“收容”洪钧的机会。

杰森并没有想听洪钧答话，兀自继续着自己的独白：“说老实话，我们维西尔公司的产品很好，只是我们的销售团队比较年轻，没有经验，结果销售老是做得这样子。所以我这次是来请你大驾出马，帮我带一带销售这个团队。我刚一听说你离开了ICE就想立刻过来请你，又担心你可能心情不太开心，可能也想调整一下这样子，这次是专门来北京请你出山。”

洪钧清楚杰森肯定是动过脑筋才拖到现在来找自己谈的，想必他担心如果太早就急急找上门来会让洪钧自我感觉良好，难免端架子要条件，杰森就是专等洪钧求职四处碰壁，心灰意冷、走投无路之际再来轻易“收编”的。杰森也许还曾经盼着洪钧主动投奔到维西尔求职，却见洪钧一直没动静才主动来约。洪钧暗叹自己忍的那四十天总算没有白忍，终于把杰森熬得沉不住气，主动来找自己了。

洪钧不能再不开口，便很诚恳地说：“杰森，我对维西尔公司一直印象很好。以前没和您直接打过交道，但听圈子里不少朋友说起过您，我也一直希望能有机会和您多接触。”洪钧很自然地称起了“您”，可是昨晚在电话里以及刚才见面时洪钧都是称“你”的，而今既然双方已经在谈即将开始的“上下级”合作，洪钧便主动改了口。

洪钧接着说：“其实我离开ICE的时候就想去找您毛遂自荐的，可是一方面觉得冒昧，怕被您拒绝，接连受打击；另一方面也是想趁机休息一下，因为以后不管是开始在哪家公司做事，恐怕都再也没有清闲的时候了。”

杰森笑起来，他很开心，指着洪钧说：“你这个Jim，乱讲，我怎么会拒绝你呢？我还怕你另谋高就呢。”

洪钧觉得双方的诚意已经充分表达，气氛也已足够亲热，该是谈正事和细节的时候了，便不想再嘻嘻哈哈，问道：“杰森，您希望我来维西尔做什么呢？”

杰森咳嗽一声，喝一口咖啡，又清清嗓子，他这连续三个准备动作让洪钧隐约地又感觉不舒服了。杰森说：“我们维西尔北京这个团队尤其弱一些，我人又在上海，老往这边跑都照顾不过来，我就是一定要请你来帮我带一带北京的团队，这样子。”

洪钧一下子呆住，心猛地一沉，从昨天接到电话到刚才的所有设想全错了，他绝没想到杰森只是给他一个北京地区销售经理的位置，他一直以为会被杰森请到维西尔做中国区的销售总监。洪钧在ICE就是销售总监，而且实际上是ICE中国区的头儿。如果他到维西尔做销售总监，虽然头衔一样，但他将是杰森的几个下属之一，最多只能当个二把手，这在洪钧看来已经是降格以求“屈就”了。没想到，如此忍辱负重俯首“屈就”仍属于盲目乐观，还远不够“屈”。

洪钧任由自己发愣，他不想掩饰，不想让自己一下子装得自然起来，他必须让杰森知道他的感受。杰森早就看到了，忙解释说：“Jim，我了解你的能力，我这样子也是仔细考量过的。你来带维西尔北京的团队，应该是完全没有问题的，你就是把上海和广州的团队都带起来，能力也是没有问题的。可是你刚来，维西尔的情况你还不了解，上海和广州的两个主管很难搞的喔，上来就带太大的团队不容易的喔，这三个地方的人现在也就我可以搞得定他们。所以你先带北京，慢慢来，我一定给你机会的啦。”

洪钧暗想，借口维西尔在上海、广州的两个负责人会不服他，这理由是站不住脚的，那两人比他的资历背景都差很远。以洪钧曾代理ICE中国区首席代表的身份来管维西尔三个办公室的销售团队没有人会不服，反而像这样先只让他做北京的头儿，和上海、广州的平起平坐，以后再想提升的时候那两个人倒很可能不服了。不过洪钧已经从杰森的后半段话中揣摩出其真正的心思，像维西尔这种软件公司在中国的业务其实就是销售和市场，谁掌握了销售谁就掌握了这家公司。杰森担心洪钧当销售总监迟早会把他架空，从而威胁他的地位，所以杰森不会设销售总监这个职位，更不会让洪钧来坐这个实力派的位子。

洪钧脑子很乱，他开始怀疑自己，当初不惜要求皮特把他开掉就是准备来维西尔的，他付出那么大的代价，居然只被施舍这么一个职位，他觉得杰森简直是在趁火打劫。而他直到刚才还幼稚地以为自己是要被请来做销售总监的，怎么竟没想到杰森是绝不会请个人来架空他自己的……

洪钧喝了口摩卡咖啡，里面有很多巧克力，据说巧克力可以让人镇定，在寒冷中感觉到温暖，洪钧正需要让自己暖起来。他平静下来，看着杰森那张“渔民”的脸，觉得自己恰恰是个“愚民”，问道：“具体来讲，有哪些工作呢？”

杰森说：“我们维西尔北京不大，只有不到十个人。有三个销售，向你汇报；还有三个工程师，他们的经理是Lucy，Lucy在上海，但这三个工程师每天的工作你也可以管起来；其他几个嘛，有前台一个女孩子，还有个出纳，她们的经理是Laura，也在上海，有什么事你吩咐她们帮你做好了。”说罢，杰森停下来观察一下洪钧的脸色，又接着说，“我理解，你在ICE的时候带那么大的一个团队，来维西尔只带三个销售，委屈你了。可以这样子，你的头衔可以用北方区总经理，或者北方区销售总监。”

洪钧不禁笑了，杰森真够“慷慨”的，可洪钧并不在乎头衔，他在乎的是他下一步有什么样的发展机会和能否获得成就感。维西尔北京是个烂摊子，手下就这么几个人，还肯定要受上海的Lucy和Laura两个人的牵制。在ICE的时候与维西尔在上海、广东还曾经有过几次像样的争斗，而在北京市场，维西尔完全可以忽略不计，洪钧很清楚那个团队有多弱。不过，在业绩一直低迷的地方，哪怕做出丁点成绩都是飞跃，都会令人刮目相看，这是洪钧唯一可以寄希望“赌”一把的。

洪钧偏过头看着窗外，他需要想一想，杰森会给他这几分钟让他考虑的。外面的路上，衣着光鲜的男男女女都在急匆匆地走着，好像所有人都在赶时间。忽然，一个女孩的身影吸引住了洪钧，只有她在溜达。她穿得山青水绿的，肩上背个包，腋下夹着些文件，裙摆被门洞里的风吹得摇曳舞动，连她的身体好像都随时可以轻盈地飘起来。洪钧感觉这个女孩很熟悉。女孩的头转向一边，盯着星巴克的窗户，移了过来。洪钧看见了她的脸：是Linda！洪钧刚想扭过头或用手挡住脸，可已经来不及了。Linda的目光已经扫过来，扫到洪钧的脸上，又扫过去了，仿佛洪钧是个透明的人。洪钧暗自长舒了一口气，看来是这窗户的玻璃太暗，Linda只是在看外面街上的风景映在窗户上的影子，而不是在看窗户里面的人。洪钧想，Linda准是到国贸中心的那家公关公司办事，然后就溜出来逛街了。

杰森突然冒出一句：“哦，看见哪个美女了？”

洪钧吃一惊，想必杰森也察觉到自己刚才撞见Linda时的不自然，便说：“没什么，还以为是以前的一个熟人。”

杰森笑道：“这里是北京看女孩子最好的地方，不过还是比上海差很远，在上海，坐在哪里都可以看，满街的漂亮女孩子。所以我要把你放在北京，这样子你才可以专心做事。哈哈哈。”

洪钧说不清是为什么，也许是刚才Linda飘过去的身影让他下了决心。洪钧再清楚不过，他现在处于谷底，维西尔北京也处于谷底，所以无论向哪个方向走，都是在向“上”走。

主意已定，洪钧便说：“头衔无所谓，按照公司的规定好了。待遇方面您是怎么考虑的呢？”

杰森坐直身子，爽快地说：“有关薪酬的部分，这样子，你在ICE是什么样的薪酬，来维西尔我给你一样的薪酬。”

洪钧心里又暗笑，他知道这是不可能的，他在ICE拿到的钱绝不会是维西尔一个经理所能拿到的数目，他明白杰森不过是卖个人情，自己必须也做个姿态才好，否则就把杰森僵在那里了，便笑一下说：“那不用吧，每家公司都有自己的体系，既然来维西尔做，您就按维西尔的规矩来办吧，我想我应该没有问题。”

杰森脸上露出十分赞赏的神情，啧啧地咂着嘴：“Jim，不愧是Jim，非常专业。你放心，在直接向我汇报的几个经理里面，我一定做到让你的薪酬最高。咱们这样子，你底薪的部分是每年五万美金，再加上佣金的部分，如果完全达到你的业绩指标，每年总共可以拿到十万美金。”

洪钧觉得杰森很有意思，刚夸完洪钧很“专业”，自己就做了很不“专业”的事，他不该对洪钧说他的工资和其他经理相比如何如何。但洪钧心领了，他知道杰森是在买好，他也不关心这个数目是否真是维西尔的经理级能拿到的最大值，他压根儿没想和他们比。

洪钧知道如今自己没什么可用来讨价还价的筹码，他想要的原本也是这些单纯的数字以外的东西，而那些东西都不是能简单地“要”来的。洪钧直视着杰森的眼睛说：“可以，我说过我对待遇不会有意见，如果以后有问题我会主动和你谈。”

洪钧的爽快令杰森很开心，连声说：“好啊好啊，我巴不得你马上做出业绩马上就来找我谈呢，我一定给你加上去。对了，你什么时候可以来上班呢？”

洪钧是个很细心的人，做事也循规蹈矩惯了，就问：“还有没有什么其他的流程要走吗？比如做一下背景调查，我可是被ICE开掉的人啊。”

杰森笑骂一句：“调查个鬼，那是对我不了解的人，才要问问别人的评价。你也不用再见其他人，我都可以做主，回去我把这几条发电子邮件给你，关于合同的部分，你上班那天我们再签好啦。你哪天来上班？”

洪钧脱口而出：“随时可以，明天就行。”

杰森沉吟着，好像在思虑什么，洪钧觉得有些意外，过一会儿杰森才说：“你真是很敬业哟，不过不用这样急嘛，你可以再多休息几天，你们大陆的十一长假也要到了，多调整一下。这样子，你十月八号和大家一起来上班好啦。”

洪钧恍然大悟，杰森算得真细啊。的确，明天去上班，连着就是十一长假，那七天的工资杰森也就必须发给洪钧，如果让洪钧过了长假来报到，那七天的工资杰森就省了。洪钧不由得感叹自己刚才判断的正确，像杰森这样锱铢必较的人是绝不会给出洪钧在ICE时那么高的工资待遇的。

洪钧便答应十月八号上班。杰森显然觉得大功告成，脸上笑着，把皱纹又多挤出好几层，他端起沉沉的咖啡杯，向洪钧做个干杯的动作，自己喝了一口，好像喝咖啡的时候脸上的笑容都没退去，洪钧不免担心杰森会让咖啡呛着自己。

杰森放下杯子，嘴边带着咖啡的泡沫也顾不上擦，而是十指相扣抱在脑后，身子向后仰着，眯起眼睛，对洪钧说：“Jim，你知道吗，以前我还听说，维西尔亚太区的那帮混蛋好想把你找来换掉我呢，我听说这个以后就对你格外留意，你的确很棒，哈哈。说起来我得好好感谢你老板呀，如果他不开掉你，你不可能来为我做事，我还要担心你来抢我的饭碗呢，哈哈。”

洪钧的心像被什么尖东西扎到，他浑身激灵一下，惊呆了，这杰森喝的只是杯拿铁咖啡，不是酒啊，怎么会说出这种醉话、昏话？洪钧搞不清这杰森是城府极深呢还是毫无城府，他看不透了，但无论如何，将来要和这样一位不按常理出牌的老板打交道，他得格外小心了。

整个国庆长假北京都在下雨，直到八号早晨天上还淅淅沥沥地掉着雨点。八点五十分，洪钧来到维西尔北京办公室所在写字楼的大堂。说是大堂，只不过是从台阶上来穿过玻璃门再到电梯间之间的一片空地而已，靠墙摆着几个沙发，洪钧坐在沙发的角落里等着杰森。洪钧已经养成习惯，他总会比约定的时间早五到十分钟到达，无论约的是什么人、什么事。

洪钧跷着二郎腿，手臂搭在他的皮箱上，是个很精致小巧的沙驰牌的手提箱，其实里面几乎是空的，但洪钧觉得头一天上班空着手来未免不太好，便把这个多年不用的皮箱翻找出来。自从几年前开始用笔记本电脑以后，这种当年很流行、外企的先生们几乎人手一个的小皮箱已经被各款电脑包取代了。

洪钧望着大堂里的人，人流单向地沿台阶上来，挤进旋转门转进大堂，再挤在电梯口，等门一开便蜂拥而入，门刚一关上，电梯口又聚起新的一堆人。洪钧想这些人里面有哪些会是维西尔北京的员工呢？有哪几个会是自己要管的销售人员呢？干脆便猜起来，是这个吧？那个也许是吧？

人流逐渐变得稀落，偶尔进来几个，不管是绅士还是淑女都顾不得风度一路狂奔，一看就是迟到的。洪钧看眼手表，九点已经过了。

又过一会儿，洪钧看见外面停下一辆出租车，右后门一开，杰森钻了出来。看来杰森也知道自己又晚了，着急地拉开右前门站在一边，催促司机把发票赶紧打印好递过来。发票刚递过来，杰森一把抓住，转身就跨上台阶走了进来，连出租车的车门都没顾上关。

洪钧已经站起身提着皮箱迎上去，杰森也看见了洪钧。洪钧本来只想扬一下手算是打招呼，可是杰森的右手已经伸了过来，洪钧没办法只好也伸过手去，自然又被杰森紧紧地“攥”了一次。好在洪钧这回已经在伸手时做好了思想准备，所以再次被“攥”的痛苦小了很多。

杰森引着洪钧走进电梯，按了标有“18”的揿钮，说道：“这个楼层多好，我们的生意一定好，没问题。”他竖了一下右手的大拇指，“原来是在7楼，我一直不喜欢。我让他们一直给我留意，后来听18层退出来一间，我马上就讲说我们要移过来，这个号码一定好的。”洪钧便明白杰森的大拇指与其是在赞这个号码，毋宁是在赞他自己的英明果断。

洪钧用眼角的余光扫了下电梯里的另外几个人，都很年轻，正愣愣地听着，洪钧只是微笑而没开口。这些年做销售已经让他养成一个习惯，只要电梯里有外人，不管是否认识，他都从不说话，更不要说讨论公司的事。因为他早已体会到这世界太小，而事情往往又那么巧，隔墙都会有耳，同在一个电梯里又怎能不防呢？

电梯停过几次，其他几个人都下去了，只剩下洪钧和杰森。杰森发现洪钧一直没说话，还以为他有什么想法，便忙补上一句："当然，号码好，更要靠你喔，如果不是换了这个号码，我还请不到你来这里喔。"

洪钧见杰森想多了，忙解释一下："哦，不是，我刚才是在想咱们的公司是什么样子，呵呵。"

杰森也笑道："不用费脑筋，这里就是了。"说着，电梯停在18层，洪钧谦让着请杰森先走出了电梯。

如果不是杰森在前面领路，洪钧要想自己找到这间办公室还真要花些功夫，因为离电梯挺远，要拐两个弯，门窝在一个拐角的后面，一不留神就会错过。杰森走到门口，回头对洪钧说："这里很好，很安静，没有人在外面走来走去。"洪钧站了一下，深吸一口气，跟着杰森走进了维西尔北京办公室。

迎面就是一个前台，很小很局促，里面的一个女孩儿已经站起来，笑着向杰森说早上好。杰森扭头对洪钧说："这是Mary，我们的大美女。"又对Mary说，"这就是我说的Jim，你们的新老板。"

Mary一听杰森的话便红了脸，扭捏着，又看向洪钧，不太自然地说："您好。"

洪钧笑着向Mary回了句你好，同时趁机打量一下"大美女"，他便立刻得出一个结论：看来杰森最不吝啬的就是夸奖，尤其是与事实出入很大的"谬奖"。

杰森和洪钧绕过前台后面像影壁一样的一面墙，整个维西尔北京办公室便尽收眼底了。洪钧看了一圈，估计不到一百平方米，两个角分别隔出一个小房间，洪钧猜其中一间是自己的办公室，另一间应该是个小会客室。中间就是一片不大的开放式办公区，洪钧数了下，有十张办公桌，分成两列，一列五张，都是带转角的那种写字台。办公区虽然算不上拥挤，但好像也难以再塞进什么了。

很明显，桌子比人多，洪钧实际上比数桌子来得更快就已经数出他面前一共有六个人。

杰森指着离得最近的一个女孩说："这是Helen，是不是很像《特洛伊》里面那个Helen？她是你的大内总管，出纳、行政啊都是她做。"

洪钧已经领教了杰森夸奖别人时候的夸张，看着Helen，问一声你好，心里暗想，只做公司的大内总管就好，千万不要进我的大内哟，我可不要这样的生活秘书。又一转念，这回杰森可能说得还算正确，《特洛伊》里面的Helen要是活到今天，恐怕也就是这种模样了。

杰森接着向洪钧介绍另外几个人，洪钧与名叫武权和肖彬的两个工程师只简单寒暄一下，更多的是和两个客户经理聊，这两个是他的直接下属，一个叫郝毅，英文名字是Harry，另一个叫杨文光，英文名字叫Vincent。洪钧和杨文光开玩笑，问他与杨家将里的杨文广是不是亲戚。这两个小伙子都很年轻，见到洪钧都很腼腆，甚至有些拘束。洪钧心想，要把这两人培养成像狼一样凶猛的销售高手，看来不是件容易的事。

第六个人，是个男人，坐在最远处角落里的座位上，一直背对众人在打电话。杰森看到洪钧在望着那个人，便对洪钧说："也是个做技术的，先不用管他，等他忙完再和你打招呼好了。"

洪钧问杰森："记得您说过应该有三个销售，这里好像还差一个……"

"哦，还有个女孩子，总是四处跑，等她回来再认识好了。"说完，杰森又问洪钧，"怎么样，Jim，要不要讲点什么，算是你的就任致辞或是开场白？"

洪钧笑着摆手："不用了吧，都是自己人，不搞那些了。我们也都已经认识了，各自忙吧。"

杰森便招呼大家各忙各的，然后带洪钧走向他的办公室。洪钧走到办公室门口又回头看了一眼角落里的那个男人，那人正好刚放下电话，微微转过脸来朝这边看了一眼，发现洪钧也正向他望去便马上把头扭了回去，开始收拾桌子上的东西。这一下让洪钧来了更大的兴趣，他要弄个究竟，便请杰森先进办公室，自己转身向那个人走去。

洪钧走到那个人的身后，他相信那人一定在竖着耳朵谛听洪钧走过来的脚步声，却仍然不回头，手上胡乱忙着。洪钧经过他桌子旁边，转到他的面前，伸出右手，大声说："你好，我是洪钧，今天新来的，你叫我Jim好了，很高兴认识你。"

那人的身体颤了一下，抬起眼皮看见洪钧伸过来的手，便把右手伸过来和洪钧握在一起，身子慢慢从椅子上抬起，就像是被洪钧拉着手拽起来似的。洪钧见他个子不高，貌不惊人，眼神闪闪烁烁的，似乎总在回避洪钧的目光。洪钧觉得以前没见过这个人，便等着听他自我介绍。

那人终于开口说话了："李龙伟。"又嘀咕一声，"您好。"

洪钧相信自己以前一定听过这个名字，可怎么也想不起来是在什么时候、因为什么事情了，他拍一下李龙伟的肩膀，转身往办公室走，他决定不再想了，他料定会在不经意的时候一下子想起来。

洪钧站到自己的新办公室门口，不由得笑了，这房间真够小的，几乎和外面每个人占的空间差不多大，只是被墙壁围了起来反而显得更加局促。杰森在房间里站着，见洪钧到了门口便说："很小，委屈你了，不过这样子蛮好，你就会经常出去跑到客户那边，不会待在这小房间里。"

洪钧笑笑走进来，也说了一句："蛮好。"

杰森让洪钧坐到自己的椅子上，便说要打几个电话，走进那间小会客室了。肖彬拎着个电脑包走进来，告诉洪钧这是公司给他配的笔记本电脑，又把写有密码、用户名等登录信息的纸片递给他。

洪钧把自己带来的皮箱放在一旁的墙边，打开电脑包，拿出里面的黑色IBM电脑，这让他一下子怀念起在ICE用的那台也是IBM的笔记本电脑了。

洪钧正在摆弄电脑，设置自己喜好的各种选项，门一下子被推开，洪钧先是感觉到一阵风，然后发现他面前站着一个女孩儿。

洪钧还没来得及说话，女孩儿已经开了口："洪总，对不起啊，放完长假今天头一天上班，有太多事了，我刚才是先去给一家客户送些资料，本来十一前就应该给他们送过去的，可他们临放假根本没心思干正事，所以我就想等放完假一上班再送去，本来是想送去放到他们桌上就回来的，可是他们上午好像不忙，非拉着我说这说那，讲的都是没意思的瞎说八道，我就一直特着急想赶紧往回跑，这不，才赶回来。"

洪钧微张着嘴，被这女孩子的一长串连珠炮搞蒙了，呆呆地看着这个女孩儿的模样。她高高瘦瘦的，典型的豆芽菜骨感身材，长长的头发染了一些淡黄色，绾在脑后，脸倒是圆圆的不算长。洪钧心想，谢天谢地，不然高个子长脸，真像个惊叹号了，现在的样子还行，是个向日葵。女孩儿的容貌很端正，皮肤很白很细，因为跑进来又一口气说了一大堆话，五官稍微有些变形，待慢慢恢复自然了，洪钧就发现她很耐看，尤其是一双眼睛，特别有灵气。洪钧好像找到这女孩儿为什么话这么多的原因了，因为她的嘴巴和眼睛都能说话。女孩儿穿一身很普通的衣服，上面是件衬衫，下面是条裤子，很利索的样子。

女孩儿见洪钧盯着自己，好像明白过来了，脸一红忙说："哦，我是这儿的客户经理，叫刘霏冰，你叫我菲比好了，P-H-O-E-B-E。"

洪钧听菲比把她的英文名字拼完，才注意到菲比直接称呼自己"你"，而没有像刚才的几个人一样对自己称"您"，虽然觉得有些意外，但又好像挺舒服的。他对着菲比微笑着说："别叫我洪总，你要叫我洪总我就叫你刘副总，因为咱俩是上下级，我是总，你就得是副总了。叫我Jim好了。"

菲比说："好吧好吧，反正我早就知道你的大名了，一直想认识认识你，没想到你来当我老板了。你们做销售真厉害，我都输给你们好多回了，好多回都不知道是因为什么输的。你们那个姓谭的老在项目上给我下套儿，他一下套我就钻进去，都不知道为什么老是上当。这个姓谭的就是你带出来的吧？太恐怖了，我从来都没有在他手里赢过单子。"

洪钧笑得更厉害了，他以前从没见过心态能如此好的常败将军，看来这个菲比倒是个可造之才。洪钧打断她："不要还是'你们你们'的，现在是咱们和他们了。"

菲比忙说："对对，我忘了，现在你和我是一伙儿的了，欢迎你弃暗投明，革命不分先后。你来就好了，我以后才不怕什么小谭呢。别说小谭，老谭也不怕，因为我有老洪了……"菲比忽然停住，犹豫着，"我就叫你老洪吧。"

洪钧一笑："随便。不过，你的名字都不太好念，中文名字吧，不太上口，英文名字呢，好像也不是特别好。"

菲比已经转身走到门口，手扶在门上说："你先忙吧，我就来打个招呼，不打扰你了。至于名字嘛，怎么你一见面就想给我改名字呀？对不起，你凑合着叫吧。"说完，又像一阵风似的刮走了。

洪钧愣在那里，脸上还带着刚才的笑容，他正在咂摸味道呢。这时杰森推开门进来，洪钧便站起身。杰森说："我们去那边会客室聊聊吧，我把这里的情形都和你讲一讲。对了，亚太区在新加坡要开个会，我不想去，没时间，我想请你代替我去，带着耳朵滥竽充数就好。"

洪钧听了很奇怪，满头疑惑跟着杰森向小会客室走去。

时过境迁

洪钧接连好几天都在琢磨，杰森为什么让自己替他去新加坡出席亚太区的会议，好像猜出来一些，但又觉得似乎不太合情理，最后只得摇摇头放弃。杰森看来真是不按常理出牌，像个不定向导弹，让人揣摩不透，更无法预测他下一步的轨道是什么样。

按杰森自己给洪钧的说法，他之所以不想去是因为不想浪费时间听那帮老外的指手画脚，他说他们是在“聒噪”。而杰森向亚太区申明的理由是他太太忽然病了，可能是因为在上海水土不服，所以杰森无法在这时候飞去新加坡开两天的会。洪钧觉得好笑，他还是头一次听说台湾人在上海会水土不服，至少台湾男人对上海的水土和上海水土养的一方女人都“服”得很。不过也许正因为如此，台湾女人就可能会对上海不“服”了吧？谁知道。

当杰森上次在星巴克说出“维西尔亚太区那帮混蛋”的时候，洪钧就已经很清楚杰森和维西尔亚太区的关系不好，当时还以为那只是杰森内心情绪的宣泄，没想到他竟如此直截了当拒绝去开会，不啻公然向亚太区示威和叫板。在洪钧看来这样做未免太过情绪化，很难理解杰森怎么会如此不加掩饰地公开他与亚太区的矛盾。

至于杰森为什么选洪钧代替他去，杰森本人的说法是希望洪钧利用这个机会去熟悉一下环境。洪钧觉得更可笑了，他刚来公司，连维西尔北京这个小环境都还没熟悉呢，跑去熟悉维西尔亚太区干什么？用去趟新加坡作为对其加入维西尔的奖赏？当然不会。洪钧不是没出过国的人，他已经跑过世界上太多地方了。

洪钧推测杰森此举无外乎两个意图。一个是进一步向他示好，彰显杰森对他毫无戒心，完全信任，没有任何顾忌。可能杰森也有些后悔上次在星巴克无意中吐露出他曾担心亚太区把洪钧挖过来替掉他，所以想打消洪钧的疑虑。的确，杰森现在肯定已然不再担心，因为如今的洪钧只不过是他手下的一个小经理了。另一个隐藏得更深的原因是因为洪钧初来乍到，对维西尔的情况不了解，杰森就不必担心自己派出的使者向亚太区当面告他的状。

不管怎样，洪钧越发不喜欢跑这趟差事，维西尔北京的烂摊子他还没来得及弄清楚呢，而一早又被前台那个Mary噎得够呛，让他怄了一肚子气。

刚上班，洪钧走到前台对Mary说："Mary，帮我个忙好吗？这是申请新加坡签证的资料，我都弄好了，麻烦你替我跑一趟嘉里中心，送到签证处就行。"

没想到Mary却皱起眉头，一脸难色地说："哎呀，可我这会儿走不开呀，Laura给我布置了一大堆事，正愁忙不过来呢。要不您给上海打个电话，和Laura讲一下，她不发话我真不敢出去啊。"

洪钧一听就火了，一个年纪轻轻的女孩子竟已知道利用外企的矩阵式架构搞小动作了。外企的很多岗位都有两个头儿，Mary在北京，洪钧是她的老板，算是属地管理；Mary是前台的接待员，做行政的，上海的财务经理Laura也是她的老板，算是业务管理。水平低一些的会利用这种双重管理来偷懒，洪钧让她做事的时候她推托正忙Laura的事，想必当Laura让Mary做事的时候她自然会推托正忙洪钧的事呢。水平高一些的会在这种双重管理下走钢丝，想办法让两个老板都力争笼络自己成为心腹，自己则左右逢源，两边得好处。洪钧料定这Mary尚属于低水平的玩法，洪钧恨的是那种走钢丝的高手。

洪钧没有发作，只是脸色一沉，对Mary说："那我自己去吧，你忙你的。如果杰森来电话找我，你就告诉他我去办签证了。Laura也真是的，给你派这么多活，也不看看你干不干得完，想把你累死啊。我得赶紧和杰森说说，应该再请一个秘书，这么多事一个人忙不过来嘛，除非找个能力更强一些的。"

Mary听着洪钧的这一番话，一张脸简直像个万花筒千变万化。洪钧的头一句令她很是自鸣得意，心想又把一桩差事推了出去；听洪钧接着说，她脸便有些红，洪钧这般心疼她倒弄得她不好意思了；没想到洪钧话锋一转甩出的最后一句话登时把她砸蒙了，脸色变得白里透绿、绿里透白。她呆愣了半天，刚回过神来想叫住洪钧说句什么，洪钧早已不理她，径直走得看不见了。

嘉里中心写字楼的北楼里有一家猎头公司，在它里面的一间会议室里西装革履的三个人正围坐在一张圆桌旁边。其中一个头发溜光水滑的人是这里的东道主，但他却是三个人中最少说话的一个。他的左手是个外国人，四十多岁，彬彬有礼，谦和中又透着严谨；他的右手是个中国人，应该不到四十岁，肤色有些黑，样子比实际年龄老一些。这个有着溜光水滑头发的人是这家猎头公司的合伙人，就是他，把互为直接竞争对手的两个人撮合到了一起。那老外是个英国人，就是ICE公司的皮特·布兰森，而他旁边的中国人就是科曼公司的俞威。

这已经不是他们的第一次碰面，实际上，他们这次碰面就是为了达成最终的协议，看样子一切顺利，已经在收尾了。

“溜光水滑”帮两个人整理着已经签署的文件，大家都面带微笑，如愿以偿的样子。皮特忽然想起什么，对俞威说：“我想再次确认一下，你确信你在离开科曼以后能马上直接加入ICE吗？”

俞威立刻用英语说了句：“没问题。”他好像觉得应该再补充些更有说服力的东西，可一时又不能用英语脱口而出，憋在那里。

“溜光水滑”便马上接口用英语对皮特说：“我第一次和俞先生谈时就问过这个问题。他完全可以确认，他与科曼没有签过非竞争性条款，科曼不可以限制俞先生去哪家公司。”

俞威完全听得懂，点了点头，以示这正是他原本想表达的意思。

皮特很满意，但还是又开玩笑似的追了一句：“但ICE不是科曼，我们要求所有员工都要签署非竞争性条款，尤其是首席代表。俞先生，你不会有问题吧？”

俞威忙不迭用英语说：“没问题，没问题。”随即三个人都笑起来。

皮特又说：“从今天到我们商定的你来ICE上班的日子只有这么短的时间，你确信你在科曼可以完成交接吗？”

俞威举起右手做发誓状："没问题，我保证科曼会很快让我走的。"说完他有些担心皮特会不会误解成科曼正巴不得他尽快走人呢，他瞄一眼皮特，皮特只是微微点了下头，没什么别的表示。

"溜光水滑"拉开门走出去装订文件，皮特便和俞威聊天，问道："我听说你和Jim·洪很熟，一直是朋友？"

俞威回答："以前是朋友，后来不怎么联系了。"

皮特又问俞威："你知道他离开ICE以后的状况吗？"

俞威摇头："不知道，我不关心他的事，我和他已不是朋友了。"

皮特喃喃的，像是在对自己说："我希望我和他还能是朋友。"

皮特注意到俞威脸上顿时变得红一块紫一块的，正想解释一句或把话题岔开，恰巧"溜光水滑"推门进来，已经把两份文件都弄好，很专业的样子。皮特和俞威便都站起身，各自收好文件，三个人的手摞着握在一起以示庆祝。

皮特对俞威说："欢迎加入ICE，我希望你能为ICE签更多像合智集团那样的合同。"

俞威脸上再次变得极不自然，说："我会尽我的全力。"

"溜光水滑"说："一定的。"三个人又都笑了起来。

正要走出会议室，俞威忽然说："布兰森先生，还是像以前一样我先走，五分钟以后你再走，好吗？"

"溜光水滑"笑道："俞先生就是谨慎，所有的事都已经定下来，还要这样小心。"

皮特笑着同意了俞威的建议，和俞威握过手便被"溜光水滑"陪着进了一间办公室。

俞威出了猎头公司向电梯走去，他没想到，洪钧坐的出租车也正好在这时停在了嘉里中心写字楼的门口。

洪钧付了车费走进写字楼的大堂，往左边向北楼的电梯走去，他也没想到，俞威正坐电梯下来。

洪钧离电梯间大概有十几步的时候，一部电梯从上面下到大堂，走出几个人，俞威和洪钧几乎是同时看见对方的，两人的脚步不约而同地顿住，但只是一刹那，几乎又是同时，两个人都迈步走了过来。走到近前迎面站定，两个人脸上都没什么表情，却互相问候着，说出的头一句话竟都是——“好久不见”。

洪钧问：“来这儿办事？”

俞威说：“啊，有点事，你呢？怎么样？”

洪钧说：“我现在在维西尔公司，来办新加坡的签证。”

俞威一怔：“哦，你去维西尔了？噢，我应该想到的，就这么几家公司，还能去哪儿？你去新加坡开会？”

“不是，去参加个培训，刚到新公司嘛。”洪钧不想告诉他是去亚太区开会，那是公司内部的事。

俞威笑了：“呃，你还用去培训？是去培训别人吧？怎么还用你亲自来办签证啊？叫秘书跑一趟不就成了嘛。”

洪钧面带笑容，平静地听完俞威的嘲讽，便说：“那先这样？都挺忙的。拜拜。”说完就向电梯间走去。

洪钧在电梯间站了片刻，并没上电梯，回头看着俞威的背影消失在门口，便转身折回来走到大堂里贴着的各家公司名录的水牌前，浏览着北楼里都有哪些公司，想从中找到线索看看俞威究竟是来干什么的。洪钧也说不清为什么要这么做，是因为俞威是个竞争对手，还是恰恰因为他是俞威……

洪钧正仰着脖子巡视那一排排一列列的公司名称，忽然觉得有一个曾经很熟悉的身影从眼角的余光里闪过，洪钧下意识地扭过头，见一个老外提着电脑包向大厦门口走去，即使只是背影洪钧也已经认出来——那是皮特！而且从皮特穿过大堂的路线可以确定，他也是从北楼下来的。

洪钧的目光更加仔细地在那些公司名字里巡视，很快定住，停在了那家他很熟悉的猎头公司名字上。俞威、皮特、猎头，洪钧脑筋只一转便已经把一切都串起来，水落石出。他不相信巧合，他相信自己的推理和判断：俞威要去ICE了，应该是接替洪钧做首席代表，不过应该不是代理，而是正式的。

洪钧的脑海里浮现出这样一幅画面：一片平原上孤零零立着两座山丘，他刚从高的那座山丘上滚下来，顾不上拍打身上的尘土就蹒跚爬上了这座矮的山丘，尚立足未稳便看见俞威已经策马冲上了他曾经占据的制高点，狞笑着向他挥舞手中的长矛。洪钧知道又要有一场恶战了，可自己手上好像一无所有。洪钧忽然有一种非常复杂的感觉，各种滋味涌上心头。他苦笑一下，摇了摇头，转身向电梯走去。

俞威坐在出租车的后座上，电脑包放在旁边，他忍不住又把刚才签的协议从包里拿出来摊在腿上查看，薪酬一栏那几个简单的数字他越看越开心、越看越喜欢，他愈发得意自己讨价还价的本事。俞威知道ICE的工资待遇本来就比科曼更好一些，自己又是从科曼的销售总监跳到ICE的中国区首席代表，再加上几番要价，他这回真是鲤鱼跳龙门，名利双收赚大发了。

俞威一边看得过瘾一边掏出手机，正准备拨号冷不防手机自己响起来吓了他一跳，令他不禁有些扫兴。俞威看眼来电显示，又是合智集团的赵平凡，心想这赵平凡真应该改个名字叫“招人烦”，勉强打起精神说：“喂，你……”

他的“好”字还没出口就被赵平凡急不可待打断：“老俞吗？找你可真难啊，刚才打你电话一直没接，你在哪儿呢？”

俞威心想，刚才我正和皮特谈大事呢，怎么可能接电话，再说你管我在哪儿呢，但嘴上还是客气地说：“刚才在开会，所以我把手机调成静音了，这会儿正在路上呢。”

赵平凡忙道：“在路上？那你现在过来一趟吧，这事急着和你谈啊。”

俞威暗笑，我又不是在去合智的路上，何况你那事我正避之犹恐不及呢。他故作无奈地说：“哎呀，现在过不去啊，我正急着赶另一个会呢，早都定好的，现在肯定去不了你那儿。”

赵平凡现在不仅是“招人烦”，他自己也烦上了，没好气地说：“算啦算啦，那就在电话里说吧。老俞你们的软件有问题啊，装倒是装上了，可是很不稳定啊，最近这个星期每天都要宕几次，这怎么行？将来根本不能用啊。”

俞威好像觉得不可思议：“不会吧？当初不是专门装了个模拟环境做过测试吗？”

赵平凡都快骂街了：“坏就坏在上次那个模拟环境，谁知道你们怎么给我模拟的呀？！把整套软件装在我们自己的环境里就成现在这德行啦。”

俞威慢条斯理地说："我们的工程师不是去看过了吗？我听说又重新装了一遍，还不行吗？"

"不行不行，根本没用。我问你的工程师了，他说他从来没在Windows的服务器上装过你们的软件，都是在UNIX的机器上装的。他照着你们内部的操作指南装，装是装上了，可出了问题他也不知道能有什么办法。"赵平凡强压住火气说。

俞威接着糊弄："版本不一样，他可能没什么经验。这样吧，我把你们的情况向亚太区和总部汇报一下，争取请他们派个有经验的过来。"

赵平凡一听就炸了："那要等到什么时候？！陈总可都发火了，连徐董事长都惊动了，过问了好几次，陈总要求你们务必马上解决！"

这时候俞威反而来了兴致，宛然是猫在逗弄一只老鼠，笑道："老赵，这技术上的事得讲科学，急不得，上面瞎指挥、下面蛮干，都解决不了问题嘛。"

赵平凡被彻底激怒，声嘶力竭地嚷道："老俞，当初可是你拍着胸脯向我保证，说你们的软件装在我们这些服务器上肯定没问题。你当初说这话的时候讲没讲科学？还是你瞎扯淡？！"

俞威倒一点儿不急，更没发火，而是心平气和地出着主意："老赵，科曼的软件在世界上的确有不少都是装在你们这样的Windows机器上的，只是我们北京的工程师可能没怎么接触过，我说请外面的专家来你又等不及，那现在换UNIX的服务器，还来不来得及呢？"

赵平凡顿时软下来，声音里好像都带着哭腔了："老俞，我这次可以等你从国外请个人来，可是以后呢？谁想到你这里的人根本不会搞呀，我可不能提心吊胆直到你们培养出人来。要说换机器，那些预算已经挪去准备出国用，该花的已经花了，剩下的也都有用途。哪儿还有预算买新机器？再申请预算不仅来不及，而且这事可就捅大啦！"

俞威用一种语重心长的口吻说："老赵，我是这么建议啊，供你参考。你们出国也不要太铺张，只把几个老板安排得好些，下面那帮家伙能去趟美国已经知足了，条件差些都能忍。这样就能省下钱买几台UNIX的服务器，先别买太好的，配置不用太高，将将够用就行，反正刚开始的时候软件也不会真正用起来，等将来正式上线再申请预算换大机器。"说完俞威都被自己感所动，他现在已经要去

ICE了，还替科曼的客户操碎了心，真是敬业啊。

赵平凡想都没想便开了口，语气再度强硬："不行！出国的事都已经安排好了，不好再变，从别的地方也挤不出钱了。我看就得从你们的软件款上想办法。"

俞威便问："你们付了多少？30%？"

"嗯，我们已经给你们打过去30%。"

俞威懒得再和赵平凡玩儿，他觉得摊牌的时候已到："老赵，事到如今我也尽力了，你们少付款甚至不再付款都不关我的事了。陈总是和香港的托尼签的合同，你请陈总直接找托尼吧，我这边要开会了，咱们再联系吧。"

说完俞威便挂上电话，他觉得自己再也没必要搭理赵平凡，反正过些天赵平凡会得知他跳槽的事，到时候自然会明白他俞威怎么会一下子判若两人。不过刚才这个电话让俞威颇为自得，自己怎么就能把一切都安排得这么好呢？恰恰就在合智项目出事的时候他已经觅到更好的去处，有人用八抬大轿来请他，他正可以轻轻地挥一挥手，不带走一丝麻烦，飘飘然另谋高就去也。

咦，都是让赵平凡给搅的，本来刚才拿电话是要打给谁来着？哦，想起来了，是要打给托尼那家伙的。俞威心想托尼这回可要有"好"日子过了，合智这么大的客户要想改合同、少付款，可不是闹着玩儿的，估计这官司得扯很长时间。合智恐怕一时半会儿挤不出钱来买新的UNIX机器，除非科曼下狠心自己承担费用，把一个外国专家派到北京常驻专门为合智提供技术支持，否则这个项目就要一直在纠纷中搁置下去。不过以俞威对托尼的了解，这个鼠目寸光的香港人干不出这么有魄力的事来，所以合智项目的归宿也就显而易见了。

俞威拨了托尼的电话，把手机放在耳边等着，嘴角向上翘，他禁不住得意地笑了。

电话通了，他不待托尼开口便说："喂，托尼，我是俞威，和你说个事啊。"

电话里传出托尼不太情愿的声音："俞威啊，我这边正好有要紧的事，你可不可以再过十五分钟打过来？"

俞威根本没心思啰嗦，直接说："我就一句话，但是很重要，说完就没事了。"

托尼稍作沉吟，显然很不高兴："那你讲吧。"

俞威对着话筒大声地嚷，仿佛要把胸中积攒许久的怒火和怨气都发泄出来：

"我决定辞职了。我马上会给你发个电子邮件，正式的，我现在先用电话跟你说一声，让你有个思想准备。"俞威就是要亲耳听到托尼作何反应才打这个电话的，可惜等不及当面向托尼提出辞职，无法亲眼看到托尼的惊愕与慌乱，但至少胜过单单发封邮件，这已足够让俞威感到极大的快感。

托尼果然被惊呆了，沉默好久才回过神来，语无伦次地说："怎么突然就？也不提前打个招呼？不好的嘛，我要和你谈谈，好好谈谈。"

俞威感觉舒服、满足、痛快，朗声笑道："不突然。这不是向你打招呼嘛，不过咱们没什么太多要谈的了。你不是正忙要紧的事吗？那你接着忙吧。"

俞威刚想说拜拜忽然又想起什么，急忙补一句："喂，对了，差点儿忘了还有件事，也是件要紧的事，也是向你打个招呼，让你有个准备。合智集团想要修改合同金额，甚至可能退货。拜拜。"

俞威挂断电话，解气啊，浑身的毛孔好像都张开了，他此时就想到一个字：爽！

洪钧从嘉里中心回到公司，路过前台时看了一眼坐在里面的Mary，Mary冲他笑着，洪钧觉得她笑得不太自然。洪钧走进自己的办公室刚坐下，门就被推开了，原来Mary也跟了过来。

洪钧看着Mary等她开口。Mary站在洪钧的桌子前，两只胳膊僵直地垂在身前，左手紧紧地攥着右手的四根手指，用很细小的声音说："我都忙完了，您的签证还要去取吧？您把取签证的单子给我，我到时替您取吧。"

洪钧见她主动来为自己做事，知道是刚才出门前甩下的几句话起了作用，但看到她如此紧张局促，没想到她会被吓成这个样子，顿时有些不忍心。

洪钧拿出取签证的单子递给Mary，笑着说："谢谢你啦。"

Mary双手从洪钧手里接过单子，垂下眼帘不去看洪钧，嘴上说："这是我应该做的。"同时转过身就要拉开门出去。

洪钧想起什么，叫了声："等一下。"

Mary立刻转过身，脸都红了，低着头说："啊，忘了问您还有什么事了。"

洪钧简直有些哭笑不得，他没想到自己已经被当成了个凶神恶煞，只好尽量温和地说："没事，我就是刚想起来，想请你帮我订一下机票。"

Mary跺下脚，有些懊恼地自语："哎呀，刚才还想着要问呢。"

洪钧一下子笑起来，拿过一张便笺，写了几行字递给Mary，说："你就按这上面的日子订航班吧，你帮我订国航的。"

Mary又双手接过便笺，看了眼便问："您不坐新加坡航空公司的吗？不是都说新航服务好吗？"

洪钧选国航其实是为了积攒他的国航知音卡上的里程，但他没明说，而是换了个冠冕堂皇的理由："新航的机票贵，国航的便宜不少呢。"

Mary露出一种又钦佩又感动的表情，仿佛坐着的洪钧简直是尊光辉高大的楷模似的。

洪钧又补一句："不过订国航的时候你要注意一下，我不要经停厦门的，你帮我订直飞的。"Mary忙点头答应。洪钧笑着说，"让我想想，从新加坡能给你带点什么呢？那儿好像实在没什么东西可带的。纪念品嘛都是那种鱼尾狮，可是做得怎么看怎么像是个鱼尾狗。估计我只能带些巧克力什么的糊弄一下你了。"

Mary一愣，显然这的确出乎她的意料，但很快她就开心地冲着洪钧笑了，摆着手说："哎呀，您什么也不用带，真的。"

洪钧见Mary放松下来才总算安心，他知道不是因为什么巧克力的小恩小惠，而是Mary看到他并没有成见或恶意，大可不必再提心吊胆了。Mary笑着又问一句还有没有别的事，洪钧摇头说真的没有了，Mary才转身出去，洪钧仿佛听到Mary的脚步轻快了许多。

洪钧脑子里又想到航班的事，他想起了新航的空姐，娇小的身材，可人的笑脸，脚上的凉鞋，尤其是柔软的衣裙，紧紧地裹着身子，她们的腰怎么都那么细呢？但洪钧受不了她们身上浓烈的香水味，而且好像有一种东南亚特有的气味，但洪钧转念一想，如果不是这样，像自己这样的苍蝇恐怕早都叮上去了。

洪钧原本不情愿去新加坡开会的想法在他收到一封电子邮件以后就一下子改变了。亚太区老板的秘书给所有将要出席会议的人发了封邮件，邮件里提到大家住宿和开会的地方是新加坡的丽思卡尔顿酒店。洪钧对邮件中列出的与会人员名单、议题和日程都没什么兴趣，这种会他已经参加过太多次，何况他这次完全就是去“凑数”的，是替杰森“点卯”去的。但是选定的这家酒店倒让洪钧想去开这个会了，甚至变得有些期待。

新加坡洪钧已经去过多次，鱼尾狮雕像北面那片出名的酒店区里的各家差不多都住遍了，像从西面的斯坦福酒店、莱佛士酒店，到东面的滨华、东方、康拉德和泛太平洋，等等，唯独没有住过的就是这家丽思卡尔顿酒店。洪钧曾经在附近经过时注意到这座板型建筑的酒店，从上到下有一溜溜八角形的窗户，他就觉得有些好奇，究竟这种形状的窗户是在客房里呢还是有什么特别的功用?

此刻，当洪钧打开自己在丽思卡尔顿酒店房间的大门，把行李撂到地毯上，站在房间中央刚四下打量的时候，他就看见了那扇八角形的窗户，在卫生间里，窗下就是浴缸。

洪钧走进卫生间，看见马桶旁边还有一个像马桶一样的东西，只是没有盖子，也没有那么大的水箱，他知道那是做什么用的，反正不是给他预备的。他想起朱利亚·罗伯茨在电影《漂亮女人》里冲到阳台上，对李察·基尔喊着她终于搞明白这个东西是干吗的，不禁一笑。

洪钧走到浴缸边把水龙头打开，调好温度，关上浴缸里的排水阀，从浴缸边的台面上拿过来两个精致的小瓶子，把整整两瓶浴液都倒进浴缸，龙头里流出来的水搅拌着浴液，很快就令整个浴缸都充满了晶莹透亮的泡沫。洪钧又从台面上的一个瓷罐里舀出不少浴盐，撒进浴缸里。一粒粒蓝紫色的浴盐起初都被泡沫托举着，慢慢坠下去、溶化了，看不见了。

一切准备就绪，洪钧没有忘记还有一个动作要做，他走到卫生间的门口按下开关，关掉整个卫生间里所有的灯。他一回头，呆住了。卫生间里暗下来，却能看见这时的八角窗就像一个精美的画框，窗外的美景就像一幅高清晰的画屏镶嵌在墙壁上。八角窗让洪钧想起苏州园林里那些精致的杰作——窗含岫色，他终于领略到了这种东方独有的意境。

洪钧脱了衣服，借着窗外投进来的光亮走到窗前，坐进浴缸半躺下来，脑袋枕在浴缸边沿上，左手边就是八角窗，他抬手用指尖轻叩玻璃，歪头看向窗外。他的房间朝向北面，能看见远处泛岛高速公路上长串车灯组成的流光溢彩的光带，左面的几条是红色的尾灯，右面的几条是白色的前照灯，这里的交通是左行的。洪钧想，如果住在南面的房间里，应该正好可以看见中心商务区那些鳞次栉比的楼群和月色下的海湾，景色应该更美，他有些后悔，刚才应该特意要一个南面的房间。

十年前，当他刚入行，还在打杂的时候，头一次到上海出差，住的是一个晚上二十块钱的招待所，还是跟一个某乡办机械厂的长得像李逵似的销售员合住，因为洪钧包不起那个房间，四十元一间的房价就超标了。整晚他一直为身上的那笔五百块钱“巨款”提心吊胆，那是他全部的差旅费。他最初把钱放在枕头下面，结果怎么也睡不着，后来只好找了个小塑料袋，把钱封进去再把塑料袋塞在内裤里，终于安然入睡。当时他的一位朋友同样也是个打杂的，但人家是在IBM打杂，也是到上海出差，但人家住的是锦沧文华。洪钧当时对IBM每年有多少销售额、在世界五百强里排名第几都不甚了了，但一听说这事就觉得IBM的实力绝对了不得，让他咂舌了很长时间：打杂的都住锦沧文华，啧啧。不仅对他震撼不小，那个住锦沧文华的朋友在后来的一年里动不动就说“上次在锦沧文华……”，自豪得意之情溢于言表。

洪钧曾经想不通，外企让员工住那么贵的酒店得花多少钱啊，这外企得多有钱啊。后来洪钧慢慢想明白了，其实这是外企非常精明之处。外企鼓励员工甚至不相干的人都以其公司名义入住同一家酒店，靠消费总量就可以和顶级豪华酒店谈下很好的公司价格，比普通档次的宾馆再贵也贵不了多少，正是这不大的代价却可以立竿见影地提升公司形象，彰显公司其实可能并不怎么强大的实力，令客户、合作伙伴乃至公众都会肃然起敬。另外，对员工也有很实际的功效，员工出差住进当地最好的酒店会成其一段长久的美好回忆，让他以在这家外企工作而自豪，令他的虚荣心得到极大满足，他也会有意无意地把这美好体验向他的家人、同学、朋友分享。当外企经营发生困难需要节约开支的时候，他们会毫不犹豫地控制差旅的数量，能不出差就不出差，能去一个人就不派两个人，但他们不会降低差旅的规格标准，不会改住低档的地方。

洪钧躺在浴缸里，想起他在ICE的时候正是因为这种考虑，他规定员工出差时不论级别都可以入住当地一流酒店，他严加控制的是出差的次数、人数和天数，但他不在酒店的规格上省钱。这样“奢侈”一年算下来，比大家即使都去住大车店也没高出多少钱，酒店费用占全部经营费用的比重仍然很小。

不过，如今他到了维西尔，他出差住哪里、其他人出差住哪里，这些都已经不是他能说了算的了。

站队与押注

洪钧在丽思卡尔顿酒店已经住了两个晚上，每晚都在八角窗下的浴缸里泡很久，两天的会也已近尾声。

会议室里的长条桌排成一个近似“U”形的图案，只是“U”的底部是直线而非弧线。所有参加会议的人都坐在“U”形长桌的外圈，“U”字的开口处对着一面墙，用来打投影和幻灯，讲话的人就站在投影旁边。组成“U”形的长桌上铺有深绿色的绒布，桌旁总共坐了大约二十个人，每人面前都摊着笔记本电脑、稿纸和文件，还有一个玻璃杯放在杯垫上。桌上每隔两三个人的距离就放着一个更大的有把手的玻璃樽，坐在托盘上，盘子上垫着餐巾，玻璃樽里盛着加了柠檬的冰水。洪钧坐在“U”字的一条边线和底线相交的拐角处，这位置极佳，是洪钧精心挑选的，他可以把三条线上的所有人都一览无余，而其他人无论坐在哪个位置都不会把他放在视野的中心。

两天的会议中除了在一开始的时候做了下简单的自我介绍，洪钧就一直没再发言。会议的内容本身确如杰森说的那般空洞无物，这样的会议洪钧也参加过多次了，以前他常常很活跃地像个主角，而这次他就是个旁观者，所以更觉得乏味。来自维西尔公司在亚太各个国家或地区的负责人，轮番介绍他们各自的业务状况，亚太区各职能部门的头头再做相应的汇总，都是苍白的数字、空洞的承诺、唬人的故事，夹杂各种插科打诨的笑话。但洪钧也理解这种会议是一定要开的，而且至少每个季度要开一次，要不然整个亚太区的管理机构就好像根本无事可做。

都说国内国有企业的会多，其实外企的会更多，而且每次都是名正言顺、理直气壮地游山玩水，专找度假胜地。洪钧起初还纳闷他们这次为什么就简单地待在新加坡，为何不去巴厘岛？或者澳洲的黄金海岸？洪钧猜想假若不是在新加坡而是又去哪个世外桃源的话，也许杰森就会欣然前往了吧。慢慢地，随着会议的进行，随着洪钧对维西尔在亚太区各地业务状况的了解，洪钧渐渐明白了：因为形势严峻，不容乐观，此时不是游山玩水的时候。

洪钧在这两天里利用吃饭时间和不少人聊过，也已经交了些朋友，但始终没有张扬，他一直在观察每个人，在熟悉每个人。像这样的亚太区会议有两种常用的语言，第一种当然是英语，会议正式通用的语言。第二种就是汉语，中国大陆、香港和台湾来的人自然用汉语，而新加坡和马来西亚的负责人又一定是华裔，也可以说汉语，亚太区职能部门的负责人也有不少华人，所以汉语就成了会下非正式场合最通用的语言了。

奇怪的是从一开始洪钧就有一种感觉，他觉得有人也在留意着他，也在观察着他。时间一长他的这种感觉就更强烈，等到为期两天的会议即将结束时他已经彻底验证，的确有个人在一直关注他。这个人，就是此刻正站在大家面前做会议总结发言的人——维西尔亚太区的总裁，澳大利亚人，科克·伍德布里奇。

科克讲完话，众人参差不齐地鼓一下掌，会议就算结束了。晚上还有最后一场聚餐，但有些人急于赶飞机回去而不会参加，便在这时和大家告别。会议室里乱哄哄的，洪钧边整理自己的东西边不时和过来告别的人应酬几句。等到都收拾好正准备回自己的房间，忽然有一只手搭在他的肩膀上，洪钧还以为是维西尔台湾公司的总经理，一回头却发现不是，而是科克·伍德布里奇。

科克满面笑容，见洪钧脸上闪过一丝诧异，便说：“Jim，明天离开？今晚一起吃饭吗？”

洪钧回答：“明天上午的航班，我会参加晚上的晚餐。”

科克开玩笑：“但愿不是‘最后的晚餐’。”他顿一下又说，“晚饭后，我想请你喝一杯，可以吗？”

洪钧立刻说："没问题，我没有其他安排。"

科克很高兴，便伸出手来和洪钧握了下，说："很好，一会儿见。"

洪钧说声拜拜便离开会议室，在走进电梯按下所住楼层揿钮的一瞬间，脑子里忽然闪过一个念头："也许晚上和科克聊天，能让这次新加坡之行变得有些意义？"

晚餐说是七点钟开始，可差不多到八点才真正进到海鲜餐厅里面落座，之前都是围在吧台四周喝酒水聊天。虽说经历过太多此类场面，洪钧还是有些不习惯，饥肠辘辘却又灌下各种液体，难挨中都能听到自己肚子里像演奏着交响乐，他连曲子的名字都想好了——D大调饥饿奏鸣曲。

海鲜大餐吃了将近两个小时，洪钧早已预见到的局面又不幸应验了，他吃西式大餐从没吃饱过。一道菜吃完便开启漫长的等待，一般都要等到把上一道菜完全消化之后，下一道菜方千呼万唤始出来。

十点左右大家才散。科克用目光找寻着洪钧，示意他一起走，洪钧便被科克领着来到酒廊。这酒廊很别致，高高的玻璃拱顶，仿佛能看到天上的星空，里面的陈设，包括沙发、桌椅都色调明快，远比一般低矮阴暗的酒廊让洪钧感到惬意。

科克也看出洪钧对这里的环境和气氛很满意，脸上便露出一丝欣慰的神情，和洪钧一起坐下，准备点些喝的。科克自己要了杯啤酒，什么牌子的洪钧没听清，好像是澳大利亚产的一种。洪钧自己点了杯热巧克力，弄得科克和侍者都扬起眉毛，一副不解的样子，洪钧接着又点了几种小吃，像花生豆、墨西哥玉米片和曲奇饼。侍者记下一串名字离开了，科克还大睁着眼睛看着洪钧，洪钧便笑着解释："老实说，我没吃饱，现在正想吃些东西。"

科克听了哈哈大笑，说："其实我也没吃饱，但我本想忍着的。你做得对，我也要吃一些曲奇饼。"

很快，好像知道这两位都急等着要吃似的，侍者把吃的喝的都端了上来。洪钧喝口巧克力，手上抓着几粒花生豆，一粒一粒往嘴里送，忽然想起自己在那家京味饭馆先吃素炒饼再夹花生米吃的样子，不禁笑了一下。

吃着曲奇饼的科克见洪钧笑便也笑道："我发现你的英语很好，没有口音，不像新加坡人老带着一种‘啦’的音。”说着就学起新加坡人说话时常带的“尾巴”。

洪钧笑了，其实科克自己的澳洲口音就很重，“吞”音吞得厉害，每次洪钧和澳大利亚人交谈刚开始都不太习惯，这次已经听了两整天，总算适应了。洪钧开玩笑说：“我的英语比大多数中国人好一些，比大多数美国人差一些。”

科克又瞪大眼睛，问：“那就是比少数美国人好喽？总不会比美国人的英语还好吧，你开玩笑。”

洪钧笑道：“因为美国也有很多婴儿和哑巴，我的英语起码比这部分美国人好吧。”

科克大笑，非常开心的样子，随即止住笑，冲洪钧眨了下眼睛说：“而且，美国也有很多的傻瓜。”

洪钧知道有不少澳大利亚人对美国人是很不以为然的，他们觉得美国人无知而自大，目中无人，科克话里可能也带有他对维西尔美国总部某些人的不满。但洪钧心里也明白，科克也可能是有意无意地在用嘲笑美国人来拉近他与洪钧的距离。

洪钧回应说：“我同意。至少我相信，大多数中国人对美国的了解要比大多数美国人对中国的了解多得多，美国人觉得美国就是整个世界。其实我们中国人在好几百年前也是这样的，所以中国后来才落后了，美国这样下去也会落后的。”

科克连着点头说：“是的，美国一定会被中国超过去的，我完全相信，而且我认为可能用不了多久，可能五十年，最多一百年。Jim，你可以看看亚洲的发展，这几个国家都在增长，像中国、香港、台湾和韩国，亚洲一定会再次成为世界的中心。”

洪钧立刻接上一句，脸上仍然带着笑容，但语气是不容置疑的：“科克，我不得不更正一下，香港和台湾都不是国家，只是中国的两个地区而已。”

科克一愣，立刻笑着一指洪钧：“Jim，你是对的。你提醒得好，以后我去中国，不，不管在哪里，当我见到中国人的时候都会注意这一点。”

洪钧知道科克其实很可能根本不在意台湾是不是属于中国的，在他心目中这些地缘概念都只是他所辖市场的不同区域而已。洪钧清楚自己不可能改变科克对这些问题的看法，但他必须让科克明白，在面对中国人尤其是中国客户的时候，科克必须小心留神这类敏感的话题。

就在这时一个身材非常高大的人走进酒廊，先是站在门口向四处张望，随后朝科克和洪钧的桌子走了过来。洪钧认出是维西尔澳大利亚公司的总经理，名叫韦恩。

韦恩冲科克和洪钧扬了下手，对洪钧微笑一下算是打招呼，然后俯身问科克：“我们明天要去马来西亚的柔佛州打高尔夫，你去吗？”说完又转头问洪钧，“Jim，你呢？”

洪钧笑着说：“我明天一早的飞机。”韦恩耸下肩膀，又看向科克等他回答。

科克说：“我不会去。有太多事要做，而且我这次都没带球杆来。对了，为什么不在新加坡打，还要专门跑到马来西亚去？”

韦恩又耸了一下肩，撇撇嘴说：“新加坡太小了，我开球的时候要么一杆就打到海里，要么一杆就打到马来西亚，所以干脆直接去马来西亚打好了。”说完他自己先笑起来，又说，“没关系，我只是过来问你们一下。”他伸过手和洪钧握一下，又拍拍科克的肩膀算是告别，然后转身走了。

科克喝口啤酒，端详着洪钧，说：“这两天的会议上你都很安静，是不是还不太熟悉，有些拘束？”

洪钧知道刚才的前奏曲已经结束，该进入正题了，便停住不再碰那些小吃，用餐巾揩下嘴角和手指，再叠好放在桌上，说：“现在已经了解了一些，我这次主要就是来听，来学习的，这是个新环境，有太多新东西。”

科克立刻接一句：“还有新挑战。”

洪钧微笑一下，说：“是的，我只希望我已经准备好了，不会有太多让我意外的，希望不要比我之前想的……”洪钧在此处顿一下，看着科克的眼睛说，“……更糟。”

科克的脸色变得严肃起来，沉默片刻，点了下头，转而问道：“你之前在ICE做了多长时间？三年？”

“差两个月三年。”

“你刚去的时候就是做销售总监？”

洪钧回答：“头衔虽然是销售总监，但刚开始其实只有我一个人，后来才逐渐招了一些人。”

科克又问："是你把ICE每年的销售额从一百万美元做到了一千两百万美元？"

洪钧一愣，科克看来的确对他的背景做过不少了解，刚问的这些怎么竟像是在面试？他屏气凝神，让自己的注意力更集中，然后说："不是我一个人，ICE有个很棒的团队。"

科克听完点点头，若有所思，再抬眼看着洪钧说："你以前和维西尔打交道多吗？你觉得你对维西尔了解吗？"

洪钧笑了，交道怎么可能打得不多？维西尔、ICE和科曼就像是软件圈中的三国，在每个关键项目上这三家都会到齐。洪钧刚想提《三国演义》，又想起科克恐怕不明就里，便说："经常打交道，差不多在每个客户那里都会碰到。但我不敢说我了解维西尔，一个人不可能站在外面就可以了解里面的东西。"

科克也笑了，他显然不肯轻易放过洪钧，双手一拍："那好，你就说说看，当时站在外面的时候，你怎么看维西尔这个竞争对手？"

洪钧开始为难了，他很难实话实说，也把握不准说到什么深度、说得多么严重才是恰到好处。谈维西尔的问题不可能只涵盖维西尔北京办公室，而必然触及维西尔中国公司，其实就是谈他如今的顶头上司杰森的问题。而且更复杂的是，洪钧自己已经成了维西尔的一员，所以这些问题他自己也都有份。但是洪钧还是决定把话说透，要把问题都点出来，否则不仅会使科克对他失望，更可能错过解决这些问题的机会。

洪钧小心翼翼地字斟句酌："我在ICE的时候很重视维西尔这个竞争对手，因为我知道维西尔是个有实力的公司，尤其是产品非常好，甚至可能比ICE和科曼的产品都好。但后来我慢慢发现维西尔并不是一个强有力的对手，更谈不上可怕。似乎只有竞争对手才清楚维西尔的产品好，而客户都不知道这一点，维西尔没有让客户认识到它的优势和价值。"

科克马上问道："所以你认为维西尔的问题就是销售的问题？销售团队太弱？"

洪钧摇摇头，端起热巧克力喝一口，被科克的期待所鼓舞，接着说："我觉得恐怕还不能这么看。可能应该想一下，是某一个销售人员弱，还是整个销售队伍都弱？是销售队伍自身的问题，还是整个公司对销售的支持不够？是撤换销售人员就可以了，还是应该加强对销售人员的培训、指导和管理？这些就不是我在外面所能了解的了。”

科克仔细地听，不想漏掉一个字，他抿着嘴，既在琢磨洪钧话里的意思，也在对照他所了解的维西尔中国公司的问题，看能否和洪钧的分析对应上。过了一会儿，看来他决心让洪钧把所有的意思都倾倒出来，追问道：“你在ICE的时候看到维西尔有哪些问题？你当时有没有想过，如果是你，应该怎么解决这些问题？”

洪钧暗暗叫苦，看来很难草草地一语带过，可是越深入就越和他现在小小维西尔北京销售负责人的角色不相符了。洪钧又觉得似乎科克并没把他当作是维西尔北京的小头目，宛若还是当初ICE的代理首席代表。这让洪钧忽然有一种冲动，他想充分地展示自己，仿佛自己就是当年南阳茅庐中的诸葛亮，要把自己对天下三分的韬略一吐为快。

洪钧仔细地考虑一阵，科克就一直耐心地等，直到洪钧再次开口：“我没注意到维西尔有非常优秀的销售人员，不过这并不重要，就像一支橄榄球队，即便没有任何大牌球星，所有队员也都并不出众，但照样可以获胜，甚至可能获得冠军。大型软件的销售方式都是‘团队型销售’，不仅一般的项目要靠团队合作，遇到战略级大项目更要靠整个公司的合作才能赢下来。所以，输掉一个客户可能是一个销售人员有问题，但输掉一个市场就一定是公司有问题。”

洪钧停下来观察科克的反应，见他神情专注，没有插话或提问的意思，脸色也很平和，并未流露出丝毫不快，洪钧像是受到激励，一鼓作气说道：“我认为问题在于，维西尔不是由销售驱动的公司，没有销售第一的文化，销售人员在公司的地位太低。这会导致恶性循环，没有地位，没有信心，没有调动公司资源的影响力，就很难赢得项目；而赢不到项目，就更没有地位，更没有信心。任何人都可以指责销售人员，公司的任何问题都可以算到销售人员的账上，好像销售只是销售人员的事，其他人都没有责任。我在ICE的时候所有人都在前方，即使前台的接待员都知道她对公司的销售业绩有直接的责任，她漏掉一个电话就可能让一个客户离开；她错发一份传真就可能让我们输掉一个投标。在ICE所有人都觉得自己是销售人员，而维西尔划分有很明显的前方和后方，只有销售人员在前方，其他人都待在后方。”

科克此刻的情绪开始激动，他再也坐不住，挺直身子说：“这是维西尔中国公司的文化，不是我们维西尔本来的文化！”

洪钧明显感到科克对维西尔中国公司现状的不满，其实经过这两天的观察，他觉得这种文化并非只在维西尔中国公司存在，其他地方乃至亚太总部也大多如此，头头们高高在上，远离客户和战场，沉湎于高谈阔论。但洪钧当然不会把这些看法表露出来。

科克长出一口气，喝了口啤酒，很勉强地冲洪钧笑一下，换了话题：“你是在北京吧？”

洪钧点头。

科克又问：“北京和上海，哪一个做中国公司的总部更好些？”

洪钧一惊。这可是个极敏感的问题，直接和他的顶头上司杰森有关。但洪钧此刻已经彻底放开，管他呢，科克也是自己的老板，而且是更高一级的老板，有什么不能说的？

洪钧如数家珍：“我们可以看一下，维西尔和ICE的客户群一样，都主要分布在四个行业，金融、电信、政府部门和制造业。先说金融业，中国的中央银行在北京，五大商业银行里有四家总部在北京；再说电信业，中国的四大电信运营商有三家在北京；至于政府部门更不必说，因为北京是首都；制造业，最初的客户主要是跨国公司的在华分支机构，那时大多在上海，但现在的市场主要是中国本土企业尤其是大型国企，在地理上的分布就比较平均了。再看维西尔的合作伙伴，包括硬件厂商、咨询公司、系统集成商，在北京的都比较多。”

科克眉头紧锁，鼻子里哼了一声：“杰森就是离他的客户太远了，他为什么不去北京？”

洪钧笑了，正所谓屁股决定脑袋，自己根在北京，当然希望维西尔能把业务重心移过来，所以才讲出刚才那一番大道理，而假如洪钧希望维西尔的总部留在上海，他一定也可以找出同样有说服力的理由。其实本来就没有绝对的对与错，各人立场不同，决定了各人自有一套道理，洪钧相信杰森一定也可以理直气壮地列出把总部定在上海的理由。让洪钧不禁有些惊喜的是，自己这个新来的小人物居然有机会对科克来个先入为主，而杰森以前似乎都没想过要给科克洗洗脑。

洪钧觉得此时有必要活跃一下气氛，便说：“这我不清楚，我想杰森一定有他的考虑，可能因为他喜欢上海。其实如果是你，我猜想你也会愿意住在上海的，大多数外国人都会更喜欢上海。”

科克一听来了兴致，情绪立马好转，连声问道：“为什么？你为什么猜我会喜欢上海？上海和北京我都还没有去过。”

洪钧惊讶之余心里立刻有些不是滋味，科克竟然到现在还没去过中国，身为亚太区总裁居然从未看过他的地盘里最有潜力的市场。洪钧猜测有可能是因为杰森不想让科克来中国，所以一直找理由把科克挡在外面，这更让洪钧哭笑不得，这公司、这两个人都够奇葩的。

洪钧解释：“我也不太肯定，只是一种感觉。上海可能比北京更舒适、更现代、更商业化一些。我想你可能会喜欢上海的那种……”洪钧顿了一下说，“味道。”

科克托着下巴“嗯”了一声，似懂非懂，琢磨了一会儿才笑着说：“反正，这两个地方我都是要去的，越快越好，我已经太迟了。”

洪钧听科克这么说，觉得他总算认识到了长期以来的疏忽，亡羊补牢，希望不算太晚吧。

科克冲吧台旁边的侍者一招手，待侍者过来他又要了一瓶啤酒。侍者端来啤酒想替他倒进玻璃杯，科克连连摆手制止，他粗犷地仰起脖子，把瓶口对着自己的嘴，咕咚咚喝了一大口，然后手里攥着瓶子说：“维西尔在中国有三个办公室吧，北京、上海和广州。Jim，你觉得这三个团队合作得怎么样？”

洪钧想开个玩笑，也想吊一下科克的胃口，笑问：“你想听什么？真话还是假话？”

科克立马正色道：“当然是真话。”

洪钧也就一本正经地说：“我在ICE的时候，感觉是在和三家维西尔公司竞争。”科克歪一下脑袋，眉毛扬起来，看来在琢磨洪钧话里的含意。洪钧便说得更明白一些，“维西尔在北京、上海和广州的三个团队实际上很少合作，各自专注在自己的区域里，而且这三个团队之间似乎在暗地里竞争。比如说，当ICE和维西尔北京办公室争夺一个北方地区的客户时，似乎维西尔上海和广州的人在心里更希望ICE赢，而不希望看到维西尔北京赢得项目。”

科克愣住了，慢慢把酒瓶放到桌子上，嗓子里发出一声惊愕：“呃哦。”不禁苦笑一下，说，“我真希望另外两个办公室的维西尔人没有帮助你们击败他们的同事。”

洪钧也笑了：“他们的确也没帮上ICE什么忙，因为维西尔的三个团队互相都不信任，他们各自的保密工作做得很好，我们从维西尔的某个办公室很难了解到另两处的信息。”

科克却根本笑不出来，兀自沉吟：“看来他们当时的确想帮你们，只是没有做到。”又抬眼盯着洪钧问道，“这究竟是文化的问题，还是组织架构的问题？你们中国人经常会这样内部竞争？”

洪钧感觉自己的脸唰地红了。科克的确是对政治很敏感的人，而且他绝对不是对中国一无所知。洪钧收敛起脸上已然僵硬的笑容，缓缓用低沉的声音说：“可能是因为在中国各种资源包括生存空间都不够用，所以人们就有一种很强烈的危机感，假如不去争、不去抢，自己可能就没有机会生存下去。每个人在头脑里都有意无意地划分着三个圈子：自己的敌人、自己的合作伙伴、与自己无关的人。自己的同事不一定就是合作伙伴，有时候恰恰是最主要的竞争对手，所以不少人会热心地帮助陌生人却不愿帮助自己的同事，因为陌生人与自己无关，对自己没有威胁。因此在制定组织架构的时候，必须尽可能消除内部争斗的起因，而不是鼓励内部争斗。假如不能在目标和利益上使同事之间成为合作伙伴，至少不要让同事变成竞争对手，因为很难保证他们之间会健康地竞争，而不会恶意地伤害。”

科克全神贯注地听完洪钧的分析，不住点头：“事实上，人类的本性都是如此，不单是中国人喜欢内部争斗，中国人也并不比其他地方的人更喜欢内部争斗。但是，很显然，在维西尔中国这个问题的确很严重。”

洪钧听出科克的前半段话是要申明自己对中国人没有偏见，不想让洪钧因为刚才的问题而不快。但科克的后半句话明显是在指责杰森，因为他觉得正是杰森一手造成了维西尔中国的三个办公室之间不仅没有合作，反而可能有彼此拆台的情形。

到这个时候洪钧心里一直悬着的石头才终于落了地，他踏实了。在科克说这句话之前洪钧一直担心，假如杰森知道了洪钧与科克此次谈话的内容，洪钧在维西尔的日子就走到头了。洪钧刚才向科克讲的大量对杰森不利的话，虽然大多是事实而且是对事不对人，也没有添加洪钧个人的感情色彩，但他并不清楚科克将怎样利用这些东西，更无从把握科克在利用这些东西的时候会不会顾及洪钧的利益。洪钧刚才是在赌，他首先押的是科克是个理性的人，是按常人的合理逻辑思考和行事的人；其次，科克还要是个可靠的人，说话谨慎，不会无意走漏口风；最后也是最重要的，就是科克需要洪钧，他不会在与杰森的交锋中出卖洪钧。科克刚才的一番话，让洪钧相信科克对杰森的不满与杰森对科克的不满同样强烈，科克和杰森之间的矛盾不可调和，因此科克不会用洪钧来和杰森做交易。

洪钧的头脑高速运转，但嘴上却一句也没说，脸上也很平静，因为科克刚才最后那句话既然明显地指向杰森，则洪钧此时说什么都不合适。科克从桌上拿起啤酒瓶，但并没马上喝，而是问洪钧："Jim，你认为亚太区应该怎样做，才能更好地帮助维西尔中国？"

洪钧马上连着摆手："不，不，这个问题你应该问杰森，我不是回答这个问题的合适的人。"

科克摇头，握着酒瓶的右手伸出来，跷起食指点着洪钧，说："我就是在问你，Jim，我知道我是不是问对了人，你必须回答我，现在就回答。"

洪钧看着科克，科克脸上虽然挂着一丝坏笑，但语气里却含着明确的信息，他是非常认真的。

洪钧只好不再推托，想了想，说："我以前在项目上好像没有发现维西尔的团队中有中国公司以外的人。而ICE常常有从亚太区、美国总部甚至欧洲请来的行业顾问和技术专家，他们的确有很多经验，中国的客户面临的问题往往他们在其他地方已经遇到并解决了，这对中国客户很有价值，这也是他们选择与跨国软件公司合作的主要原因，但维西尔好像没有让中国客户看到它在全球有丰富的经验和资源。"

科克立马插言："我们愿意帮忙，帮维西尔中国就是帮我们自己，但维西尔中国似乎从未向任何人表示过他们需要帮助。"洪钧刚张了张嘴就被科克摆手制止，科克接着说，"你不用讲，我也相信中国市场的潜力，我也相信中国客户对维西尔产品的需要，我相信中国能为维西尔贡献很多大合同，甚至最大的合同。不是我不重视中国，不是我不想帮助，而又是因为杰森，杰森不让我或者别人帮助他。我猜想，可能有两个原因，第一，他不相信我，他怕我派去的人了解太多维西尔中国公司的事情；第二，他不相信他自己，他没有信心赢得大的项目，所以他在每个项目上都不敢投入，更不敢请求亚太区乃至总部来帮他，他担心输掉项目后没法交代。”

洪钧越来越领教到这个澳大利亚人的厉害了，科克对杰森的分析的确是一针见血。洪钧还意识到科克是一个坚决果断的人，他目标明确，言语中没有丝毫的扭怩作态。当他觉得洪钧是个可用和可靠的人才时，他会不加掩饰地直接让洪钧明白这一点，而不会绕弯子、打哑谜。

说到这儿科克话锋一转，又兜回洪钧本人身上，他冷不丁问道：“Jim，告诉我，是什么使你下了决心，让你决定加入维西尔的？”问完便用审视的目光盯着洪钧。

洪钧笑了，脸再次不自觉地红了，他缓缓地，像是一个字一个字蹦出来似的说：“因为我没有其他地方可去。”

这句回答大大出乎科克的意料，他呆住了，好像不太相信自己的耳朵，而后又似乎在琢磨这句再简单不过的话其中的深意，最后他忽然哈哈大笑起来，手情不自禁地拍打着椅子的扶手，等他停住笑声，眼角仍然带着笑意说：“Jim，我喜欢你，我很喜欢你的风格，你很坦率，也很聪明。你这句话可以理解为是对你自己和维西尔善意的嘲讽，也可以理解为是对你自己和维西尔最大的肯定。和你聊天我真的很开心。”

洪钧仍然笑着，一副不卑不亢的表情。

看来科克已经觉得谈得差不多了，只是还想再闲扯几句，便随意地问了句：“你来维西尔还不到一个月，怎么样？有什么让你觉得不习惯的吗？”

洪钧想了想，打算再用半开玩笑的方式做一次试探，他也不太确信这么做的分寸是否得当，但今天和科克的交谈让他觉得似乎尽可以毫无顾忌，科克好像正是要让洪钧把内心深处压抑着的东西都张扬出来。

洪钧想到这儿就说：“我还是怀念我以前坐飞机可以坐商务舱的日子。”

科克脸上的笑容消失了，一脸严肃盯着洪钧的眼睛，盯了足足好几秒钟，才非常郑重地说：“Jim，请你向我保证，你是不会让自己习惯于坐经济舱的。我相信有一天，你又会重新开始坐商务舱，我希望这一天的到来比你和我想的都要快。”

强将手下皆弱兵

洪钧在星期六下午从新加坡回到北京，星期一早晨刚走进维西尔北京的办公室，他就有了一种恍如隔世的感觉。洪钧对自己说，还是先忘了新加坡的会，更应赶紧把和科克的谈话都忘到脑后。洪钧很清楚，他现在首先要证明自己的能力，在维西尔先站住脚，生存下去，然后再用不断的成功为自己搭出向上爬的台阶。

杰森好像也根本没把新加坡的会放在心上，他只是在星期一上午来了个电话，客套地问是否一切顺利，洪钧说还好，没什么不顺利的。杰森就又说了一句："怎么样？我没有讲错吧，是不是很无聊？"

洪钧知道杰森只是在发泄他的情绪，并没有想听自己说什么，便只是"呵呵"地笑一下。看来杰森并没有想请洪钧传达会议"精神"的意思，而洪钧其实也想不出这次会议有什么真正的"精神"可言，唯一的一点收获就是那个晚上和科克的一场交谈，但交谈的内容，乃至有过这么一场交谈的事都是绝不能让杰森知道的。

杰森似乎早已料定洪钧会比较认同自己事先的判断，便懒得再提这个"无聊"的会议，随便和洪钧嘻嘻哈哈几句便挂了电话。

洪钧可丝毫没有嘻嘻哈哈的心情，他得和他手下的三个兵开会了。他来维西尔上任的头一天就让他们都做好准备，他要听他们介绍目前各自在做的项目，如果不是冒出来这个去新加坡开会的事，他自己布置的这个会早该开过了。也好，让他们三个能多几天时间准备，希望不至于太糟，洪钧默念。

四个人坐在洪钧的小办公室里，拥挤得像沙丁鱼罐头，洪钧觉得这样也好，起码先打消了他与他们在物理上的距离，再打消心理上的距离就容易些了。

还不到半个小时，洪钧就知道自己曾有的希望和幻想都破灭了。他意识到即使再给他们三人一年的时间，他也休想从他们嘴里听到令他满意的项目汇报。

起先当洪钧召集他们三个一起开会的时候，郝毅和杨文光都是一愣，弄得洪钧也愣了一下，忙问："怎么？有问题吗？"

郝毅和杨文光你看看我、我看看你，用眼神互相推托了半天，最后还是郝毅嗫嚅着说："几个人都在一起开呀，我们还以为您是要分别听我们的汇报呢。"

洪钧明白了，他们没想到会四个人一起讨论各自的项目，便说："没关系，大家都是同事。咱们这么小的公司，这么小的团队，没什么可担心的，大家都靠得住。"洪钧当时还觉得这两个人还有些保密意识，不愿意把手里的项目拿出来被别人知悉，很快洪钧就意识到，其实是因为他们自己都惭愧他们那些项目实在是拿不出手。

三个人都在洪钧的办公室里挤着坐下，外面的人想进来恐怕连门都推不开。洪钧笑着，目光从郝毅扫到了杨文光，又扫到了菲比，然后再往回扫，开口说："怎么样？一直想听听你们正在做的一些项目的情况，然后大家可以一起出出主意，看看怎么做更好，我也很想和你们一起去见客户。咱们都是销售嘛，应该很容易沟通。怎么样，谁先说说？"

郝毅和杨文光又开始了他们非常默契的你看我、我看你的交流方式，像是用目光玩着太极推手。菲比闪着眼睛，一会儿看一下洪钧，一会儿又看一下她右边的郝毅和杨文光，嘴闭着，可洪钧仿佛听到菲比的眼睛在说："他们男生为什么不先说？"

这样沉默了一阵，洪钧刚要点将，郝毅说话了："我把我的项目情况做了一份Excel表，想到的就都写在表里了，您可以看一下。"说着便递给洪钧一张表格。

洪钧把表格接在手里快速扫了一遍，看到有十多个项目，分别列有客户的名称、公司所属行业、郝毅在这些公司里的联系人都是谁、具体的联系方式。每家公司后面都写着三组数据：一个是日期，是郝毅觉得能和各家客户签合同的时间；一个是钱数，是郝毅估计能签下的合同金额；最后一个是百分比，是郝毅判断的各个项目上获胜的可能性。洪钧没再细看表里的各项内容，而是抬起头看着郝毅说：“嗯，整理得挺清楚，一目了然。你看这样好不好，你把这些项目给我们分别做一下分析，表里已经有的这些基本情况都不用再讲，我会仔细看的，你把表上没写的每个项目的竞争情况说一下。”

郝毅看起来有些紧张，似乎不太明白洪钧想让他说的是什么，愣在那里。洪钧便又很耐心地解释：“比如说，你可以挑一个你觉得希望最大的项目说说看，你认为要想赢这个项目还需要做些什么工作？”

这下郝毅好像明白了，探过身子用手指着洪钧手上的表格说：“这第一个，就是我觉得应该能赢下来的项目。已经去做了好几次介绍，他们还让我们做了演示，我们也已经把方案书和报价都给了他们，他们说让我等消息，大概月底他们就能最后决定了。”

洪钧看一眼表格，排在最上面的那家客户的末尾一栏填的百分数是80%，便是郝毅认为最可能赢的项目。洪钧刚想说什么又忍住了，只是沉吟一声，接着问郝毅：“这第二个呢？你给它标的也是80%，你觉得这个项目是不是也有比较大的把握？”

郝毅立刻回答：“是，他们是主动来找咱们的，说对咱们的产品初步了解以后很有兴趣，想深入了解一下。他们提出要看演示，我们就给他们做了，他们说印象挺好。后来他们说想去走访一下咱们的老用户，我给他们安排了，还陪他们去了，那家老用户帮着说了不少好话，我觉得效果不错。这个项目我也向杰森汇报过，杰森也觉得希望挺大，还特批了折扣，所以客户说咱们的报价挺有竞争力的。他们告诉我年底以前肯定会定，因为时间比刚才那家晚一点儿，所以我就把它排在第二位了。”

连着如数家珍一般讲了这么多，郝毅神态轻松了不少，眼睛里透出些许自信，等着洪钧发问，又像是在期待着洪钧的赞许。

洪钧笑了，把手中的那张表格轻轻地摊在桌面上，忽然问郝毅：“谁给你发工资？”

郝毅一下子怔住，旁边的杨文光和菲比也都一愣，好像不相信自己的耳朵，快速地瞥一眼木呆呆的郝毅，又都转过来盯着洪钧。

郝毅见洪钧依然面带笑容看着自己，只得硬着头皮说："工资？工资都是直接打到我卡里的，每个月Helen发给我一张工资单。您是问这个吗？"

洪钧便笑起来："这么说是维西尔给你发喽，可我怎么感觉好像是客户给你发工资似的。"洪钧见三个人仍然一脸的莫名其妙，便慢慢收敛起笑容，严肃地说，"因为客户让你干什么你就干什么。"

愣怔的三个人中郝毅最先明白过来，脸一下子红了。洪钧看出菲比和杨文光也都先后琢磨过来，但他不想就这个问题纠缠下去，现在不是深入点评他们每个人的时候，更不可能靠说教就能解决他们恐怕已经根深蒂固的毛病，他也不想再听郝毅的其他项目，便把目光转向杨文光："说说你目前的项目吧。"

杨文光手里拿个黑色的小本子，看来他准备的东西都写在那上面，他刚讲没几句，洪钧心里已经有数了，这个杨文光的能力和悟性看来一点儿也不比郝毅强，但洪钧还是耐着性子听了个大概，他总不能一棍子把他的几个兵仅存的这点自信全都打掉吧。

轮到菲比了，菲比把一个很精致的真皮封面的文件夹摊开在膝盖上，用一支圆珠笔在文件夹里的纸页上指指点点，向洪钧介绍她目前在做的几个项目，当洪钧听她说到其中一个项目的时候，立刻变得非常专注。菲比说："我眼下正在跟的另一个项目就是普发集团，从我了解的情况来看，普发可能是个很大的项目，估计他们在软件上的预算就要在一百万美元以上。我听说ICE和科曼盯这个项目也有很长时间了，尤其是ICE，你和小谭，哦不，小谭，应该和普发的人挺熟的。我现在的问题就是还没见到他们的高层，都是和他们下面的一些人打交道。我一个小销售，人家的大老板怎么会愿意见我呢，再说，我就是见到他们的大老板，我和他说什么呀。我对杰森提过好几次，希望他能出面去拜访一下普发，可是普发能抽出空的时候杰森都是在上海，他不肯单单为了普发专门飞北京一趟。他来北京每次就只待一两天，还让我安排他和普发的人见面，可人家不是你想什么时候见就能什么时候见的。所以我挺为难的，现在你来了，我想让你帮我去见普发的老板，光凭我自己可搞不定他们。"

菲比一连气说了这么多，洪钧都想关切地问问她是否需要喝口水，一看桌上只摆着自己的杯子就算了，心想，以后和菲比谈事，得让她自己端着水杯来。

洪钧等菲比说完就笑着对他们三人说：“行，今天就先聊这么多吧，大致的情况我有了一个初步的了解，我会分别和你们每个人单独沟通。”

洪钧心里很不是滋味，他原本计划这个会得热热闹闹地开一上午，没想到半个多小时就已经让他决定结束了。洪钧起初还想让他们三个人互相分析一下项目，彼此多出出主意，对别人对自己都能有所启发，三个臭皮匠顶个诸葛亮嘛，现在看来，他们连臭皮匠都不是。

三个人都站起来挪椅子以便腾出空间好把门打开，菲比把她的文件夹抱在胸前，另一只手正搬着一把椅子，听见洪钧叫自己的名字：“菲比，你留一下吧，商量一下普发集团的事。”

郝毅和杨文光都回头看一眼洪钧，便拉开门走了出去。在门刚被打开的一瞬间，洪钧看见外面的办公区里有个人正趁着门开时往里张望，洪钧看见了这个人的脸，是李龙伟，那个做技术的工程师。自从洪钧来维西尔上班的头一天，李龙伟结结巴巴地和洪钧打过招呼以后，两个人就没再说过话。洪钧还是想不起为什么他觉得以前就知道这个人的名字，而且洪钧似乎感觉到，这个李龙伟对他的兴趣，一点儿不比他对李龙伟的兴趣小。此刻两个人的目光正好撞上，李龙伟发现洪钧在看着他，便立刻低下头走开了。

洪钧见菲比关上办公室的门，坐回自己的椅子上，便问了一句：“要不要去把你自己的水杯拿来？”

菲比怔怔地看着洪钧，大大的眼睛瞪着，摇摇头，反问道：“干吗要拿水杯？”

洪钧笑了：“没事，就是估计你可能要喝水了。”

菲比一听也笑了，双手猛地一抱拳，结果右手握着的长长的圆珠笔差点儿扎到自己的脸，说一声：“谢谢老板关心。我拿水杯干什么？又不是我要做报告。”

洪钧听出菲比话里的意思，就说：“我也不是要给你做报告，否则我这报告的听众也太少得可怜了。咱们必须好好讨论一下普发这个项目。”

菲比的表情严肃起来，正了正自己的身体，右手把圆珠笔握紧，一副随时准备记录的架势。

洪钧的脑子里在盘算，究竟对菲比应该把话说到什么程度。洪钧从见到菲比的头一面就发现这个女孩具有很好的心态，或者说心理素质，而这在洪钧看来正是成为一名出色销售人员的最重要的条件。今天听菲比介绍她的项目情况，洪钧也已经看出她的经验、能力和技巧的确还非常“初级”。洪钧决定毫无保留地实话实说，不留任何情面，以菲比的承受能力应该能够经得起他的话，普发目前面临的关键局势也容不得他再顾及婆婆妈妈的事。

洪钧的脸色仍然很温和，甚至还带着刚才的那种微笑，但是话语里已经带着十足的分量：“菲比，刚才你说的那些项目里面，我目前想和你谈的，只有普发这一个项目。要和你谈普发，并不是因为你已经在普发项目上有多大的机会，恰恰相反，我可以不客气地说，今天维西尔在普发项目上没有任何赢的可能。我和你谈普发，是因为我相信你的那些项目里只有普发才是真正的项目，而且肯定会是一个很大的项目。至于其他那些嘛，在短期内根本不会有结果，甚至永远也不会有结果。我们必须把宝全都押在普发项目上，必须赢得普发的单子。你现在首先要做的，就是把其他项目从你的纸上画掉，从你的脑子里画掉，只想普发这一个项目。”

洪钧说完忽然觉得倒是自己该喝口水了，他端过杯子喝了一口，眼睛始终瞄着菲比，他也不确定自己这么啰嗦地讲了一大通，菲比有没有听明白。

显然，菲比完全听明白了，她圆圆的、白皙的脸红了，原本像机关枪一样的快嘴也卡了壳，手攥着圆珠笔，大拇指的指肚一下下地按着上端的揿钮，下意识地把笔尖不断地弹出来又收回去，洪钧小小的办公室里一片寂静，只有菲比手里圆珠笔的揿钮和弹簧“咔咔”地响着。

忽然，菲比像是被圆珠笔的声音惊醒，脸一下子更红了，竟让洪钧想起来“猴子的屁股”那个比喻。不过洪钧没笑出来，当前的话题太严肃了，另外洪钧好像也不愿把那么不雅的形容放在菲比身上。菲比回过神来，甩了一下脑袋，好像要把耷拉在脸颊上的头发甩到耳后，又像是要把脑子里的凌乱也一并甩掉。

菲比开口说：“老洪，怎么样？忍不住开始做报告了吧。”可她的这句玩笑既没有让自己也没有让洪钧笑出来。菲比接着说，“我知道普发项目的希望不大，我刚才就和你说了，我到现在都还没见到他们的高层。但就是因为我觉得普发的单子可能没戏了，我才想争取其他的单子，总不能在一棵树上吊死吧。我觉得另外的几个项目还是有机会的，你可能觉得我是捡了芝麻丢了西瓜，可总比最后连芝麻都没捡到强吧？”

洪钧完全理解菲比此时的心情，其实菲比的反应比洪钧做的最坏估计要平静得多。洪钧也清楚，另外的那些项目如果真花大力气去做，也可能把一两个项目催熟，没准真能签个合同下来。但这种合同只会是客户碍于面子，实在不忍心看着菲比等人这么忙活而施舍出来的小单子，的确也就会是芝麻大的东西。菲比眼下追求的是签成合同，就像在麻将桌上打了几圈，一直没“和”过牌，一心想和一把，哪怕是“小破和”也行。而洪钧要的不是小破和，小破和对他没有任何意义，他是要和一副大牌。洪钧不想把这一点对菲比挑明，他要彻底打消菲比对其他项目所抱的幻想，同时增强菲比对普发项目的信心，让她和自己一同赌一把。

想到这儿，洪钧对菲比说：“我担心的恰恰是那几个项目连芝麻都不是。那几家可能是根本没立项、没预算、没需求，就根本没打算买软件，只是下面的几个人想了解咱们的东西，甚至可能只是他们不好意思明确拒绝你，所以才和你一来一往地保持接触；还有的恐怕要恶劣得多，客户已经拿定主意买别家的软件，但不是都要求货比三家吗？他们必须找几家陪绑的，找咱们就是要用咱们当‘分母’，他们的选型报告里就可以这样写，经过对包括维西尔等国际知名公司产品的多方详细调研、综合评估，最终决定选择某某公司的产品。你的全部心血和努力，只是被他们用来在报告里提一下维西尔的名字。像刚才郝毅的那两个项目，他都觉得形势挺好，希望挺大，都估计至少有80%赢单的把握，可我凭直觉就相信那两个项目咱们都是在陪绑。他一路按照客户的要求把该做的都做了，就等着客户通知他去签合同，可我敢说客户一定会跟别人签合同，恐怕到最后都不会通知他一声。这些我会自己找郝毅谈，你就不要和他讲了。你要记住，销售就是一个引导客户的过程，而如果你被客户引导着，这个合同一定不是你的。”

说到这里洪钧一下子噎住，因为他忽然想到合智集团那个项目，他不正是被合智集团和俞威一起“引导”着最后走到今天这步田地的吗？自己居然还有脸教训菲比。

菲比趁着洪钧走神的空隙，毫不客气地说：“郝毅那两个项目都是你当初和小谭设计好的吧？要郝毅是不是就是你在ICE的时候教客户做的？我的那几个项目，八成也都是你们ICE已经赢定了的？”

洪钧还没把自己从合智项目的阴影中拉回来，又被菲比的这番话噎得够呛，他生气了，盯着菲比的大眼睛，一字一顿地说：“菲比，我最后说一次，你和我现在是维西尔的同事。ICE也好，小谭也好，是你和我共同的对手。”

菲比被洪钧的气势震慑住，其实刚才话一出口她就已经后悔了，也不知道自己中了什么邪，竟然这样和新来的老板说话。她自己也觉得纳闷，明明脑子里对自己喊着“停，别说了”，可嘴里却越说越快，而且不仅提到郝毅的项目，还傻乎乎地把自己也带了出来。菲比瞟一眼洪钧，心里还在奇怪，到底应不应该对这个家伙心存敬畏呢？按理说是必须的，可自己怎么对桌子后面的这个人一点儿都不怕呢？

菲比又甩一下头，口气软了不少，可是目光里毫无畏缩的意思，说：“本来嘛，你想啊，你说我在普发项目上根本没有赢的可能，其他项目呢，要么根本不是项目，要么就是陪绑，照你这么说我还有什么可做的？”

洪钧被菲比气乐了，他暗自检讨自己刚才的一番话还是说得重了，菲比就算再有承受能力也经不住被别人说得一无是处，而且洪钧意识到，自己只是把面前的菲比当作是手下的一名销售人员，却没有把她当作是一个女孩儿。

洪钧面带微笑，目光柔和起来，刚才是为了打消菲比对其他项目的幻想，如今该给菲比打气了，洪钧说：“大小姐，把我的话听清楚再叫唤好不好？我说的是现在咱们在普发项目上没有机会，不等于以后还没机会。如果我觉得普发一定不会买咱们的软件，我干吗还要和你全力以赴去争这个项目，我有病啊？”

洪钧稍微顿了一下，看看菲比的反应，见她没有插话的意思，似乎正在对洪钧到底有没有病做着判断，便接道：“说实话，ICE和科曼的确一直盯着普发，这恰恰说明普发的确是个货真价实的大项目。他们两家现在比咱们有优势，但都没有胜势，咱们还有机会，关键看能不能在剩下的时间里扭转局势，后来居上。依你看，你觉得咱们下一步应该采取什么样的策略？”

菲比把圆珠笔的一端顶在下巴上，然后又移到嘴唇上，再从嘴唇上挪开的时候才说：“我就是觉得，关键是要见他们的老板。”

洪钧对菲比的回答不太满意，她脑子里的确没有什么策略可言，可她始终坚持无论如何要见到客户的老板，这种执着和目标明确倒让洪钧觉得可喜。洪钧一笑："说对了一半，你讲的是一步很关键的动作，但还不是策略，咱们现在的策略就是一个字：拖！如果普发今天就敲定买谁的软件，一定不会选维西尔，但三个月以后普发就会决定选咱们。咱们现在最需要的是时间，在争取来的时间里用比对手更高的效率来做客户的工作。"

菲比兴奋起来："三个月？咱们三个月以后就能拿到普发的合同？你真神了！"

洪钧只好说："我相信咱们能拿到普发这个单子，而且是个大单子。"其实洪钧心里也没底，如果有把握那还能叫赌博吗？

洪钧正想和菲比商量去拜访普发集团的安排，忽然想起什么，随口问道："哎，对了，李龙伟有英文名字吗？叫他龙伟总觉得有些别扭。"

菲比笑了："像龙的尾巴吧？我们都这么逗他。他的英文名字是Larry，我们都不叫他Larry，就叫他龙伟，你注意到他的大脑袋了吗？我们叫他虎头龙尾，哈哈。"

洪钧没有笑，其实菲比说的后几句话他根本没听进去。Larry，李龙伟就是Larry Li，洪钧想起来了，他知道自己为什么觉得这个名字以前听到过了。

普发集团的总部在北京城的北部，四环路的旁边，楼层不高，正好八层，但是非常气派，尤其是大楼正门的台阶和廊柱，简直就像是按比例缩小了的人民大会堂，但是把整个大楼作为总体一看就未免有些滑稽，好像人的一张脸被嘴和下巴占去了一大半。

洪钧还是按照自己的习惯，比和菲比约定的时间提早十分钟，坐出租车到了普发楼下。车刚停稳，洪钧无意间抬头看眼普发的大门，就发现不对劲了。台阶上围了很多人，吵吵嚷嚷的声音也很大，洪钧再往上看，见上面几层的窗户上都趴满了人脸，都把鼻子压在玻璃上向下看呢。

洪钧不是个爱凑热闹的人，他如今已不是和民工们同场放歌的那个洪钧了，他收好发票下了车便远远地站着，端详大楼台阶上的人群。台阶上站着一些穿蓝色衣服的人，洪钧一看便知是普发集团的员工，蓝色套装是普发集团统一的工作服，似乎不太受员工欢迎，否则员工们也不会抱怨个个都成了“蓝精灵”；还有一些人好像穿着一种也是统一制作的马甲，黄色的，上面有字，但看不清楚写的什么。“蓝精灵”们大多立着不动，显然是在看热闹；“黄马甲”们大多四处忙活，看来是热闹的制造者。洪钧再往四周一看，见几辆被涂得花花绿绿的南京依维柯停在马路对面的不远处，车上面也写着不少字，这下洪钧看清楚了，他也明白了这场热闹是怎么回事。洪钧以前就听说常有剧组借用普发大楼的台阶拍电视剧的外景，普发集团众保安已经客串过不少回群众演员，没想到自己正好赶上了这么一场。

洪钧看眼手表，还早，但他也没心思看热闹，便抬脚向普发大楼的门口走。台阶中间已经被清了场，看来是等一会儿演员们要在此出没，“蓝精灵”们被“黄马甲”们向两边轰，站在台阶高处的一些人被轰下来，也有的干脆被轰进大门里面。洪钧溜边三步并作两步地跨上台阶，被几个“蓝精灵”裹挟穿过普发大楼的大门到了前厅。

前厅里面居然挺空的，有些人围在大门两旁的落地玻璃前，墨色的玻璃再加上反光，外面的人看不到里面的人，令他们得以在玻璃里面看热闹。但唯此一圈有利地形容不下太多人，挤不上去的只好跑到楼上另寻瞭望点去了。洪钧孤零零地站在前厅里，对面只有前台的两个接待员。接待员看着洪钧，洪钧只冲她们笑了一下，他不想去填访客单，那应该是菲比做的，便转头去看墙上张贴着的东西。

洪钧站着等了一会儿，抬手看下表，快到十点了，便拿出手机要给菲比打电话。就在这时，一个高高瘦瘦的骨感美女从大门外挤了进来，菲比一脸兴奋地出现在洪钧面前，上面是西服上装，下面是条西服长裤。

菲比还没站稳就比画着说：“呀，你到了。你看见了吗？他们说那谁，就那谁，待会儿就该走这个台阶了，然后在台阶上被别人叫住，他们在台阶上说话。那谁叫什么来的？就是演那什么的那个。”

洪钧本来有些着急，让菲比这么一通东拉西扯彻底逗乐了，他用下巴往前台努了一下说：“爱谁谁，就算你想起那谁来了，我也不知道是谁。快填单子吧，要晚了。”

菲比笑着扬一下手，洪钧看见她手里捏着一张纸片，已经让她攥得皱皱巴巴的，知道她刚才早就到了，是先填好访客单才又溜出去看热闹的。

菲比开始翻自己挎着的大包，嘴上说："我先给孙主任打个电话。"她翻出手机一边拨号一边嘟囔着，"我还是觉得没必要单独见孙主任，这样一个一个按顺序见，得挨到什么时候才能见到他们的大老板呀？"

洪钧没回答，因为他估计菲比的电话已经拨通，果然，菲比已经对着手机说上了："孙主任吗？您好啊。我是小刘，维西尔公司的……对对，我在您楼下呢……对，我们洪总也在呢……那行，那您先忙，我们等一下……没事没事，您别客气，好，再见。"

菲比挂了电话，对洪钧说："他说他手头正忙着一份文件，让咱们等他几分钟，很快就下来。"

洪钧点头："办公室主任嘛，他不忙谁忙，咱们等会儿。"说完又想起什么，"对，刚才说为什么要专门见他。我上次不是说了吗？我在ICE的时候没有专门拜访过他，都是那个小谭约他，我见他们的周副总和柳副总的时候他倒是都在场，但都不是专门和他谈。我现在来了维西尔，要像以前没和普发接触过一样，得先拜访他，不能越过他直接去见周和柳，因为毕竟孙主任是这个项目名义上的协调人，虽然他什么都说了不算，但不能让他对我、对维西尔有情绪。"

菲比嘴上应承："嗯，明白了，咱们就从山脚下开始磕头，一直磕到最上面。"说完眼睛就往大门外面瞟，还踮起脚尖、抻长脖子向那边张望，让洪钧想起在电视上的《动物世界》里看过的那些猫鼬。洪钧笑了，心想不知菲比想没想起来"那谁"究竟是谁，真有意思，连名字都想不起来的"星"，也值得这么去"追"吗？

洪钧好像听出外面的人群安静了下来，"黄马甲"们也都各就各位，看来是要实拍了。过了没几分钟又乱起来，看来是已经走了一遍。洪钧抬起手腕看下表，十点十分了，菲比注意到洪钧的动作，也看了下表，说："都过了十分钟了，怎么还不下来？要不我给他打个电话？"

洪钧摇头："不用，再等会儿吧，不要催人家。"洪钧随即话题一转，笑着问，"哎，你注意过手表广告吗？广告上所有手表的指针都指的是什么时间？"

菲比歪着脑袋想了想，摇了摇头："没注意，都是同一个时间吗？"

“对，不信你从现在开始可以去验证，全都一样。而且就是现在这个时间，十点十分。”

菲比像个孩子似的笑了，说：“真的吗？你没骗人？可是为什么呢？”

洪钧也笑着说：“真的。我也没研究过为什么，不过我想可能因为这时候指针的位置看上去最美观。你看啊，十点十分，”洪钧把手腕抬起来给菲比看他的手表，“两个指针都向斜上方，之间张开差不多是一百二十度角，而且两个指针沿着中线对称。不对称就不好看了，张开的角度太大或太小也不好看，就现在这样效果最好。”

菲比凑过脑袋看了看，还转了几个角度，好像在想象其他时刻指针的位置，然后说：“真的哎，我以前怎么没注意到。我这个周末就去太平洋啊、东方广场啊什么的专门看表去，我倒要看看是不是都是十点十分。”

洪钧纠正她：“不是去看表，是表的广告，报纸杂志上的、广告牌上的。”

这时外面又静下来，没过多久又一阵忙乱，这次简直有些像骚乱了，“黄马甲”们开始收拾家伙装箱，“蓝精灵”们蜂拥着往大门里挤，看来是拍完了。洪钧一边和菲比往旁边挪着躲避人流，一边心想估计不是什么大制作，不然怎么只走两遍就草草收摊了，看来这位导演不是什么精益求精的大师。转念又一想，普发的管理真够“人性化”的，外面的电视剧什么时候收工，里面的普发就什么时候才开始上工。

菲比把踮着的脚尖放下来，活动了几下脖子，看了眼表，时针和分针已经连成一条直线，样子的确不好看，已经过了十点二十。菲比又问洪钧：“都过二十分钟了，该打电话了吧？”

洪钧“嗯”了一声，眉头稍微皱起来，他有一种不太好的感觉但没说出来，他不想影响菲比打电话。

菲比又拨通了手机，洪钧听着她说：“喂，孙主任，还是我，对，小刘，怎么样啦您忙得？……哦，突然要开个会啊……周副总刚通知的，大概多长时间呢？……说不好啊，哦……那我们等着？……先回去，下次再约？……您等一下，我问一下洪总啊。”

菲比没有挂电话，两只手把手机捂得严严的，她不想让孙主任听到她和洪钧的谈话。她看着洪钧，洪钧却不等她张口就用手指指着脚下，张大口型，不出声地说："等。"菲比明白了，洪钧的意思是就在这儿死等。

菲比又对着手机说："孙主任，要不这样吧，您开您的会，我和洪总在下面等您……我们没其他安排……没事，您别这么客气……那您先忙，好的，再见。"

菲比挂上电话望了一眼洪钧，两个人都苦笑了一下。

洪钧问："他都没说安排咱们先去楼上的会客室等着？"

菲比摇了摇头："真奇怪，都约好了的，刚才也没说要开会啊。"

洪钧笑了："人家不是说了嘛，周副总刚通知的。你觉得是真的吗？"

菲比又摇了摇头，像是自言自语似的说："不像，他是故意不想见咱们。如果真是突然要开会，他肯定刚才会主动打电话告诉咱们，而且他应该下来和咱们打个招呼。"

洪钧用赞赏的目光看着菲比，点下头："嗯，有道理。只是有一点不太准确。他不是故意不想见咱们，而是不想见我，不包括你，如果你一个人来他肯定下来见了。嗯……再准确一点，也不是不想见我，而是不想这么轻易地就见我。"

菲比一听就嚷起来："凭什么呀？！"她立刻意识到自己的嗓门太大了，因为前台的两个接待员都诧异地看着她，她一边吐下舌头一边缩下脖子，小声说，"他不就是个小主任嘛，我都觉得你不用专门见他，他还摆什么谱啊。"

洪钧笑了："我起初也是这么想的，我洪钧专门来见你孙主任，你还不立刻来见？看来是我错了。首先，前天约他的那个电话应该我自己打，而不是由你来打；而且，刚才我应该主动接过你的手机和他说话。你知道吗，越是咱们眼中的小人物，偏偏越不希望被咱们看作是小人物。我以前在ICE都是越过他直接见他的老板，他心里就已经不舒服，现在我来维西尔得从头开始拜山门，他还不趁此机会摆摆谱过过瘾？"

菲比撇着嘴，一脸不屑，说："那咱们怎么办？真这么等着？还是回去吧，下次再来，他让咱们白跑一趟，也应该可以满意了吧。"

洪钧摇了摇头："不回去，不然又要耽误几天的工夫，而且下次来还得把今天这套再来一遍。咱们就在这儿等，再等半小时，等到十一点的时候我给他打电话。我今天不仅要满足他的虚荣心，还要满足他的虐待狂心理，我要让他彻底满足一回。”

时间一分一秒地向前挪，洪钧和菲比各自看手表的时间间隔也越来越短，起初每看一次，表都往前走个五六分钟，后来每看一次，才走了两三分钟。而且他们都觉得这时候手表的表盘再难看不过了，指针就像是两根枯树杈，怎么摆怎么不是地方。

洪钧和菲比都把整个前厅扫了好几遍，的确没有一张椅子。洪钧甚至在想会不会是姓孙的昨天特意把椅子搬走了，心里骂着：“姓孙的，真够孙子的。”

前台里的两个接待小姐也看着洪钧和菲比纳闷，早早地填了访客单，可是就见着给楼上打电话，却见不着人下来接，而且还坚持着不走。她俩起先眼光里满是狐疑，慢慢地就多了份同情。

洪钧最不习惯于久站，可现在他又不能在人家的前厅四处走动，也不能大庭广众之下舒展腰腿，只能小范围地挪着地方，慢慢地晃着腰算是活动活动。

两个人不约而同地又看了一眼表，立刻不约而同地看着对方一笑，十一点到了。

洪钧让菲比用手机拨了孙主任的座机号码，然后接过手机放到耳边，通了，里面传出孙主任的声音：“喂，哪里？”

洪钧说：“孙主任，我洪钧啊，以前在ICE，现在来维西尔了，这不是专门向您报到来了嘛……”

孙主任立马故作惊讶：“哎呀，洪总啊，你们不是回去了吗？我刚才是个很急的会。我还以为你们已经回去了呢，看这事儿闹的，怪我怪我，还在楼下呢吗？”

洪钧笑着，而且故意让孙主任听到他的笑声，爽朗地说：“没事没事，我就知道这种很急的会一般不会太长，等一等没关系。您那么忙，下次再想抓您的时间就更难了，我干脆来个死皮赖脸，今天非见着您这位真佛不可。”

孙主任忙说：“哎呀哎呀，我能有什么事？你有事电话里和我讲一声就行嘛。哎呀别说了，我马上下来接你们。对了，中午应该也没什么安排吧，你都等这么长时间了，我叫他们准备一下工作餐，就在这儿吃了。你等我一分钟，我马上下来。”

洪钧把手机还给菲比，笑着说：“怎么样？没白等吧？这下马威来得值，人家已经答应管饭了。”

菲比撇嘴：“谁稀罕。他足足晾了咱们一个小时。”

洪钧认真地说：“争取中午吃饭的时候只有他一个人陪咱们，那样的话，我保证这顿饭以后，让他孙主任成为咱们的办公室主任。”

谁是我们的敌人

还是那张大班台，还是那张高背椅，但这个房间的主人已经不再是洪钧，而是俞威了。

俞威已经在这间办公室里坐了几天，早已没有最初的新奇感，但他还是老觉得在这房间里左右都不自在。最初两天他还以为是因为皮特也在这间办公室里，就坐在他对面的缘故。专程从新加坡前来的皮特，在将新到任的俞威正式介绍给ICE全体同仁之后，只待了一天就飞走了。俞威不免有些遗憾，因为他曾以为皮特会在北京搞一个媒体见面会，让他有机会高调对外亮相，结果皮特只在公司内部开了个会，俞威这位ICE中国公司的首席代表就这样悄无声息地上任了。皮特走了以后，俞威开始明白他为什么在这间房间里总感觉不舒服了，因为这是洪钧曾经用过的办公室。俞威总觉得洪钧的影子在周围晃悠，他真想换个房间，或者把这个房间里“洪钧时期”的家具摆设全换掉，可他最终还是忍住了。ICE公司里洪钧的影子、洪钧的烙印无处不在，他首先要消除掉的洪钧“余孽”很多，而且远比这些桌椅陈设重要得多。

办公室的门开着，小谭出现在门口，举起手轻轻敲了下门框，其实即使他不这么做，俞威也已经知道他到了。俞威刚才给前台的简打电话让她叫小谭来一下，此时正盯着门口等着他。

小谭看到俞威正望着自己，笑了一下说：“俞总，您找我？”

俞威一边招手示意小谭进来坐下，一边说："是啊，想问你现在有没有空，想和你聊聊。"

小谭正坐下，忙说："有空啊，您找我我哪能没空啊。我还想好好找您聊聊呢，我是怕您没空。"

俞威笑了，小谭的这些话让他听着舒服，虽然他不相信小谭在心里真对自己这么服帖，但起码嘴上的这种态度让俞威觉得受用。俞威一再告诫自己不要满足于这些表面的东西，但他眼下的确爱听顺耳的话。他情绪好了很多，问小谭："哟，那好啊，那就你先说，想和我聊什么？"

小谭脸上一直挂着笑，显然两人都想让这场初次谈话能够始终在亲切友好的气氛中进行，他说："我还能找您聊什么？项目的事呗，我手上现在正跟着的几个项目，都想向您汇报一下，而且都还要靠您亲自出马支持呢。"

俞威其实并不着急谈什么项目，可是小谭来找他汇报项目上的事是顺理成章的，他只好说："唔，好啊，我也很想听听现在的项目情况都怎么样，我可还指望你这位大拿给我抱个大单回来呢。"

小谭做了这么久的销售脸皮已经很厚，可居然被俞威最后这句话弄得脸微微泛红，因为他很清楚，丢了合智集团的项目，他今年截至目前的业绩其实很不怎么样。小谭镇静了一下，硬着头皮说："其实我现在跟的项目里面，重要的就是普发集团的项目，应该会是个百万美元以上的单子，已经跟了快一年，感觉还行，争取年底能拿下吧。您以前在科曼肯定也和普发接触过，所以项目的情况您肯定很清楚，我就是想听听您的意思，这项目挺关键，现在又到了关键的时候，您得拿主意啊。"

俞威知道小谭自从输掉合智集团的合同以后日子就不好过，加上洪钧离开了ICE，他简直有些像个没娘的孩子。而俞威也知道小谭做销售是很用心的，肯花力气，手下还带着几个销售代表，算是ICE的中坚力量。所以俞威才下决心要搞定小谭，把他从洪钧的旧将变为自己的心腹。俞威很有信心，因为他觉得眼下小谭正是需要重新找到主心骨的时候，小谭一定很需要归属感。

俞威跷着二郎腿，双手放在脑后，很随意地说："说实话，我自己和普发的人接触还真不多，前一阵子心思都花在合智项目上了，净和他们泡在一起。"俞威注意到小谭一听合智这两个字脸就又红了。俞威心里很惬意，他最大的快乐莫过于找出对方的痛处，再不断地去刺。俞威等了片刻，见小谭无话可说，便又道，“那你说说普发的情况，形势怎么样？下一步咱们怎么做比较好？”俞威觉得自己真是大人有大量，既然已经看够了小谭的尴尬和狼狈，便很大度地换了话题。

小谭好像在心里也暗暗地舒了口气，把身子挺了挺，开始说普发的事：“这项目估计还是这三家争，ICE、科曼和维西尔，国内做企业管理软件的几家公司机会都不大，咱们不用在意他们。您刚才说科曼以前跟这个项目跟得不紧，现在您又来了ICE，他们估计且得乱着呢，肯定力不从心。洪总现在去了维西尔，他……”

俞威猛地抬一下手，打住小谭的话头，笑着问：“你说洪钧去维西尔了，你现在和他联系多吗？”

小谭感觉脑袋嗡的一声，俞威脸上的笑更让他心里没底。他刚才说到俞威“来了ICE”的时候已经自己乱了阵脚。他不知道是该说俞威“离开了科曼”好呢还是“来了ICE”好，虽说看来是明摆着的一回事，可小谭觉得怎么说都不好。一个下属当着老板的面来描述老板工作的变化，的确怎么描述都不合适，因为这本来就不是下属该提的事。而当他说到“科曼且得乱着呢”，也生怕俞威有什么不好的感觉。确实，说俞威一走科曼就乱，到底是夸俞威是顶梁柱呢还是暗指俞威不地道，置老东家于不顾就甩手走人？小谭正乱着，被俞威打断再这么一问，才意识到自己话里把洪钧带出来了，而且还是称的“洪总”。

小谭只得加倍地小心，尽量轻描淡写地说：“从洪钧离开ICE以后就一直没怎么联系，前几天想起来了打个电话，结果他说在新加坡呢，我问是去玩吗，他说是开会，我这才知道他到维西尔去了。”

俞威沉吟了一下，怎么是去开会？他记起上次在嘉里中心迎面撞见洪钧的时候，洪钧是说去新加坡培训的，便又像随口问了一句：“唔，他去维西尔了，坐什么位子？”

“我也不是很清楚，好像是负责他们北方区的销售吧。”

俞威心里舒坦了，原来洪钧不过是在维西尔做个地区主管，看来只能是随便找个地方混口饭吃罢了。想到这儿俞威居然对洪钧产生了一丝怜悯，他也搞不清楚是因为自己岁数大了心变软了，还是有些兔死狐悲。

俞威不希望小谭总这么拘束，他想看到小谭真实的一面，便笑着说："刚才说到哪儿啦？维西尔，对，你觉得普发项目上咱们形势不错？"

小谭再一次定了定神，集中精力，还是谈他喜欢的话题让他觉得轻松些，他接着刚才的话头说："我觉得维西尔应该机会也不大，他们盯普发项目的是个女孩儿，太嫩了，一直没和客户尤其是高层把关系做透，只是在表面上客客气气的。您如果有时间，我把普发几个关键人物的情况给您介绍一下，主要说说我和他们个别沟通的情况。"

俞威开始有些喜欢甚至欣赏面前的这个小谭了，他一听小谭上来就要逐个分析普发集团每个关键人物的情况，就觉得他是个不错的销售。销售，就是做人的工作，看来小谭真正明白这一点。

俞威笑着，特意让小谭看到自己对他的满意，说："好啊，我就想听这些。对了，时间怎么样？你刚才说年底，那还剩两个月，时间挺紧的啊。"

小谭的心情愈发轻松起来，说："是啊，这么大的项目，两个月里得做好多事呢，所以想好好听听您的意思，怎么样争取不要在最后关头忙中出错、功亏一篑。"

俞威想都没想就脱口而出说了四个字："趁热打铁！"他说完顿了一下，瞟一眼小谭，"洪钧去了维西尔，他肯定也清楚普发的状况，他以前和普发的人肯定也有些关系，所以我们要抢时间，越早让客户下决心，我们就越有把握。"

俞威拿起桌上的水杯，很轻，里面已经没有水了。他便按下桌上内线电话的免提键，拨了前台简的号码，等简刚接起电话他就大声说："简，给我倒杯水。"

说完就再一按免提键，挂了电话。

俞威想在听小谭详谈普发那些关键人之前随便聊些别的，聊些他原本叫小谭来想谈的，便和颜悦色地说："小谭，刚才说到洪钧，你在他下面做了挺长时间了吧？"

小谭随口应道："两年多一点儿。"

"哦，感觉怎么样？"

小谭有点摸不着头脑，愣愣地问："您是说……什么怎么样？"

俞威笑了："没什么，就是你和他合作得怎么样，你和他关系怎么样，你觉得他这个人怎么样……”

小谭的神经又绷紧了，可他觉得自己神经越绷紧脑子却越不够用。正好，简在这个时候进来给俞威的水杯里倒水，他正好可以利用这宝贵的片刻时间思考一下如何作答。可是这宝贵的片刻很快就过去了，简显然一秒钟都不想在这间办公室里多待，倒了水就转身出去，又剩下小谭和俞威两个人。小谭不敢拖到让俞威追问自己，只好开口，就像学车不久的新手，忽然发现面前的路上有个坑，但也不知道该怎么办，干脆就这么开过去，同时把眼睛一闭。

小谭说：“觉得他人挺好，一直挺帮我的，销售上、项目上，我都跟他学了不少东西。”说到这儿小谭停了一下，留意着俞威的反应。他心里盘算总不能说洪钧什么坏话吧，虽说俞威和洪钧从朋友变成了对手，可毕竟不该说前任老板的坏话，要不然现任老板没准会推断自己将来也会说他的坏话。他见俞威没有插话的意思，而是面无表情地看着自己，又总结一句：“关系嘛，就是老板和下属的关系，一般吧。”

听到此俞威尚觉满意，他开始感到这个小谭不仅有渴求被自己“收编”的主观愿望，也有实际行动。俞威便问了个更直截了当的问题：“洪钧到底是因为什么离开ICE的？”他故意顿了一下，“方便吗？你要是不方便说也没关系。”

小谭惴惴的：“您来的时候，皮特没和您说过Jim走的事？”

俞威很开心看到小谭面对自己时这种忐忑不安的神情，笑着说：“皮特就提了一句，因为洪钧在业务上有重大过失，给ICE公司造成了重大损失，所以终止了和他的合同。我是想私下里问问你，具体有些什么情况？”

小谭脑子又乱了，只好说：“就是因为合智集团那个项目。当时我们以为合智真要和我们签合同了，皮特专门来北京，他也肯定已经向旧金山的总部报了喜，结果我们不是被合智和你们……哦，合智和科曼……给骗了嘛，皮特觉得下不了台，后来听说他本来是想让洪钧把我开掉的，结果洪钧不肯，他说他来负责，皮特就把他给开了。”

俞威开始觉得不快，他冷着脸问了一句：“是洪钧自己告诉你的？”

小谭就像慌忙间本来想刹车却一脚踩在油门上，他已经不知道自己在说什么了：“他什么也没跟我讲，是公司里大家瞎聊的时候别人说的，我听了一想，的确是这么回事。所以我觉得洪钧这老板不错，他替我扛了事，还不肯告诉我。”

小谭嘴上说完心里也沉了下来，他原本没想说这些，他是真想和俞威这位新老板搞好关系。做销售嘛，一个接一个项目做着，签单拿钱就行了，管谁是自己的老板呢？小谭也不知自己中了什么邪，是因为自己真的对洪钧心存感激，才这样不顾一切地脱口而出？还是因为俞威有种魔力，让自己无从隐瞒实话实说？如今反正已经都吐露出来了，小谭就摆出一副死猪不怕开水烫的架势，等着俞威发落。

俞威脑筋转得飞快，在短短的片刻之间已经想了很多东西，他已经不喜欢小谭了，甚至觉得有些厌恶。俞威向来鄙夷那些知恩图报的人，他自己从来不花心思记住别人对他有什么恩惠，因为他认为一切都是他自己努力争取的结果；他也从来不指望别人记住曾受过他什么恩惠，在他看来一切都是利益交换、两厢情愿罢了，都只是生意而已，谁也不欠谁，没什么恩情二字可言。

俞威之前猜到小谭可能对洪钧是有些情谊的，毕竟他们俩曾在一个战壕里打过仗，但俞威没料到小谭居然把洪钧视为恩人，这让俞威瞧不起。俞威希望小谭对自己心存畏惧，也希望小谭有求于自己，他觉得这样才能牢牢地笼络住小谭，因为利益纽带是实实在在的。但他没想过要给小谭什么恩情，他觉得累，也觉得恩情这东西最容易被“清零”，最靠不住。

而让俞威更感意外的是小谭居然如此没有城府，三问两问就把心里话给套出来了，俞威判定小谭没有丁点儿政治头脑，除了知道做单挣钱，对政治毫无感觉、不明利害。俞威盘算如果自己的手下干将都是这样的家伙，当自己需要他们的时候恐怕一个也立不起来。想到这儿俞威忽然又想到了洪钧，洪钧苦心经营了三年的ICE，手下居然是这样的人，难怪在关键时刻只得自己一走了之。俞威在心里叹了口气，居然再一次有些同情起洪钧来了。

俞威打定了主意，这个小谭只知道打打杀杀，充其量是个跑腿的货色，对自己不可能有太大的用处。他已经在以他自己为中心的一组同心圆中，把小谭划到了最外圈。既然对小谭没了兴趣，俞威也就立刻没了情绪，不想再和小谭聊普发的事。

但俞威随即又想到更深的一层：看来也不该再把这个小谭放到重要的战场上。俞威已经知道普发项目的分量，而且看来又是要和洪钧有一场较量，万一小谭在项目上演一出华容道，像关羽放走曹操一样对洪钧网开一面，普发的形势可就难料了。想到这儿，俞威定了定神，看来普发这个项目一定要自己亲自上阵了。

于是他的脸上转而现出轻松的笑容，摆着手说：“哦，这样啊，嗨，我也是好奇，都是过去的事，没必要再扯了，我看咱们还是聊正事。”说着，俞威把桌上一摞空白的A4纸推到小谭面前，在上面放上自己的万宝龙签字笔，“这样，你边说边画，把普发的组织结构图画出来，再一个人一个人地把你跟他们接触的情况都详细说说，我也好好听听。”

小谭没想到俞威居然对自己刚才的话全无反应，就像什么都没发生一样，立马全身心都松懈下来，认为俞威原来和自己一样，都是一心只关注大项目的人，登时便来了精神，咽了口唾沫，开始娓娓道来他和普发集团的那些关键人物单独沟通的情况。他根本没有意识到，他这是在按照俞威的期望，开始向俞威全盘交代自己最有价值的东西了。

普发集团总部那座八层大楼的第八层，被电梯间无形之中从中间分隔成两个区域：一边是普发的老总们各自的办公室，普发集团的董事长金总的办公室就在走廊最深处的那一端；另一边是若干大大小小的会议室，位于走廊的尽头与金总的办公室大门遥遥相对的是最大的一间。此刻在这间最大的会议室里，维西尔公司正在向普发集团介绍着他们的软件解决方案。

洪钧坐在会议室前部的侧面，一面听着菲比在中间的台子上做介绍，一面打量着会议室和里面坐着的人。这间会议室够大的，足足能容纳一百多人，是个很规矩的长方形。前面主席台的位置放着张桌子，菲比的笔记本电脑连着投影仪都放在桌子上，投影直接打到墙面上，墙上在投影位置的上方贴着八个大字：“团结”“奋进”“求实”“创新”，洪钧能判断出这些字都已经有些年头了。洪钧和同来的工程师肖彬坐在旁边的两把椅子上，在他们的对面，主席台的另一侧放着张黑板，上面用粉笔草草写有“维西尔公司软件产品研讨会”，看来是刚写上去，显然也将很快就被擦掉。听众席是一排排的长桌和椅子，最后一排椅子上方的墙上贴着两排大字：“开创普发集团建设的新局面”，洪钧相信这些字是才贴上去不久的。

会议室里除了洪钧他们三个维西尔的，其他二十多个人都是普发的，中间只有几个人没穿普发统一的蓝色制服，余下的都是一色的“蓝精灵”，一看便知是“小喽啰”，洪钧的注意力自然全放在“蓝精灵”以外的那几个人身上。前几排桌椅都空着，后几排桌椅也都空着，二十几个人都挤在中间那几排，结果形成了一副可笑的场景，偌大的会议室只坐了不多的人，还分布在两个区域，洪钧他们被孤零零地晾在前面，面前是几排像隔离带一样的空桌椅。

洪钧在心里苦笑，这也是没有办法。开讲之前菲比就像是走江湖耍把式的人一样，一个个拉着普发的人往前面坐，可是“蓝精灵”们好像都腼腆起来，只肯远远地坐下观望。菲比在搞这个研讨会之前就闹情绪，她不理解洪钧为何非要在项目后期还搞这种初步接触阶段才需要的活动。其实洪钧也是不得已，他是要“拖”，他就是要用这种软件厂商初次在客户面前亮相时常搞的举动，来冲淡普发的人脑子里那种项目已接近尾声的潜意识，让普发的人觉得还有很多工作没做完，不能急于拍板定案。

别说菲比有情绪，普发集团项目组的人也有情绪，多亏了普发的孙主任，否则洪钧连这次研讨会都开不成。洪钧亲自向孙主任解释，维西尔和普发接触了这么久，还没有一次正式地把想讲的话都讲到，让该听的人都听到，还没有让普发项目组的每个人都能对维西尔公司和产品有个全面准确的了解，请孙主任务必成全。孙主任还真帮忙，连拉带哄地把软件选型项目组的人都叫齐了，只是他自己在最后一刻找个借口溜了。洪钧并不在意孙主任此时在不在场，因为他的价值就在于“召集”而不是“出席”会议。

台上的菲比手里拿着个激光笔，在墙面的投影上打出一个亮晶晶的红色圆点，在投影的字里行间跃动。她穿着一套正装，棕色的上衣和裤子，上衣翻开的领口上别着个胸花。菲比说话的语速虽然比较快，但是字正腔圆，让人觉得很入耳，她说：“这种业务流程正是由我们维西尔公司最早在一九八几年的时候就开始在软件中加以实现的，这才使这个业务流程得以被广大的企业用户所采用。其他几家软件公司后来都模仿我们，也在他们的软件中加进了这些功能。实际上就连他们自己也都承认，维西尔软件中包含的这种业务模式已经成为了业界的标准。”

刚说到这儿，听众中有人举手，所有人的目光立刻都投向了这个人。这是个四十多岁的中年男人，位于普发那帮人的最前面，实际上那一排只有他一个人。他侧身坐在靠墙的一把椅子上，穿一身皱皱巴巴的西服，没打领带，跷着二郎腿，脚上的皮鞋早该擦了，瘦瘦的，戴着眼镜。因为是侧身坐着，所以一个胳膊搭在自己的桌子上，另一个胳膊搭在后面的桌子上，他可以看到会议室里的所有人，而此刻大家也都在看着他，他的座位俨然成了主席台。洪钧认出来他姓姚，是普发集团信息中心的主任，但他不喜欢别人叫他姚主任，好像在他的姓后面带个官衔是对他的侮辱，所以大家都叫他姚工。

姚工的眼睛看一下菲比，又看一下洪钧，然后慢条斯理地说："刘小姐，好像有人说咱们的易经和八卦是最早的二进制，所以是咱们中国人最早发明计算机的原型。可是呢，事到如今我们还不是只能买你们这些外国软件？你们还不是都跑到外国的软件公司打工去了？当年中国人还最先发明了火药呢，不照样被洋枪洋炮打惨了。所以就算真是你们最先做的，也不一定就是最好的。你就别提当年了，还是多讲讲现在吧。"

菲比的脸红了，又慢慢变白，比平时的白好像更白了几分，没有任何血色。她原本举着激光笔的手也僵在那里，但她马上意识到便放下手，关掉激光笔的光束，看着姚工，又转过头来看着洪钧，眼睛里流露出求助的神情。

洪钧心里清楚，此刻菲比如果能轻松地把姚工冒出来的这些话一带而过，接着该讲什么还讲什么，其实这个小插曲也就到此为止，波澜过后很快会恢复平静，也不会有谁真正在意。但现在看来菲比有些像是被打蒙了，根本不知如何应对，真成了"下不了台"。洪钧想这肯定是因为菲比从未在大庭广众之下被什么人这般抢白、调侃过，他只好亲自出马了。

洪钧站起身看向姚工，笑着说："刚才姚工的话挺有意思啊，我这会儿还在回味呢。"然后便转向普发的众人，仍然面带微笑，说道，"其实啊，我们这些中国人之所以到外国的软件公司工作，就是去教外国人应该怎样在中国做软件，要不然老外们不懂啊。"

普发的"蓝精灵"们有几个笑起来，气氛明显缓和。洪钧见状便转过头，依然笑着，对菲比说："这样，下面你把维西尔在国内做的几个成功案例给大家介绍一下。"说完就坐下来。

菲比已经回过神来，脸上也露出轻松的笑容，把笔记本电脑上的幻灯片迅速往后翻过几页，就开始讲维西尔公司的样板客户。

这场研讨会总算结束了，“蓝精灵”们一哄而散出了会议室，有几个级别高的没穿统一制服的人走上前来与洪钧、菲比和肖彬握手告别，姚工站起身冲洪钧笑着挥了下手，然后转身走了出去。

洪钧等着菲比和肖彬把设备收拾好，然后三个人各自提着一个电脑包走进电梯。菲比快手按了“1”层，电梯门刚关上就长舒一口气说：“哎哟，快噎死我了。他怎么回事啊？我还从来没被谁这么噎过。”洪钧微笑着看眼菲比，没说什么。菲比接道：“老洪，这姚工你以前打过交道吗？他怎么是这么个人呐？”

这时电梯到了六层停下，进来两个“蓝精灵”。洪钧便转过头，不看菲比，而是盯着电梯门上方变动着的楼层数字。菲比又问一句：“哎，你说呀。”

洪钧仍然仰头看着别处，嘴上说：“现在打车，路上肯定堵啊。”

菲比愣愣地瞪着眼睛，直到电梯到了一层众人步出电梯，没再吱声。

走下普发大楼那段宏伟的台阶，还没走到外面的街道上，菲比刚要扬手招呼排队等在街边的出租车，洪钧却把她的胳膊按住了，说：“别叫这些趴活儿的，到对面截过路的车。”

菲比和肖彬都丈二和尚摸不着头脑，只好跟着洪钧穿过马路走到街对面。三个人站定了，洪钧才对菲比说：“菲比，以后记住啊，在电梯里，尤其是有客户公司的人在场，不管你认不认识，别说项目的事，要聊也只能聊些无关的话。”他顿了一下，想起什么又说，“对了，还有，不要打普发门口排队的出租车。像普发这种大单位，独门独院，不少在门口等活儿的出租车都是成天在这儿趴着，长年拉这个单位的人，都快混成普发内部的司机了。这帮的哥无孔不入，消息灵通，嘴也快得很，上了他们的车我可一句话都不敢说，谁知道他听了会传到谁的耳朵里。”

菲比一边听一边点头，情绪好了很多，笑着说：“老板，佩服佩服。”

这时远处开过来一辆红色的夏利出租车，肖彬刚要扬手又被洪钧按住了，洪钧说：“别打夏利了，至少拦个每公里一块六的啊。”

菲比立刻揶揄道："就是，你不知道给老板打辆高级点的？显你给公司省钱啊？"

肖彬红着脸不知该说什么，正好又来了一辆捷达，他便看着洪钧，拿不准这回该不该招手。洪钧笑了："就是它吧。在客户门口上个好点儿的车形象好些，咱们三个也可以舒服点儿。"

捷达车停在面前，肖彬坐到司机旁边的副驾驶位置，洪钧和菲比坐进后座，菲比一坐下就冲司机说："喂，你认识普发集团的什么人吗？"

车里连司机在内的三个男人都一愣，司机从后视镜里看了眼菲比，确定她是在问自己，便嘟囔着说："普发？做什么的？不认识。"

菲比便说："那行，没事，开你的车吧。"然后转过头来冲洪钧做个怪脸，"好啦，怎么样？现在可以说了吧？"

洪钧这才明白她闹的什么花样，被她逗笑了，说："怎么？现在不觉得噎得慌了？"

菲比一噘嘴："谁说的？我还记着呢，要不怎么急着问你？你说这个姚工是不是已经被ICE搞定了？你和小谭当初早就把他变成ICE的人了吧？也太赤裸裸了，明目张胆地攻击咱们。"

洪钧的神情变得严肃起来，扭过脸说："菲比，不能用这种思维方式，尤其不能轻易下结论。我可以告诉你，姚工不是ICE的人，我从ICE来，我知道这一点。但我要对你说的是，千万不能简单地在客户里划一条线，一种是支持我们的人，一种是反对我们的人，就像不能把人简单地分为好人坏人一样，尤其不能只看到表面现象就轻易下结论。其实，咬人的狗是不叫的，恰恰要提防对咱们很客气、始终对咱们微笑的人，因为真正反对咱们的人是不会当面对咱们呛声、摊牌的。像姚工这样的，如果仅仅因为他没说咱们的好话，就把他定为反对咱们的人，这样反而会把他推到竞争对手的阵营里去。"

菲比一直静静地听着，显然这些话都说到了她心里，但嘴上还是犟了一句："他哪儿只是没说好话呀，他简直就是给了我一个大耳光，我还得笑，我可是个女孩子啊，想起来就恐怖。"

洪钧笑了，拍一下前排肖彬的座椅靠背，说："她什么意思？对我们男的随便打耳光就活该？”

菲比嘟囔：“谁这么说了？你自己瞎想。那你说姚工这家伙该怎么对付？不理他？”

洪钧摇头：“不，一定要理。依我看姚工好像有些玩世不恭，而且没有太深的城府，又是做技术出身，有些书生气，性格比较直、比较倔。这种人大家都会公认他是比较正的人，不容易被利益所打动，很难收买，所以他的观点往往会被大家所重视，因为大家都觉得他不会存私心。如果他在最终讨论拍板的时候所说的话对咱们不利，真正反对咱们的人就会利用他的话大做文章。”

菲比一撇嘴：“这个家伙，一看就是油盐不进、软硬不吃的主儿，怎么做他的工作？”

洪钧立刻说：“哎，这点你算说对了。对姚工要攻心为上。如果咱们能和他聊得投机，让他觉得遇到了知音，他就会真把咱们当作朋友。到时候不用咱们说话，他都会主动帮助咱们，而且不会要任何回报。”

菲比笑了：“那也太理想了，我看够呛，还是你负责搞定他吧。”

洪钧倒是很有把握：“我来就我来。这样，你负责把情况搞清楚，我要知道他有什么样的爱好，不是那种物质上的，他一定有某种精神层面的追求，让他痴迷让他陶醉的。”

洪钧三个人回到维西尔所在的写字楼，出了十八层的电梯拐弯抹角进了公司，洪钧现在已经可以闭着眼睛从电梯口径直摸到自己的小房间了。

洪钧在门口对菲比说：“你赶紧了解一下我刚才让你问的事，有结果马上告诉我。”

菲比笑着点点头，转身就往自己的座位走去。洪钧却又叫住她：“哎，菲比，卸磨杀驴啊？人家肖彬辛苦了半天，你连句‘谢谢’也没有？”

菲比忙转回身，蹦到洪钧和肖彬旁边，先冲肖彬敬了个礼，又握着肖彬的手说：“谢谢了啊，你今天讲得很好，普发的人都问不出什么问题来。我是因为你是我的死党，所以觉得就不用和你客气了。不过既然老板说了，我就谢谢你，呵呵。”说完她又转过脸冲洪钧说，“我就不用谢你了吧？你帮我做什么都是应该的哟，谁让你是我老板呢。”然后菲比就把洪钧和肖彬晾在身后不理了。

洪钧和肖彬互相看一眼，肖彬满脸通红，半天才小声说：“那，洪总，没什么事我先干活去了。”

洪钧笑着拍拍肖彬的肩膀说：“辛苦了啊。”然后走进自己狭小的房间。

洪钧心里苦笑，其实他对肖彬刚才在普发做的产品介绍并不满意，菲比夸的那句“普发的人都问不出什么问题来”恰恰是让洪钧感觉效果不好的地方。肖彬的介绍平淡而无味，都是从维西尔的角度出发，没有站在客户的角度去讲客户关心的东西，难怪引不起普发一班人的任何共鸣。但洪钧也清楚肖彬已经尽了力，他是不知道什么样的讲演才是出色的讲演，因为他从来没见识过。

洪钧拿起桌上的内线电话拨了李龙伟的分机号码，听到对方接起电话就说：“龙伟吗？我是洪钧。你现在有时间吗？哦，那正好，你来一下吧，和你说些事。”

洪钧放下电话，等了一会儿李龙伟才出现在门口，望着洪钧。洪钧招呼李龙伟进来坐下，看到李龙伟一副忐忑而戒备的样子，便开门见山地说：“龙伟，没别的事，是我想请你出马，帮帮菲比普发那个项目。”

李龙伟诧异地看着洪钧，半天才说出一个字：“我？……”

洪钧笑着解释：“是啊，普发项目很关键，售前支持、技术方案，还有以后可能会搞的投标，要做的事很多，可现在的人手不够，实力也弱啊。所以我想请你来，和菲比一起商量商量普发的项目，也请你出出主意、出出力。”

李龙伟听得很明白，可还是觉得突然，便说：“哦，可我以前一直没参与过普发这个项目，不好一下子介入进来吧？”

洪钧的语气坚决起来，不容置疑地说：“龙伟，咱们就这么几个人，这么小的团队就不用分那么多彼此了吧。你现在来了，不就是开始参与了吗？”

李龙伟只好嘟囔一句：“那，我就先听听。”

洪钧笑了，刚伸手去拿桌上的电话，想叫菲比来一起讨论，菲比已经风风火火地跑了进来，看见李龙伟坐在洪钧面前，先是一愣，立刻便径自朝洪钧说开了：“老洪，我打听出来了。你真说对了，那个姚工还真有个爱好，你猜是什么？他喜欢研究历史，尤其是明朝的历史。”

洪钧先示意菲比把门关上，然后对菲比说：“正要找你来呢，我想让你给龙伟介绍一下普发项目的情况。”

菲比愣住了，诧异地问：“我刚才说的你听见没有？”

洪钧笑道：“听见了，全听见了。麻烦你先去拿张椅子进来，再去把你那个宝贝文件夹也拿来，咱们讨论项目。”随后他才补了一句，“另外，你赶紧约普发信息中心的人，咱们和他们一起吃个饭。记住，别人可以不来，但姚工必须到。”

菲比立马笑了，她听见洪钧最后这句话，又看到洪钧一脸自信，她知道洪钧已经有了主意。

峥嵘初露

北四环外面，离普发集团大楼大约几站地之遥，是一条餐饮街，各种风味的餐馆比肩接踵，粤菜海鲜、湖北炖菜、京味烤鸭、重庆火锅，等等，还有两家韩国烧烤和一家日本料理。其实不仅是这条街上应有尽有，就连每家餐馆里也都有各种风味了，打的牌子只是块招牌，餐馆必须照顾到所有进门食客的口味。所以在湖北馆子里可以点到京酱肉丝，在重庆馆子里可以点到梅菜扣肉，也就不足为奇了。顶级餐馆和街边小摊都可以痛快地对食客说“不”，人们到顶级餐馆只是为了脸面，到街边小摊只是为了果腹，这两种需求其实都好满足。恰恰是中档的饭馆难做，因为必须兼顾到食客的各种需求，绝对是不能说“不”的。

洪钧是专门选择这条街来安排普发信息中心几个人的晚饭的，说好的只是一起吃顿晚饭而不是晚宴。姚工虽然是信息中心的主任，但信息中心在普发属于技术系统，归总工程师管而不是直接隶属总经理，是一个二级部门，所以姚工属于中层领导。姚工的那些部下更是重实惠超过重形式，招待中层的人自然要找中等档次的饭馆。洪钧理解这些中层干部难当，他也早已体会到做这些中层干部的工作是最难的，因为他们的需求最多最杂。

洪钧挑了这条街上的那家潮州菜馆，要菲比定一间六位的包间，普发会来五个人，加上洪钧和菲比共七位，但洪钧没有要再大的包间，而是要服务员加放一把椅子和一套餐具，他想和姚工坐得越近越好。

洪钧和菲比刚到包间里坐下没多久，姚工就带着人准时到了。洪钧心想自己又没猜错，姚工虽然玩世不恭，但一定律己甚严，他不愿意别人挑他的毛病，尤其是不愿意沾上不守时的坏名声。五个人都进了包间，大家看似随意地坐下，说是随意，其实规矩都在里面了。姚工并没有虚意客套，大大咧咧地坐在了主位，洪钧自然紧挨着姚工坐下，姚工的副主任则坐在另一边，然后是菲比，这四个人是来谈事的，菲比和洪钧之间的另外半圈坐着其他三个人，他们就是来吃饭的。

服务员捧着厚重的菜单，眼睛扫视众人，想判断出是哪位负责点菜。菲比伸手接过菜单又转递给姚工，嘴上说着请姚工来点，姚工又是摆手又是摇头，说："我不点我不点，你们谁点都成，点什么我吃什么。"

菲比一只手举着图文并茂、百科全书似的菜单，眼看举不动了，就眼巴巴望着洪钧，洪钧笑着说："菲比，你就点吧。就你一位女士，我们把权力让给你。"

菲比便双手捧起打开的菜单，开始上下搜寻着，很快便抬头问已站到她身旁的服务员："凉菜先要个卤水鹅掌吧。对了，你这里鹅是怎么做的？烧的还是蒸的？我们七个人要一只烧雁鹅够吗？"

洪钧立刻摆手："吃鹅你可别算上我啊，我不吃，你们六个人随意。"

菲比睁大眼睛，诧异地问："来吃潮州菜你不吃鹅呀？"其他人也都奇怪地看着洪钧。

洪钧便不慌不忙地解释说："我脖子后面生了个疖子，本来没事的，这两天忽然又红又肿，弄得我不敢掉以轻心了。鹅肉是发物，我可不敢碰。烧鹅也好蒸鹅也罢，我怕吃了就该像徐达那样死翘翘了，你可别学朱元璋硬逼我吃蒸鹅啊。"

菲比和另外几个人都有些莫名其妙，菲比倒也顾不上洪钧的后半句话是什么意思，反正知道他是不能吃带"鹅"字的菜了，便低下头继续研究菜单。

姚工一边整理餐巾一边很随意地冲旁边的洪钧问了句："看来你知道这个典故？怎么，你对明史还挺有研究？"

洪钧笑道："什么'研究'啊，我这也就算是一点儿兴趣。上次去南京，还专门去莫愁湖看了胜棋楼，又到太平门外面去看了徐达的墓，明孝陵是以前就去过了。"

这时菲比正在追问服务员六个人点一只烧鹅够不够，姚工立刻冲菲比摆手说："你这个小刘也真是的，你们洪总不能吃鹅嘛，我们又不是非要吃不可，不要点鹅了，那么厚的菜单点什么不好嘛。"

洪钧笑着谢过姚工的好意。菲比红着脸，很快就点完了菜，然后站起身给大家倒茶。

姚工点上烟，深吸了一口，问洪钧："你是对明史特别有兴趣呢，还是对各朝历史都有兴趣？"

洪钧转动桌上的托盘，把一个烟灰缸移过来，放在姚工手边，然后说："我呀，就是个杂家。从小到现在都喜欢历史，起初是喜欢看各种演义，《东周列国》呀，《三国演义》呀什么的，后来才慢慢地开始看正史。等到把二十四史一路看下来，岁数也大了，就开始喜欢明史了。"

姚工听到这儿，不再像刚才那样试探，而是直接挑明了："不瞒你说，我也喜欢明史。我不知道你是为什么喜欢明史啊，但我知道我是为什么，因为就是在明朝，中国开始比欧洲落后了，后来越落越远。明朝就像是咱们中国人历史上的一块疤，我就是喜欢把这块疤揭开来看看究竟怎么回事，看的时候心里疼啊，我是越看越疼，越疼越看。"

洪钧又一次感到自己的判断是对的，姚工确是个性情中人，他活在自己的精神世界里，洪钧从心里开始喜欢这个姚工了。这时凉菜上来了，菲比把托盘上的几个菜都转到姚工和他的副主任面前，请他们先动筷子。姚工心不在焉地夹了个卤水鸡蛋放到自己的小盘上，并不马上吃，而是看着洪钧。

洪钧知道姚工在等着自己回应，便没动筷子，立刻说："呵呵，看来我和您的出发点有所不同啊。我喜欢看明史，起初是因为明朝是中国历史上唯一的夹在两个少数民族政权之间的朝代，明朝开国是推翻了蒙古族的元朝，最后又把江山送给了满族的清朝。当时觉得这里面有太多的经验教训值得看，可是这几年我看明史，是越看越自豪，越看越解气。"

姚工有些不解，迟疑了一下才说："解气？我可没体会，我倒是觉得憋气，整个明史就是一本窝囊史、太监史。王振、汪直、刘瑾、魏忠贤，全是太监乱政，就那段郑和七下西洋还算扬眉吐气，结果郑和也是个太监。"

洪钧笑了，一边看着服务员往桌上轮番上着热菜，一边说："姚工，我给您讲个故事啊，是个真事。前几年我有个客户是一家日本的电气公司，有一次和他们社长的翻译一起喝酒。日本人有个特点，喜欢喝酒，而且一喝就醉，这翻译也是，喝了没多少就有点儿不行了。他告诉我，在日本研究元朝历史的人非常多，比中国、蒙古研究元史的都多。为什么呢？因为日本是蒙古人唯一一个想打而没打下来的国家，成吉思汗和忽必烈不是号称世界征服者吗，日本人特别自豪，因为只有日本没被他们征服。”

说到这儿，洪钧停下来喝了口茶，他忽然意识到包间里鸦雀无声，刚才忙着夹菜的那几个人也都停了下来，姚工一直侧着脸目不转睛地看着自己。洪钧便接着说：“听他这么讲，我就告诉他，我不研究元朝，我研究明朝，因为明朝推翻了元朝，日本只不过是因为一场台风才侥幸躲了过去，而明朝是真正击垮了元朝。最后我又加上一句，我喜欢研究明史还有一个原因，中国历史上唯一一个没有自欺欺人地宣扬中日友好，而是坚决打击日本，并且取得全面胜利的朝代就是明朝！”

姚工旁边的副主任忙问：“那个翻译听了以后怎么说？”

洪钧笑了：“他后来已经醉得不行，第二天什么也想不起来了。”

副主任一脸惋惜：“哎呀，可惜了，让他记住该多好。”

姚工若有所思，又从烟盒里拿出一支烟，过了一会儿才说：“这倒真是，不管是海战、陆战，还是在浙江、福建、朝鲜，最后都打赢了。嘉靖和万历那两个皇帝虽然昏庸，抗倭倒是都挺坚决。”

这时候，洪钧对面、坐在菲比旁边的一个人说了句：“来，洪总，您尝尝这个，菜胆炒扇贝，挺不错的。”说着，就已经转起了桌上的托盘。

洪钧看一眼托盘，菜胆炒扇贝刚才正好放在那个人的面前，而洪钧面前的是这桌菜里最贵的焗龙虾，那人把菜胆炒扇贝转过来送到洪钧这里时，就正好把焗龙虾转到了他自己那里。洪钧暗笑，那个家伙显然是自己急着要吃龙虾，便假借让洪钧吃扇贝的名义，把龙虾“让”到了自己鼻子底下。果然，托盘刚转过去定住，那个家伙就已经迫不及待地把筷子插到龙虾上去了。

洪钧瞄一眼姚工，发现他正瞪着那个下属，目光中简直充满了厌恶和憎恨。洪钧明白姚工也一眼看穿了那人的小把戏，看来姚工很“直”但不“迂”，挺聪明的，而且姚工一定也生气那家伙打断他和洪钧的切磋。

菜已经上齐了，洪钧和姚工都只喝茶，姚工的副手和三个下属喝啤酒，菲比也要了啤酒，喝了大约两杯就不肯再喝。那三个下属起初还想劝菲比接着喝，被姚工训了一句就老实了，三个人互相敬着酒，倒也自得其乐。洪钧感到姚工已经把他和菲比当成了自己人，哪怕是在细节上都关照着他们。

接下来，姚工一直在津津乐道地述说明宫三大案，洪钧认真地听，不时加一些自己的评点，插话不多，更没有刚才的那种长篇大论，但都很到位。姚工聊得很开心，基本上没怎么动筷子，烟倒是抽了不少，他好像是寻觅了好久才碰上洪钧这么个知音。

点心和果盘也都上过了，姚工和洪钧还在聊着，那三个人一边用牙签剔着牙一边搭讪着。菲比出去结账回来，看见她旁边的副主任一个人干坐着，便看了看洪钧。洪钧注意到了，就找了个机会对姚工说："怎么样？您几位都吃好了吗？要不咱们今天先到这儿，明天都还得上班。"

姚工说："好啊，不错不错，今天吃得挺开心，你们几个人也吃好了吧？那咱们散了吧。"

大家站起来走出包间，来到餐厅外面的台阶前，洪钧没开口，他在等着姚工说话。果然，姚工说："我看这样，你们先走吧，我今天难得和洪总聊得投缘，我要和他找个地方再聊聊，你们别管我。"

洪钧猜到了，他就知道姚工意犹未尽，而且如此不避嫌疑地让所有人都知道他要和洪钧单独留下，也是典型的姚工作风，他不怕别人说三道四，别人也就没什么可说三道四的。

洪钧和姚工站在台阶上，看着菲比在路边叫了出租车，先把副主任和三个下属送走，菲比自己在临离开时冲洪钧挤了下眼睛，洪钧对她笑了一下，再看一眼旁边的姚工，姚工根本没注意，他已经发现不远处挂着个圆盘形状的霓虹灯，上面是个绿色的"茶"字，便拉起洪钧的胳膊向那家茶馆走去。

直到进了茶馆，直到被服务员领着找了张桌子坐下，姚工拉着洪钧胳膊的手才放开。服务员递过来一个做得像战国竹简一样的茶单，姚工连看也不看，直接挥下手说："就来壶菊花。"然后对着洪钧笑道："话说太多了，口干舌燥的，他们几个知道，我从来没说过这么多话的。”

洪钧笑着，他知道姚工想拉着自己继续好好聊那些明朝的事，可是洪钧心里惦记的却是当前普发项目的事，他必须把姚工拉回到现今的世界里来。洪钧先叮嘱服务员替姚工拿一包香烟，等服务员转身走了就说：“姚工，刚才您提到郑和下西洋，您说那是明朝里面唯一扬眉吐气的事，可我不这么看。”

姚工一脸兴奋，急不可待地等着开启这一轮新话题，嘴上催促着：“嗯，你说你说。”

洪钧便开始侃侃而谈：“您刚才说，明朝是中国两千多年的大历史中从强盛到衰落的转折点，正是从明朝开始比欧洲落后了，我很赞同。咱们再细看，郑和下西洋正是明朝两百多年的小历史中从强盛到衰落的转折点。从永乐年间开始，到后来的洪熙，再到后来的宣德年间结束，郑和七下西洋。您肯定知道，明朝的前四帝，不算那个下落不明的建文帝，从朱元璋的洪武到永乐、洪熙、宣德，这祖孙四代是明朝的强盛期。后面急转直下明英宗就发生了土木堡之变，连皇帝都被蒙古人俘虏了，后来就再也没有大的转机，连一次像样的中兴都没有。”

正好服务员端着茶上来，洪钧便就势打住，姚工皱着眉头，说：“宣德以前的确是强盛，那时候都是在海上就把倭寇给干掉了，倭寇根本上不了岸。可我觉得英宗以后的混乱是由太监专权造成的，如果不是那个王振哄骗英宗亲征，英宗也不会被俘，后面也不会那么乱。”

洪钧先给姚工倒上茶，再给自己倒上，也不让茶就先喝了一口，说：“太监专权是朝政混乱的根本原因，但朝廷里的政治斗争还不至于马上影响到整个国家的国力。而郑和下西洋前后下了七次，把国库都弄空了，倾尽了国家的人力物力，而国家却没有得到任何实质性的好处。明成祖为什么下西洋？主要目的是为了宣扬明朝的天威，出去四处宣扬老子多强盛、老子多威风，图的是虚荣心的极大满足，造成的是极端的狂妄自大。他孙子宣德皇帝等郑和最后一次下西洋回来，一算总账就傻眼了，他没想到下一次西洋花这么多钱，更没想到自己已经快成穷光蛋了。”

姚工插一句：“下西洋也做了很多贸易嘛，不能说经济上什么收获也没有。”

洪钧笑道：“郑和船队干的那些事不能算是做贸易，他给别人东西叫赏赐，他收别人东西叫贡奉。跟在郑和屁股后面的一些民间船队倒是做了些贸易，但明朝根本不重视，连像样的海关制度都没建立起来，结果是虽然的确有些人发了财，但国家却是只出不进。这就难怪宣德皇帝后来一怒之下决定再也不下西洋，而且更走极端，最后把郑和的船也烧了，连航海图都给烧了。我猜要不是郑和死在印度，宣德皇帝没准会对郑和掘墓鞭尸的。”

姚工没说话，一边喝茶一边琢磨，洪钧估摸火候已到，话题一转：“姚工，我现在有个感觉，不知道该讲还是不该讲。”

姚工没抬头，脑子里还在回味洪钧刚才的一番话，嘴上说：“你讲你讲。”

洪钧沉吟一下才说：“姚工啊，我感觉普发现在搞这个软件项目的阵势，怎么有些像郑和下西洋啊……”

姚工一下子抬起头，放下茶碗，直直地盯着洪钧看了好久，忽然，他的眸子放光，笑道：“哎呀洪钧……哦对了，以后我就叫你洪钧吧，别老‘总’啊‘总’的，你也别老‘您’啊‘您’的了，生分。从开始要搞这个项目，我就总觉得有什么地方不对，可又说不太清楚，刚才你冷不丁这么一点，我一下子就全明白啦。”

洪钧笑了，他绕了这么大一个圈子，终于可以直截了当地谈正题了，他立刻接道：“姚工，那我先说说我的看法，你看和你的感觉一样不一样。普发这次要买企业管理软件，也是只算政治账，没算经济账。普发做到现在已经是行业里的老大，不花几千万人民币上个软件项目，不买最贵的软件，好像就感觉说不过去似的。实际上，软件是普发买来给自己用的，而不是买来给别人看的。我和普发的一些人聊，发现他们最关心的是同行里都有谁也买软件了，别人都花了多少钱，别人都打算什么时候上软件项目。可是好像都没有仔细想过，普发自己是不是真应该上软件项目了？买软件究竟为了什么？普发用什么样的软件最合适？”

说到这儿洪钧停下来，看着姚工。姚工举起右手，用手指点一下洪钧，放下了，欲言又止，再举起来点一下洪钧，又放下了，才说：“你呀，说得太对了，太对了。说，你接着说。”

洪钧趁热打铁：“普发的软件项目，是外面看轰轰烈烈，里面看冷冷清清。软件公司、咨询公司、硬件公司像走马灯一样来登普发的门，全世界恨不能都知道普发要上大项目了，普发也没少出去听讲座、参观考察，热闹得很。可是普发到现在也没有充分论证过为什么要上这个项目，为什么要现在马上买软件，也没有明确用上软件以后要达到哪些目标，获得哪些效益。好像到现在普发还没确定谁是这个项目的负责人吧？也没有一个专职的项目组吧？孙主任只是负责具体协调，不能算是负责人。没有总负责人，大家都是只参与、不负责，这项目肯定搞不好。说句老实话，普发还远远没有做好买软件、上软件的准备，仓促买软件就像郑和下西洋一样，是好大喜功，得不到任何实际收益，买来的软件硬件最后都会变成一堆垃圾。姚工，你愿意普发的项目最终落得这样的结果吗？”

姚工神色凝重，胸脯剧烈地起伏着，他在尽量让自己平静下来，过了一会儿才说：“洪钧，我见了这么多做生意的，直到现在，你是我见过的唯一一个站在我们的立场、替我们考虑的。你说的这些，我们普发很多人根本没考虑。有些可能考虑了，比如我吧，但也觉得和自己没什么关系，反正也不是花自己的钱，就不愿提出来，惭愧呀。洪钧，你今天和我说这些，说白了，是你看得起我，咱们今天聊的，我都要讲出去，逢人便说。我说话虽然不管用，但我还是要说，不要急着买软件，自己的事情都还没搞清楚呢。”

洪钧忙接上话头：“就是嘛，现在离选定买哪家的软件还早呢，还有很多很重要的工作没做。依我看，应该搞一次正规的招标。首先要确定标书的内容，这样就可以把为什么买软件，对软件有什么要求，软件要产生什么效益都明确了。其次，招标就要有领导小组，从写标书到评标，这样就延续到以后的项目组，要想保证项目成功，有一个强有力的专门的项目组很重要。”

姚工右手的食指和中指夹着烟卷比画着，洪钧这才注意到姚工从进了茶馆直到现在，夹在手上的烟都没顾得上点着过。姚工的嗓子有些沙哑，但很坚决地说：“有道理，就这么做，明天我就找我们的总工谈一下。下个礼拜一又是中层以上干部的例会，我还要开它一炮。”

洪钧笑了，忽然他开始觉得有些饿，因为刚才的那顿潮州菜他几乎没怎么动过筷子。

第二天，洪钧把自己关在小办公室里，他必须按杰森的要求做出一份报告。

洪钧心里很不情愿，杰森如果真想了解这些项目情况应该打电话过来和洪钧直接谈，而且最好是让洪钧安排他一起去拜访客户。但是洪钧已经发现，杰森如同不愿意去见亚太区的科克一样的不愿意去见客户。杰森最愿意见的是记者，只要是各种媒体的编辑、记者要采访他，杰森立刻就会欣然应允，而且他还经常主动出击，直接联系记者请人家来采访他。

过去这段时间里杰森只来过一次北京，而且根本没到维西尔的北京办公室，只是在他住的酒店里和一家报社的记者聊了一个上午。后来洪钧还真看到了那个记者发的采访报道，让洪钧觉得又好气又好笑，报道通篇都是在吹林杰森自己如何如何，只是在提到他的头衔时捎带了一句维西尔公司。洪钧心想这种宣传无非是杰森在为他的下一次跳槽做准备，对维西尔公司的业务毫无帮助。更令洪钧郁闷的是，既然杰森最在意的是自己的“上镜率”，对维西尔的市场和项目上的赢率并不真正关心，却装腔作势地定期要看书面的汇报。

洪钧正应付着那份报告，有人敲门，洪钧只说了声“请进”，头也没抬，门被推开了，是菲比。洪钧抬起头看着菲比，却见菲比故作神秘地轻轻把门关严，又咬着嘴唇憋着笑，蹑手蹑脚地走到洪钧的椅子旁边。洪钧正诧异着不明所以，菲比竟伸手探向洪钧的后领，笑着说：“老洪，你把头低下去。”

洪钧才不会任由菲比摆布，而是摆着手，又指向桌子对面的椅子，示意菲比走回到她原本该待的地方坐下，嘴上说：“你犯什么毛病了？有事说事。”

菲比讨了个没趣，却也并不在意，嘟囔着：“没劲。我就是想看看你的脖子后面是不是真长了个疖子。”

洪钧笑了，这才弄明白菲比想搞什么花样，他整理着脖子上的领带说：“这个嘛，无可奉告。”

菲比一撇嘴：“爱说不说，我猜你就会这样卖关子。对了，你是以前就知道那么多明朝的事呢，还是这几天拼命恶补的？”

洪钧仍然笑着，还是那句话：“无可奉告。”

菲比一翻白眼：“切，爱说不说。”

她马上又坚持道：“不行，你必须告诉我，要不然我以后遇到这种情况该怎么办呀？”

洪钧只好轻描淡写地说："其实也没什么，我不是说了嘛，我是个杂家。当个杂家对做销售有好处，对什么事都有点兴趣，对什么事都有些自己的看法，总能说上一二，也就行了。"

洪钧说完就看着菲比，心想她怎么还不出去。菲比忽然想起什么，说："嗨，差点儿忘了我是来干吗的了。"说完，把手里一直捏着的一张单子摊在洪钧的桌上。

洪钧拿起单子看着，菲比在对面解释说："我晚上想请普发的周副总他们那些做销售和市场的唱卡拉OK，这是费用申请，你批了我好找Helen预支现金。"

洪钧笑道："哟，又要去腐败啦？"又问，"他们几个人啊？"

菲比掰着手指："周副总，还有下面三个部门的头儿，一共四个人。"

洪钧点着申请单上面的金额说："嗯，五六个人，只打算花三千块钱，那就去不了什么太高档的地方了。"

菲比一脸无奈："是啊，可是Helen和她老板Laura都说杰森对费用控制得挺严的，我也就不敢申请太多。"

洪钧说："哦，周副总他们自己就是做营销的，见的世面太多了，你弄得缩手缩脚，太寒酸了，还不如不请人家。"他想了想，"这样吧，你把申请的钱数改成六千，我给你批。这样的话，六个人，平均每个人一千块钱，还凑合吧。"

菲比愣了一下，歪着脑袋说："你是脑子里长了疖子吧？他们四个加我是五个人，六千块钱，每个人一千？你怎么算的呀？"

洪钧佯作嗔怒："看你这张嘴，没大没小的。"又补一句，"是六个人，我也去。"

菲比一听，张着嘴，先是惊讶，立刻就兴奋地跳起来。

东三环北段那个饭店扎堆的地方，有家五星级酒店的地下一层，是个很热闹的夜总会，进门右手的迪斯科舞厅震耳欲聋，左手的走廊拐进去就是一间间的卡拉OK包房。这家夜总会和这家酒店一样都曾名震京华，如今已经略显陈旧和过时了，只是以往的名头和影响尚存。是洪钧提议的这个地方，菲比在电话里告诉周副总的时候，周副总立刻连声说："好啊好啊，那地方好。"菲比把周副总的反应讲给洪钧听，洪钧心里暗笑，看来周副总也一定在很久以前就曾光顾过，而且美好的回忆至今念念不忘啊。

菲比去接周副总一行，洪钧一个人先到了，他让服务生安排一间能坐十个人的包房。很快，包房的门被推开，周副总率先迈了进来，他身材很魁梧，应该只比洪钧稍长几岁，四十出头的样子。洪钧和周副总之前已经见过，现在又不是什么正式场合，便笑着很随意地握了手打过招呼，后面跟着菲比进来了另外三个男人，都是周副总的下属。

洪钧请周副总先坐了，菲比很自然地紧挨着周副总坐下，另外三个人都上来和洪钧握手，然后各自找地方安顿下来。洪钧仍然站着，吩咐服务生上果盘和各种小吃，刚问服务生这里对开洋酒有什么规矩，正和菲比闲聊的周副总立刻说："老洪，别开酒啊，没必要花那钱。"

洪钧摇头："那怎么行？其实他们这儿还不算太黑，你可别替我省钱啊。"

周副总很坚持："老洪，我不是和你客气，咱们都干这行的，这些都见得多了，谁也不差这口酒。今天咱们就是关上门自己开心，你听我的。"

洪钧也就只好作罢，征求他们几个的意见点了些啤酒和果汁，然后对服务员说："差不多先这样吧。对了，你去把'妈咪'叫过来，我们这儿要四个陪唱的。"

正在说着话的周副总和菲比都抬起头，周副总说："老洪，不用了吧，咱们自己热闹热闹就行了。"

洪钧笑了，冲周副总说："周总，你自己有我们刘小姐陪着，你就不考虑我们这些人的需要了啊。"

周副总和他的三个下属都大声笑起来，只有菲比红着脸，冲洪钧撇了一下嘴，瞪了他一眼。

这时一个年纪不大的"妈咪"推门进来，一边满脸堆笑殷勤地打着招呼，一边暗地扫视这几个人，极老到地推断着这些人的来路和喜好。洪钧对她说："你呀，给我们找四位就行。这里的水准我也大致了解，就不啰嗦了。我就提一条，不要穿裤子的，只要穿裙子的。"

妈咪笑着连声答应，退了出去。洪钧刚转过身，就为方才最后那句玩笑话后悔了，因为他这才注意到菲比又是像平时一样穿着条西式长裤。洪钧愣在那儿，也不知道该不该解释，更想不出该如何解释。这时菲比站起来，脸比刚才更红了，她走到洪钧面前凑近他的耳朵，咬牙切齿地说了四个字："我鄙视你。"声音不大，可周副总几个人全听得清清楚楚，大家都笑起来。

洪钧也笑了，因为他从菲比的眼神里看出她并没真生气，便把菲比又让回到周副总旁边，自己也终于坐了下来。

门再次被推开，妈咪领着四个女孩儿走进来，四个女孩儿在门口稍停片刻，见里面的男人没有挑选也没有拒绝的意思，就径自分别走到四个男人身旁坐下。洪钧知道那三个部下当着周副总的面是不敢挑挑拣拣的，但仍然冲他们客气地问了一句："怎么样？都还行吧？"

三个人立刻回答说，"行啊""不错""可以可以"。洪钧便冲一直站在门口的妈咪挥下手，示意她出去了。

洪钧安顿好一切，刚静下心来想端详一下坐在自己身边的小姐，却不防人家已经抢先说话了："先生，怎么称呼你呀？"

洪钧连想都没想就脱口而出："洪钧。"

包房里顿时一片沉寂，周副总几个人都愣住了，坐在一旁的菲比更是惊讶地转过脸看着洪钧，她没想到洪钧居然敢在这种场所、对这种人如实地自报家门。

这时倒是那个小姐先笑起来，然后说："拉倒吧，你唬谁呢？来这儿的人哪有报真名的……"

话一出口又是短暂的沉寂，随即所有人都大声笑起来，周副总笑的声音最大，简直像正对着话筒似的。菲比也笑了，现在她明白为什么洪钧敢告诉陪唱小姐他的真名了，因为反正陪唱小姐也不会相信。菲比想，看来洪钧肯定早就很多次经历过这种对话了，所以才这么应对自如。

一直热闹到十二点多，周副总等几个人都还情绪高涨，菲比唱歌唱得很好，尤其是学唱的粤语歌很有味道，中间还陪周副总跳了好几支曲子。洪钧倒是有些累了，可又不好由他来提议结束，就只好勉力坚持着。这时忽然响起一阵手机铃声，正和周副总表演情歌对唱的菲比立刻反应过来，叫一声："是我的。"就放下话筒，从手包里把手机翻出来，走到门口却并不拉开门出去，而是就拉着门把手接通了电话。

菲比对着手机说："喂，啊，没事，我正和客户玩呢……没事，您不用管，玩好了我就回去……哎呀，不用担心的，我打车回去好了。行了啊，你们睡吧，我挂了。"

挂上电话菲比就转回身，又有说有笑地回到沙发上坐下。周副总马上对洪钧说："老洪，都过十二点了，我看要不就到这儿吧。"

洪钧乐得到此为止，也想早点儿回去，就看了菲比一眼，菲比便拿起手包出去结账。洪钧对周副总说："哎呀，都没注意，时间过得还真快。怎么样，周总？有机会放松放松还是有好处。"

周副总笑着说："别人要约我出来，我还真不一定来，刘小姐说你晚上也在，我就说我一定来。咱们是同行，我从一开始就觉得你这人不错，爽快，不婆婆妈妈。来的路上我对他们说，晚上人家洪总一定不会扯一句软件项目的事。怎么样？我没说错吧？"说完，就转过去看着那三个人，他们都连忙笑着点头。

菲比推开门进来，把手包放回沙发上，但没坐下，而是手里拿着钱包，挨个儿走到每位陪唱小姐面前，轮流给她们发小费。洪钧旁边的那个陪唱小姐从菲比手里接过钱，都不用点数就准确地感觉出究竟是几张百元钞票，她把钞票攥成卷握在手心里，笑着说："今天真逗，还从来没遇到过小姐给小姐发小费的呢。"

刚转身走向另一个小姐的菲比一听，立刻停住脚，转过脸没好气地说："别瞎说啊！谁是小姐？！"

洪钧在旁边接上一句："就是，她要是小姐，你们这几个就全没饭碗了。"

菲比想都没想就点头说："就是。"可是刚转身走出一步就定住，她反应过来了，这时周副总等几个人都已经笑出声来。菲比又慢慢地转回身，两只眼睛死死地盯住洪钧，大声说："我加倍鄙视你。"说完自己也憋不住扑哧一声笑了出来。

众人离开夜总会，上到酒店大堂，等在那里的周副总的司机见状就马上跑出去把一辆小面包开了过来。洪钧刚说让菲比送周副总回去，周副总笑着说："不用不用，我都安排好了。今天晚上要喝酒，所以我们都没开车，司机把我们挨个儿送到家，你们不用管。"上车之前又对洪钧叮嘱一句，"对了，刚才人家刘小姐的家人已经来电话了，这么晚了家里一定担心，你还是别管我们，送刘小姐回家吧。”

等周副总他们坐的小面包开走了，洪钧对菲比说：“好啦，咱们也该撤了，打个车吧，我送你回去。”

菲比却说：“老洪，我刚才喝了点啤酒，他们又不停地抽烟，连那几个小姐都抽，呛得我要死，我好像有些头晕，弄不好会吐在车上。要不……咱们往前走走，等我舒服一些再打车吧。”

洪钧愣了一下，只好说：“嗯，好吧。”便拔脚向酒店外面的三环路走，菲比忙快步跟了上去。

败将与新盟

十一月初应该已算入冬，可是这几天北京挺暖和。洪钧和菲比沿着三环路旁的人行道往前溜达，两人手里各自拿着件风衣，谁都不觉得有必要穿上。洪钧脑子里很乱，还在想普发项目的事。这些天应该说忙得初见成效，看来普发不会很快做决定，“拖”的战略是正确的。但是如果普发真按洪钧期望的那样进行正式招标，洪钧现在仍然毫无获胜的把握。把普发引向招标，虽然使竞争对手尤其是俞威刚去的ICE“速胜”的企图落空了，但洪钧也清楚自己手里的这支队伍还没有赢得这种大型招标项目的实力。

洪钧一句话不说只顾自己走，他的确觉得有些累了，便转头张望后面有没有空驶的出租车开过来，却听见旁边跟着的菲比说：“怎么了？才走这么两步就累啦？”

洪钧便站住说：“不是。”然后很夸张地抬起手腕看了下手表。

菲比一撇嘴：“你不用故意做给我看，你觉得太晚了是不是？”

洪钧笑道：“我无所谓，可是刚才你家里不是已经来电话催了吗？早点儿回去吧，别让家里担心。”

菲比忽然笑出了声，用手指着洪钧说：“你说你无所谓了啊，那好，我想几点回去你才能几点回去。嘿嘿，实话告诉你吧，刚才我接的那个电话是假的。”

洪钧一愣，随即隐约猜出了几分，但他这时的脑子好像有些木了，也懒得再想，便问：“什么假的？”

菲比得意得脸都红了，在路灯下都能看得出来，她笑着把手机掏出来，在洪钧眼前晃着说："哈哈，那是我自己事先设好的闹钟。手机到了十二点一刻就会响，我把闹钟摁停，就像我摁了通话键一样，然后对着手机一通胡说八道，最后再假装摁断。怎么样？像真的一样吧？把你们一大帮人全蒙了吧？"

洪钧刚听她说出头一句就已经全明白了，然后静待她眉飞色舞地说完才笑道："就你这些小儿科的小把戏，还值得这么得意？"

菲比歪了下脖子，又一撇嘴："切，怎么啦？你还得谢谢我呢，要不然你不知得熬到什么时候，现在还完不了呢。"

洪钧索性逗她："我也实话告诉你吧，周副总可能也把手机上了闹钟，人家上的是十二点半，因为你的先闹了人家就用不着了。我还告诉你，我也上了闹钟，上的是十二点三刻。"

菲比毫不掩饰满脸的鄙夷："切，才没有呢，而且就算你上了闹钟，你家里有人吗？有谁会催你回家呀？"

话一出口菲比就发觉说走了嘴，吐一下舌头，不敢再吱声。洪钧一脸尴尬，只好四下看了看，讪讪地说："那再往前走走吧。"

菲比便跟着洪钧，却不想洪钧根本就不是在散步，步子又大又急，菲比只好快步撵着，马上就觉得不行了，先喊一句："喂，你不能走慢点吗？"她见洪钧立刻把步子放慢了，忙追上问，"哎，我发现那几个陪唱小姐怎么都那么喜欢你呀？"

洪钧头也不回就说："她们以为最后会是我给她们发小费呢。"他忽然收住脚，像是想起了什么，看着菲比一本正经地说，"其实啊，她们这些'职业妇女'喜欢我，是因为觉得我和她们一样，都是卖东西的。"说完又拔腿向前走。

走出几步洪钧就察觉有什么不对，便站下回过头，才发现菲比还定在刚才的地方，一动没动。洪钧等了一下，见菲比还没有往前挪动的意思，便只好走回来。等到近前洪钧一下子愣住，菲比脸色铁青，胸脯一起一伏，紧咬嘴唇瞪着洪钧。洪钧莫名其妙，心里没底，只好说了句："又怎么了？"

菲比气呼呼地质问："你干吗拿你和她们比？我和你一样也是做销售的，你是不是也要拿我来和她们比？"

洪钧哭笑不得，忙不迭地解释："哎呀，我是随口胡说的。而且我也只是拿我自己开句玩笑，你干吗往你身上揽啊？”

菲比大声说：“那样说你自己也不行！”

洪钧只好赔笑：“好好，那我谁也不说了，是我说错话了。走吧？”

菲比这才慢慢向前走，洪钧这时不敢再大步甩下菲比，而是耐着性子和菲比保持着并排。走着走着菲比终于又说话了：“我真搞不懂，究竟什么时候的你才是真实的你呢？你好像有好多面，可究竟哪一面真是你呢？”

洪钧笑着说：“你看到的都是真实的我呀。人本来就是多面性的，没有那么简单的真与假、好与坏。你呀，还是太单纯，做销售和做人都不能太单纯。但是不单纯并不意味着虚假，照样可以活得很真实，就像我一样。”

菲比轻轻叹口气，神情变得忧郁起来，说：“咳，我就知道，你肯定觉得我幼稚……哎，你听说过这句话吗？天底下有三种人，男人、女人，还有女销售。”

洪钧不以为然：“这种话听得太多了，凡是想拿自己说事儿的，就把自己说成是第三种人，像什么男人、女人还有女博士，男人、女人还有男护士之类的。你这儿又冒出个女销售，这我倒是头一回听说。”

菲比被洪钧这番话又弄得红了脸，她停了一会儿没出声，最后才鼓足勇气似的说：“那……能不能这样，以后在上班的时候你把我当销售，在下班的时候你把我当女人？”

洪钧一下子站住了，他呆呆地看着菲比，仿佛面前的菲比是个陌生人。菲比最后这句话实在太出乎洪钧的意料，从他见到这名下属至今，两人就一直像是在战壕里并肩战斗，洪钧真是只把菲比当作一名战士，她刚才的话才头一次点醒了洪钧，菲比是个女孩儿。更让洪钧警醒的是，他刚刚还在谆谆教导菲比“人都是多面性的”，转眼就发现原来他也犯了同样的错误，他直到刚才都是仅看到了菲比的一面，而菲比最后这句话让洪钧看到了她完全不同的另一面。

洪钧明白了，菲比并不单纯，更不幼稚，恰恰是洪钧自己在与菲比的接触中太单纯、太幼稚了，他根本没去想过菲比对他有没有什么特别的意思。洪钧的脑子里更乱了，这种措手不及是他最不喜欢的。他暗暗告诫自己，今后对菲比的一举一动都要多想一层含意了。

洪钧忽然觉得有些懊恼，他怀疑菲比是有意在他筋疲力尽、状态最不好的时候对他突然袭击。这么一想，洪钧就板起脸，硬硬地对菲比说了一句：“你别忘了，咱们做销售的，从来没有下班的时候。”

菲比没想到洪钧思虑半天竟甩出这么句话，本来一直红着的脸一下子由红变青，又由青变白，比上次被姚工当众抢白时的脸色还要难看几分。沉默了一会儿，她突然冲着洪钧身后的方向猛挥一下手，洪钧立刻听到一声尖厉的刹车声，他下意识地一回头，看见一辆亮着顶灯的出租车已经停在了路边。

菲比走过去拉开出租车的后车门，洪钧跟了过去。菲比坐进后座便要关门，洪钧一把拉住车门把手，说：“哎，我得送你呀。”

菲比一边继续使劲拉车门意图把门关上，一边冲洪钧大声说：“不用，我这么大人了，能自己回家。”洪钧稍一迟疑，手上的力量就弱了一些，菲比趁势猛地把车门关上了。

洪钧愣愣地看着车开远了，半天没回过神来，最后才摇了摇头，把手里的风衣往肩上一搭，独自沿着路边向前走去。

接下来的几天洪钧心里一直觉得别扭，他暗暗地埋怨菲比。那天夜里冷不丁地冒出来的一句话，把洪钧对菲比已有的感觉和定位全盘打乱，可又没产生新的感觉更没确立新的定位。菲比就这样整天在他眼前晃着，在他心里漂着，却始终安顿不下来。洪钧做销售做久了，凡事都讲究个目标和策略。现在他却想不出对菲比应该定个什么目标、用个什么策略，这让他心烦意乱。

好在这几天洪钧也该多花些时间在郝毅和杨文光的几个项目上，所以洪钧一直有意无意地避免和菲比独处。洪钧不时悄悄地观察，发现菲比没有任何变化，好像一切都没发生，仍然像风一样飘来飘去，走到哪儿都是笑声阵阵。菲比见到洪钧的时候，她的表情和眼神一如既往，和洪钧说话的时候，仍然落落大方，没有一丝的不自然。洪钧不免有些诧异，他愈发觉得菲比不可小觑，这丫头居然比他还沉得住气。

过了一个星期，又快到周末了，洪钧正站在郝毅的座位旁边，审看郝毅准备发给客户的一份电子邮件的内容。菲比手里拿着一张纸，笑盈盈地走过来。菲比冲洪钧一扬手里的纸，问道：“这会儿有时间吗？普发有新情况了。”

在洪钧心里普发自然是所有项目中优先级最高的，但他仍然还是踌躇了一下，淡淡地对菲比说："嗯，那你去我办公室等一下。"随后让郝毅把座位让开，自己坐下来敲击键盘把郝毅起草的电子邮件做了些修改，站起来对郝毅说："这样就行了，发吧。"然后才走回自己的那间小办公室。

菲比坐在椅子上等着，洪钧走到自己的桌子后面坐下，菲比立刻在椅子上转回身，伸出手把门关上了。洪钧刚想制止却又作罢，因为讨论敏感项目时把门关上是很自然的事，洪钧不想让菲比讥笑他想多了。

刚才在菲比手里的那张纸已经被摊在了洪钧桌上，他拿起来见是普发集团发过来的一份传真，标题是"招标通知书"。洪钧笑了，仔细地逐段、逐句、逐字看完之后，把传真递回给菲比，说："这不挺好嘛，姚工说到做到，咱们第一步已经如愿以偿了。"

菲比说："好是好，可我没做过这么大的投标项目，下面该怎么办呀？"

洪钧站起身，对仰头看着自己的菲比说："下面你该去把传真复印三份，然后叫上李龙伟和肖彬，咱们该讨论对策了。"菲比也站起来，刚要拉开门出去，洪钧又吩咐一句，"叫他们别拿椅子进来，我这房间装不下，就站着说吧。"菲比笑了。

洪钧在办公室里踱着步子，向各个方向走不出三步就要么撞到墙要么出了门，但洪钧毫不在意，他好像身处一片广阔的战场，一场恢宏的战役即将展开。菲比很快和李龙伟、肖彬走进来，她给每个人都递上一份那张传真。洪钧笑着对李龙伟和肖彬说："咱们都站着吧，以后熬夜写标书，有你们坐着的时候。你俩先把这份传真看看，然后我说说下一步的计划。"

肖彬很快把传真扫了一遍，李龙伟看得很慢，等李龙伟也看完抬起头，洪钧就说："说是招标通知书，其实只是知会咱们他们准备招标，而不是已经正式开始招标，所以虽然时间很紧，但是咱们仍然有些时间。菲比，你说说他们的时间安排是什么。"

洪钧记得传真上的每项要点，他只是想考考菲比，也调动一下他们几个的活力。菲比立刻回答："十二月一号他们发出标书，十五号截止投标并公开唱标。"

洪钧又问："那咱们还有多少时间？"

菲比接着回答："还剩不到两个星期发标，拿到标书有两个星期的时间答标。"

洪钧立刻纠正："菲比，从现在开始，咱们不能再用星期做单位了，改用天做单位。从现在到发标，还剩十一天，拿到标书有十四天的时间完成标书，投标截止前的最后三天，要按小时来倒计时。龙伟，你说是不是应该这样？"

李龙伟没防备洪钧会突然叫到自己，有些慌乱，急忙点头："是啊，要不时间一下子就过去了。"

洪钧笑着继续说："咱们的工作要分成两条线。第一条是做人的工作，继续利用正式和私下的场合做客户工作；还要敲定一些商务上的合作伙伴，因为普发要买的远不止软件，而且咱们作为软件公司不能充当总承包商来直接投标，咱们只能是分包商，所以必须争取让更多投标商来投咱们的软件。第二条，就是做标书，标书必须按时按质完成，绝不能有硬伤。第一条线，我来负责，菲比配合我；第二条线，我们需要找一位合适的人来做投标经理，他要对标书的工作负全责。"

洪钧说到这儿看了看三个人的反应，目光在李龙伟的脸上多停留了一瞬，然后交代："菲比，你马上要做的是跟普发的姚工和孙主任他们沟通，提议由咱们来帮他们起草招标书，要是能由咱们替他们写就最好了。总之，在这十一天里必须争取最大限度地影响他们，让他们按咱们希望的那样来制定标书要求、确定评标规则和形成评标小组。我会和你一起定一个详细的工作计划。还有肖彬，你马上和菲比一起，把从最开始跟普发接触直到现在，你们给他们做的方案，还有搜集到的他们的业务需求，整理在一起，在写标书的时候，既要完全严格按照标书要求来答，又不能与以往给普发的方案有太大的出入。"

说完他对菲比和肖彬一笑，说："好啦，你们俩先去忙吧，我和龙伟说点儿事。"

待两个人出去以后洪钧把门关上，然后拍了下李龙伟的肩膀，说："现在就咱们俩了，椅子够了，坐下说吧。"

都坐下以后，洪钧眯起眼睛看着李龙伟，说："这两年再没做过这种大项目了吧？"

李龙伟有些莫名其妙，"嗯"了一声。

洪钧问："你是维西尔的老人儿了，当初是做销售的吧？"

李龙伟想了一下，然后说：“刚来的时候是做销售，后来转了部门。”

洪钧突然说：“两年多前，那个药厂的项目，当时我在ICE，维西尔负责那个项目的就是你吧？那时候我们都说维西尔的Larry Li很厉害，但不常提你的中文名字。从那个项目以后我就没在其他项目上碰到过你，当时还想可能你出国了，或者跳槽做其他行当去了，没想到你还在维西尔。”

李龙伟的脸红了，过一会儿才说：“那个药厂项目以后，我转去做技术服务了。”

洪钧问：“你做销售是一把好手，怎么转了呢？”

李龙伟又沉默了，最后像是下了决心，很坦然、很流畅地朗声说：“那应该谢谢您啊。我和那家药厂就快签合同了，您杀了进来，使了一些手段，最后是ICE和药厂签了合同。我一直想找您当面请教，您当时用的是什么办法让药厂改了主意？”

这次轮到洪钧的脸微微红了起来，想了想才回答：“嗯，也不是什么光明正大的办法，都两年多以前的事了，算了，不说了吧。”

李龙伟笑了一下：“看来，我当初了解的，再加上我猜的，应该八九不离十。”

洪钧的脸更红了，显得有些尴尬，忙转而问：“那你到底为什么跑去做技术服务，不再做销售了呢？”

李龙伟仍然笑着，他的这种样子洪钧还是头一次看见，他说：“所以我刚才说得谢谢您啊，因为都是拜您所赐。药厂那个项目丢了，煮熟的鸭子居然飞了，杰森气得够呛，二话不说就不让我再做销售了，先是让我去做售后服务，后来又转来做售前支持，帮销售写写方案，有时候也写些宣传文章什么的。”

洪钧又问：“你喜欢现在做的这些事吗？没想过换一家公司，接着做销售？”

李龙伟再也笑不出，眼神变得暗淡下来，说：“没什么喜欢不喜欢的，混呗。也不想再做销售了，我使不出你们那种损招。”

洪钧听到这儿，心里涌起一种凄凉的感觉。他面前的李龙伟和自己一样，都是在成王败寇的商场上只因为一战失利，就被老板打入了深深的低谷。他又隐隐觉得有些愧疚，犹豫一下才说：“在那个项目上，我是用了些损招。我们找到买过维西尔软件的一家河南的药厂，做了总工程师的工作，让这位总工给那家药厂的老总打了电话，劝他们不要也买维西尔的软件，说河南这家药厂发现维西尔的软件不适合药厂用，正要和你们打官司退货呢。那家药厂的老总就犹豫了，他们买软件本来就只是为了应付国家给企业评级，眼看评级的时间快到了，也顾不上再仔细选型，就匆忙和ICE签了。你说你应该‘谢我’，那是气话，是我应该对你说声对不起的。”

李龙伟呆住了，下意识地把弄手里的那张传真，卷成一个筒，放开，再卷。他看着洪钧，洪钧一脸诚恳，好像又有所期待。李龙伟说：“你这么说就言重了，那时候咱们是竞争对手嘛，你死我活，各为其主，没什么对不起的。”

洪钧立刻注意到李龙伟已经把称呼从“您”改成了“你”，这让他心里觉得受用，他刚要插一句，李龙伟已经接着说：“我不做销售了，本来以为咱们就再也不会碰上，没想到你来了维西尔。我一方面不愿意和你打交道，毕竟当初是冤家，心里别扭，可又一直挺注意你的，想看看你究竟是个什么样的人。其实，我发现你做人做事都还挺地道的。”

洪钧庆幸自己刚才没有插嘴，如果一岔开话题，李龙伟就可能再不会说出这些肺腑之言了，而这些话里也含着对洪钧由衷的称赞。

洪钧笑着说：“我很高兴咱俩今天能这样聊，你现在的样子又让我看见了那个优秀的销售——Larry Li。Larry，转回来做销售吧，咱们应该可以合作得不错。做销售的哪有没丢过单子的？不看人的付出和潜力，只要一旦丢单子就立刻一棍子打死，这样当老板也太容易了吧？这不算赏罚分明，简直是自毁长城！”洪钧的情绪一下子激动起来，他想到了皮特对自己不是正如当年杰森对李龙伟一样吗？

李龙伟低声说：“咳，做什么不是做？我现在也没有以前做销售的那股冲劲了，帮销售做做方案也挺好，有时候也能替他们出出主意。”

洪钧露出不以为然的样子，脸色也变得严肃起来，说：“Larry，你是个战士，还是个优秀的神枪手。你现在躲在旁边替别人擦枪、上子弹，然后眼看着别人用你擦好的枪射出你上好的子弹却总是打不中目标，而你自己还不能亲自瞄准射击，你心里不难受？”

李龙伟被噎住了，一句话都说不出来，低着头又开始卷那张传真，许久才问：“那你是什么意思？让我现在就转过来做销售？”

洪钧笑了，诚恳地说：“只要你想，我随时欢迎。不过我建议这样，你先来做普发项目的投标经理。你做过大项目，清楚投标经理对于一次投标有多重要。我希望你把普发当作你自己的项目来做，全身心地投入进去，咱们一定要拿下普发这个单子。然后，我会要求把你调回到销售部门来，把最有潜力、最关键的项目交给你。”

李龙伟显得有些激动，但神色很快黯淡下来，洪钧注意到了，立刻问：“怎么了？有什么问题？”

李龙伟嘟囔着说：“这还得看Lucy，还有杰森同意不同意。”

洪钧便说：“当然，这些是我要做的事情。我先和Lucy谈，让她同意你来做普发项目的投标经理，谁让你是既归我管、又归她管呢？做完普发项目以后，我会再和Lucy还有杰森谈你转回来做销售的事。你放心，我会让他们同意的，只要你自己不改变主意。”

李龙伟看着洪钧，脸又红了，但这次是因为兴奋得红了，他主动伸出手来和洪钧在桌子上方握了下手，说：“我看得出来，你是个干事的人，而且是个能干成事的人，我非常愿意跟着你干。你放心，普发的投标我一定做好，以后咱们还能签更大的项目。”

洪钧和他握着手，心里非常高兴，等手松开了正想也说句什么，李龙伟却要开门出去，洪钧只好叫住他：“等一下，我这就给Lucy打电话，你也一起听一下。”

洪钧按下桌上电话的免提键，拨了上海办公室的电话，让前台转接Lucy。在电话振铃的当口洪钧转念一想还是不要用免提，他觉得没必要让李龙伟听到那边的Lucy是怎么说的，而且Lucy也可能听出来这边不止洪钧一个人，反而不好。所以他一听到Lucy接起电话，就抓起了话筒。

洪钧说：“Lucy，你好啊，我是洪钧，Jim。”

Lucy那边回答：“Jim，你好。怎么？有何贵干？”

洪钧笑着说：“到现在都还没拜见过你，可已经总是请你帮忙，没办法，谁让你是贵人呢，你就得帮我嘛。”说完冲李龙伟挤了下眼睛。

话筒里传出Lucy“咯咯”的笑声，连李龙伟都听见了，他和洪钧不约而同地做了个打冷战的动作。Lucy说：“哎呀，你是大老板嘛，我可以不听别人的，可哪敢不听你的呀。你说吧，又要我如何为你效劳？”

洪钧便说：“我只敢烦请你的举手之劳，那就已经是帮我很大的忙了。还是普发的那个项目，客户决定要招标了，我想请李龙伟来负责整个标书的协调工作，做投标经理，这得先请示你才行啊。”

Lucy还在笑：“你的项目都是大项目，我们当然得重点支持呀。投标经理？这头衔我还是头一次听说，算了，不管它，反正就是要李龙伟写方案书嘛，没问题，你让他做不就行了？”

洪钧忙说：“那怎么行？他是你的人嘛，我怎么敢不先请示你就直接找他，还是你和他打个招呼吧。”

Lucy显然觉得洪钧的这些话很中听，就爽快地说：“好啦好啦，那我和他讲一下，你吩咐的，我马上就去讲好啦。”

洪钧又追了一句：“另外，从现在起大约一个月的时间，他恐怕都得忙这个标，我只好请你好人做到底，就别再给他安排其他的什么工作了，他天天熬夜写标书都不见得写得完呢。”

Lucy拖着长音说：“好啦，我知道啦。拜拜。”

洪钧说了声“拜”也跟着挂了电话，然后对李龙伟说：“那就这样定了，投标的事拜托了。你赶紧回座位，Lucy的电话可能这就到了。哦对了，你要装出我没和你说过普发投标的事啊。”

李龙伟笑了：“你放心，这些我懂。”说完，他就站起身走了出去。

办公室里只剩下洪钧一个人，他终于可以静下心来，好好把思路再整理一下。到现在为止他只是把客户的一些外围工作做好了，普发的大老板金总还没有见到，更谈不上获得他的支持；普发在这个项目上至今还没有明确的负责人，这既是坏事也是好事，洪钧也许有机会“帮助”普发物色一个对他而言理想的人选；竞争对手在做什么？俞威一定也在发展ICE的支持者，他的目标会是谁呢？完成标书的工作量会很大，也很重要，但没有一个项目是单凭一份写得好的标书而赢下来的，标书写得好，只是让竞争对手无法从标书中找出漏洞来发动攻击。还有一点很关键，维西尔现在是独木难支，没有同盟军啊。

洪钧刚想到这儿，桌上的电话响起来，洪钧接起来机械地问候：“喂，你好，我是洪钧。”

电话里首先传入洪钧耳朵的是一串笑声，然后是有些瓮声瓮气的声音：“洪老板，你好啊。久闻大名啊，我是一直盼着有机会能见识一下。哦，对了，忘了自报家门了，我姓范，叫范宇宙。”

星期六上午洪钧独自坐在公司的那间小会客室里，敲着笔记本电脑的键盘，一堆已经积攒了几天的电子邮件需要回复，心里有些烦躁。洪钧换过好几家外企了，他开始越来越憎恶外企的这种电邮文化。大把的人每天花大把的时间沉湎于大把的电子邮件中，写邮件、读邮件、回邮件已经成为工作的主要内容，利用电子邮件“玩儿”政治的水平也成为一个人在公司里能否生存和晋升的重要因素。洪钧玩儿这些是把好手，可是他现在真没心思陪那些人玩。

会客室的门开着，菲比、李龙伟和肖彬在加班，听着他们几个人忙活的声音，洪钧心里又涌起了一股暖意，他觉得这才像是能打仗的队伍。洪钧其实是在等人，他在等范宇宙。洪钧知道范宇宙和他的泛舟公司，也听过不少关于他的故事，但没有见过面。范宇宙在电话里说要聊一下普发集团招标的事情，洪钧当然有兴趣，他现在对任何有可能帮维西尔投标的人都有兴趣。范宇宙说可以一起吃饭，洪钧客气地推辞了。初次见面，又是谈项目上的事，还是来公司谈吧，洪钧这样对范宇宙说。

十点，约定的时间到了，洪钧听到外面的菲比在和什么人打招呼，他知道是范宇宙准时到了，但坐着没动。很快，菲比敲了一下小会客室开着的门，洪钧没有立刻反应，而是继续敲了几下键盘，好像很忙的样子，然后才抬起头，看见菲比和一个很敦实的男人站在门口。洪钧站起身，范宇宙已经伸出手来，笑着说：“哎呀，洪总，周末还这么忙，我还来给你添乱，太不好意思啦。”

洪钧握了一下范宇宙的手，脑子里立刻联想到刚从蒸屉里端出来的熊掌，嘴上说：“没有没有，手头有些杂事。让你大周末的跑一趟，该是我不好意思啊。”说完请范宇宙在小圆桌旁的一把椅子上坐下。

菲比问范宇宙喝什么，范宇宙仰头直直地盯着菲比，张着嘴愣了一下说：“啊，随便吧，什么都行。”菲比用一种奇怪的眼神瞥了洪钧一眼，转身出去了。

范宇宙坐正了，冲洪钧说：“你的秘书吧？这个女孩子真漂亮。”

洪钧解释：“不是秘书，是我们的客户经理，普发项目就是她负责。”

范宇宙一边往外掏名片一边说：“你们这个办公室虽然不大，但真的是藏龙卧虎呀，啊不，是藏龙卧凤。”

洪钧听了这话顿感浑身不舒服，他现在明白刚才菲比那种眼神的含意了，这个范宇宙是够让人腻歪的。

洪钧没回话，静静地翻看刚从范宇宙手里交换过来的名片。菲比又走进来，把一杯白水放在范宇宙的面前，范宇宙立刻仰起胖脸，一边说着谢谢一边看着菲比的身影出了门。

洪钧此刻的不舒服已经变成了不快，他咳嗽一声，然后说：“范总，说正事吧。你消息很灵通啊，我们刚收到普发准备招标的传真，你的电话就来了。”

范宇宙穿着一身棕色的西装，系着一条很扎眼的明黄色领带，双臂放在小圆桌上，两只肥大的手把玩着一只非常小巧的手机，满脸笑容地说：“洪总你这是骂我啊，你是怪我没早些来拜访，单等着普发要招标才来抱佛脚啊。”洪钧刚要张口解释一下，范宇宙却没给他机会，“哈哈，洪总你不要介意，我开个玩笑。哦，对了，你叫我老范吧，大家都这么叫我。”

洪钧也笑起来，说：“那好，老范，我估计你不喜欢叫别人英文名字，你就也叫我老洪吧。我可绝没有怪你的意思啊，更不敢骂你。以前一直没机会合作，这次看来是缘分来了。”

范宇宙听洪钧这么说非常高兴，连声说：“缘分啊，咱们有缘分，来来，咱们这次合作一把。老洪，这次普发招标，你把你们维西尔的软件，交给我来投吧。”

洪钧保持着热情的笑容，但嘴上并没有马上答话，他把笔记本电脑合上，不紧不慢地问：“老范，普发给你们发招标通知书了吗？”

范宇宙摇着胖头：“没有没有，他们就给你们、ICE和科曼这三家软件公司发了，还给IBM、惠普、SUN那几家硬件公司发了。像我们这些做系统集成的，天天围着他们转，不用给我们发我们也都知道。其实他们通知的这些外企，不管是做软件的还是做硬件的，都不会直接投标，像IBM肯定都是找他们的代理商来投标。”

洪钧微微点头，又问：“依你看，普发会选谁的软件？”

范宇宙又摇头："这不该问我呀，你们做软件的自己心里还不清楚？"

洪钧愣了一下，他觉得对面的这个人是典型的大智若愚，不可小觑，便说："我当然是觉得普发会买我们维西尔的软件，没有这个信心我不会请你来，浪费咱们双方的时间。你肯定也同意，不然你也不会主动要求投我们的软件。"

范宇宙笑了，但和刚才的笑容不一样，这次是发自内心的开心，他说："老洪，咱们刚见面你就唬我？不够意思啊。我和你不一样，我这人实在，怎么想怎么说。我觉得这三家软件里面，把握最小的就是维西尔，我这么说你可别生气啊。"

洪钧心里"咯噔"一下，表面上仍很平静，问道："唔，那你说说，为什么你认为我们的机会最小呢？"

范宇宙用手机轻轻地敲着桌子，好像是要加重自己话音的分量，说道："我们比你们还关心普发会买谁的软件。软件是你们自己的，有戏没戏你们都得卖，我们可不一样，谁的软件也不是我们的，可谁的软件我们也都能卖，我们就是一定要卖普发想买的那个。我在普发里朋友不少，我上上下下打听一圈，就没有一个朋友劝我投你们的软件。你说，这还不说明你们的机会最小？"

洪钧心里很不是滋味，他不喜欢这种被动的守势，可他手里的确没有什么牌可打，但他仍然倔强地反问一句："你既然觉得我们维西尔没戏，那干吗还要投我们的软件呢？"

范宇宙又笑了，露出几分得意，说："所以我说这是咱们的缘分呐。咱们一起合作，我来帮你们，你们的机会就大了嘛。当然我也不白帮你，你得给我最低的投标价格，谁给我的利润最大，我就投谁的软件。"

洪钧立刻问："你可以怎么帮呢？"

范宇宙骤然收起笑容："老洪，事是做出来的，不是说出来的。我在普发的关系到什么程度，我也不和你吹，到时候你想见谁我就能把谁约出来；你送东西人家都不敢收，我替你送，人家肯定二话不说就能收喽。"

洪钧忽然发觉此时的局面很像他当初和杰森谈加入维西尔一样，他没有更多的选择，面前只有"接受"和"不接受"两个选项，而他还不能选"不接受"。他不甘心，明知徒劳仍想争取一下，就问："怎么能保证你会尽全力来支持我们维西尔呢？"

范宇宙又摇了下他的大脑袋："保证不了。我实话实说，你们三家的软件我都会投，我自己的这家泛舟公司会投ICE的软件，我会再用另外两家公司的名义，分别投你们和科曼的。我也不知道哪块云彩会下雨，我只能都投。"

洪钧对范宇宙的算盘了如指掌，像他们这些做系统集成的，其实就是纯粹做商务贸易，都想使自己立于不败之地，脚踩所有的船，不管普发买谁的软件他们都有机会中标。洪钧不想再多聊了，因为他发现看似大大咧咧、快人快语的范宇宙其实嘴上很严，不会轻易吐露什么有价值的东西。洪钧只好说："我看这样吧，老范，咱们今天就先明确达成个意向，我欢迎你们在普发项目上代理我们维西尔的软件，具体细节咱们随时沟通，今天也不用谈太细的东西了吧？"说完就站起身来。

范宇宙也站起来和洪钧握手，两人出了小会客室的门。洪钧正要送他出去，范宇宙却指着旁边不远的菲比大声说："老洪你就留步吧，这位小姐可以送我出去的，你先忙吧。"

菲比听见范宇宙这句话便望着洪钧，洪钧只得僵硬地笑一下，菲比不易察觉地一撇嘴，走了过来。范宇宙立刻冲菲比伸出胳膊，简直是拽过菲比的手握了一下，然后跟在菲比后面向电梯间走去。

洪钧在心里恨恨地骂一句，主要内容是问候了范宇宙的母亲的母亲。忽然，洪钧的脑子里闪过一个念头：如果被范宇宙这样纠缠的是Mary或Helen，而不是菲比，他会不会也这般难受和气愤呢？洪钧不敢深想，而是颇有几分恶毒地解嘲道，反正范宇宙是不会纠缠Mary或者Helen的。

出奇制胜

洪钧在柳荫街的路口下了出租车，沿着后海南面的小街往里面走。因为已经入冬，后海边的酒吧大多把原来摆在外面的桌椅收了回去，所以路显得比早先宽阔了一些。快走到横跨后海的那座银锭桥时，洪钧看到了和小谭约定的那家酒吧。

时间尚早，才晚上刚过八点。洪钧进到酒吧里发现没什么人，小谭已经坐在一张沙发上，背对着门口和一个小伙子说着什么。洪钧心想，还好，这小子这次没让我等他。洪钧走到沙发旁边，听见小谭说："怎么你们这儿连嘉士伯都没有啊？算了，我就来瓶喜力吧。你们这儿有健力士黑啤吗？我朋友肯定要点这个。"

洪钧拍一下小谭的肩膀，把小谭吓了一跳，那个服务生也看着洪钧。洪钧说："我就来听健力士黑啤吧，不会也没有吧？"

服务生忙说："有，有，您二位稍等。"说完转身走了。

小谭站起来，再陪洪钧一起坐下，两个人都没马上说话，而是无声地笑着相互打量，还是小谭先开了口："三个月了，老板还是老样子，没什么变化。"

洪钧说："是啊，三个月没见了。咱们都忙，而且也都要避嫌，尤其是你，俞威肯定没少找你麻烦吧？"

小谭苦笑一下："还是老板你体贴我呀。咳，信不信由你，我真后悔当时没跟你一起离开ICE，如今我可受老罪了。"

洪钧没有立刻回应小谭的话，他心知肚明，对像小谭之类"前下属"的这种表白，不管是出于客套还是发自肺腑，一概都不必太在意，反正都已经是过去的事了。这时服务生端了一瓶啤酒、一听易拉罐和两个玻璃杯上来，洪钧打开易拉罐，把黑啤倒进一个玻璃杯里，小谭让服务生把另一个杯子端走，就用酒瓶和洪钧碰了下杯。洪钧笑着调侃："可看你还是老样子，气色不错，应该混得没那么差吧？"

小谭喝了口啤酒，嘴角耷拉着："哪儿啊，你还不知道我？我就是这么个没心没肺的样子，再苦再难在脸上也看不出来。"

洪钧也喝了一口，然后用纸巾擦下嘴唇，像是随口问了句："听普发的人说，最近几次去他们那儿的ICE人里都没你，怎么了？"

小谭"啧"了一下嘴巴，满脸懊丧："别提了，这你还猜不出来？俞威不让我再管普发这个项目了。如今我倒是清闲了，负责未来重点项目的前期开拓，都是没影儿的项目，有劲儿使不上了。"

洪钧笑着接一句："你不再做普发倒也好，免得到时候输在我手里，也免得万一我对你心慈手软，倒便宜了ICE。"

小谭嘿嘿笑了几声，带着些幸灾乐祸的口吻说："我听说了，前几天俞威在办公室里大骂，说普发那帮人是傻子啊，维西尔让他们招标他们就招标，还抱怨这单子肯定年底的时候签不成了。"

洪钧悠闲地提到："哎，对了，听说上次ICE去普发做演示，是Susan带着人去的，她去干什么？"

小谭立刻说："噢，这可是个大事儿，好玩着呢，我估计我说了你都不信。Susan已经不再管市场，俞威让她做销售总监了，连我现在都是向Susan汇报。"

洪钧一愣，他想起了Linda，Linda原来就是向Susan汇报的，那眼下Linda的经理是谁呢？洪钧尽量显得漫不经心地问了一句："那现在你们那里谁是市场部的头儿？"

小谭没马上回答，他把啤酒瓶搁在沙发前面的茶几上，抬眼瞄了瞄洪钧，然后才很小心地说："是……嗯……是Linda。"

Linda升经理了？！这真让洪钧吃了一惊，他干笑一声，喉咙里发出很奇怪的声响，他忙掩饰着拿起啤酒喝一口，随后故作轻松地说："哦，她高升了，运气不错啊。”

小谭一直在观察洪钧的脸色，试探着说：“是高升了，不过人家可不是靠运气，是人家自己努力的结果。”小谭停了一下，他看出洪钧一方面急于知道个中原委，却又不愿意开口问，就干脆挑明，“Linda早就和俞威好上了，公司上下都知道。我们现在私底下都把Linda叫作‘first lady’，‘第一夫人’，因为她专门给ICE的一把手当‘夫人’。”

洪钧立刻感到自己的脸红了起来，他瞟一眼小谭，小谭张口结舌坐在对面，也是一脸尴尬的样子。洪钧暗暗骂了一句，这个小谭什么时候能真正管住自己这张臭嘴，他就不会在别人眼里老是这种没心没肺的印象了。

这时一个人从酒吧后面的院子里走出来，笑着冲洪钧他们点头，洪钧估计他是酒吧的老板，便立刻笑着说：“你们这酒吧刚装修过吧？我夏天来的时候屋子里好像都是那种浅灰的色调，当时觉得挺凉快的。现在一到冬天，全改成大红颜色的了，看着就觉得暖和，不错。”

酒吧老板殷勤地笑着一拱手：“您的记性还真不错，不过估计您不怎么常来这一片儿。我是新把这家酒吧给盘下来的，整个儿重新做了装修，和早先那家是两回事了。”

洪钧又一愣，只得又干笑一声，说：“挺好，那你先忙吧。”

洪钧心里是五味杂陈，却又说不出究竟是一种什么感觉。他刚才想和老板随便扯些闲话，好岔开有关Linda的话题，结果老板的回答让他再一次感受到什么叫炎凉、什么叫沧桑。是啊，酒吧可以易手，Linda为什么就不能易主呢？只是为什么偏偏又是那个俞威？又一想，谁让自己败在俞威手上，只好眼睁睁看着俞威登堂入室占有原本属于自己的位置和女人，来了个全盘接收。不，俞威算不上全盘接收，面前的这个小谭不是就剩下了吗？洪钧心里暗笑，恐怕这个小谭也曾经坚决要求被接收来着，没准他也惦记过销售总监的位子，想必又是他的这张嘴出卖了他，把俞威惹毛了。

洪钧脑子里忽然闪过一个念头，让他登时出了一身冷汗，Linda会不会对俞威谈起她和洪钧在一起的那些事呢？她会不会把洪钧的那些短处说出来讨好俞威呢？洪钧不敢想了，他觉得自己好像已经被剥得赤身裸体地暴露在他的死对头面前，连一丝一毫的私密都没有了。

想到这儿洪钧若有所悟，他刚才还在暗暗掐算着时间，奇怪Linda和俞威才认识几天，最多也就一个月嘛，比Linda当初闪电般“钓”上自己还要快。洪钧方才还想不通Linda怎么会变成这样，他鄙视Linda，更鄙视他自己。但他现在一下子就想通了，俞威，一定是俞威更主动。俞威知道洪钧和Linda的事，圈子里的人都知道，那就没有什么比占有Linda更能羞辱洪钧的了。洪钧越想越有道理，这也就不奇怪Linda为什么可以突然升为经理了，显然这也是俞威向Linda开出的极富诱惑力的条件之一。

小谭看洪钧半天没说话，觉得自己不能也这么愣着，就特意换个话题说：“Susan当初还是你招来做市场部经理的呢，不知道你那会儿觉得她怎么样，反正我是根本没看出来她能做销售。我向她交接项目的时候她一点儿感觉都没有，我当时都奇怪俞威怎么就敢让Susan来管销售。可没想到啊，后来我才发现这个Susan做销售还真挺厉害，她是真放得开，可真敢奉献啊。”

小谭这么一说，把洪钧的思绪又拉回到这个酒吧里，洪钧定了下神，问小谭：“这么说俞威还歪打正着发现了一个人才啊。哎，我问你啊，俞威，还有Susan，把你在普发的那些关系都接过去了吗？”小谭犹豫着，一连喝了几口酒，洪钧看出小谭一时拿不定主意，就以退为进，“我也就随口这么一问，你别为难，咱们随便聊。”

小谭内心在算计，虽然他人还在ICE，可他并不希望ICE赢得普发这个项目，他不愿看到俞威和Susan新官上任就旗开得胜。尤其是普发眼下已经不是他负责的项目了，他宁愿将来人们都说就是因为没有让小谭接着做普发，ICE才丢了项目。

小谭这么想着，嘴上却说：“老板，要不是你这么问，我真不能往外说。你一直对我不错，上回合智那个项目你又那么仗义，我不能老对不起你啊。”

洪钧笑着，他猜到小谭会这么说，他不想挑明小谭真实的想法。洪钧正想让小谭有个机会来还自己的人情，这样双方都轻松，便说：“你知我知，你这次就是帮我了。”

小谭一听洪钧这么说，立刻觉得师出有名、名正言顺了，是啊，自己是为了报答朋友，也就怪不得他对不住ICE了。小谭说：“老板，我就提醒你一句，你要小心那个柳副总。我劝你呀，就不用在他身上花功夫了，他已经是被ICE搞定的人了。还有，你不用担心ICE这次会给普发什么大折扣。上次合智的项目出了事，皮特就要求ICE在中国必须签下一个大合同，否则他整个亚太区的指标肯定完不成。俞威心里很清楚，把普发签成个小合同就和干脆输掉其实差不多，皮特都不会满意。俞威一定会赌大的。”

洪钧冲小谭举了一下手中的玻璃杯，然后喝了一大口，他心中有数了。

普发集团总部大楼的八层，位于走廊一端的那间最大的会议室里，维西尔公司的软件方案介绍会就快开始了。这是参与竞标的软件厂商在投标截止之前的最后一轮介绍会，之后就再也没有机会了，连着三家软件公司：维西尔、ICE和科曼，每家用一个上午的时间，像走马灯似的做宣讲，安排得既紧凑又公平。洪钧本来希望维西尔能被安排在头一个讲，为此还分别给孙主任和姚工都打过招呼，结果还是被安排在了最后，头一个讲的是ICE。洪钧心想八成这又是俞威在和自己较劲，再加上那个Susan，洪钧开始领教了。不过洪钧不在乎，既来之则安之，最后一个讲也自有好处。

洪钧和菲比站在会议室门口外面，和每位进来的人打着招呼，李龙伟在讲台上调试着投影仪，肖彬在台下的座位中间穿行着分发资料。快到九点了，会议室里稀稀拉拉地坐了不到一半，还不时有人不慌不忙地踱着步子向会议室走来。孙主任从会议室门里探出头，笑着对洪钧说：“洪总，时间差不多了，怎么样？要不你们也进去吧？然后咱们就开始。”

洪钧也笑着随口问一句：“你们金总不来呀？”又开着玩笑，“我一直想拜见你们董事长呢，这次恐怕又没机会了，看来只能等签合同的时候再见了。”

孙主任似笑非笑地应付着：“有机会，有机会。金总实在太忙了，这个会就没去请他参加。前两家来讲的时候，金总也都没听，很公平的。”

洪钧面带微笑，但并没有挪动脚步，他不急于进会议室。洪钧故意向走廊的另一头张望着，像是自言自语地说：“也不知道金总今天在不在家。”洪钧所说的“家”指的就是普发公司和金总的办公室，公仆们都是以公司、以办公室为家的，说者听者都显得亲切，洪钧也就入乡随俗了。

正好姚工也从会议室里走了出来，一听洪钧的这句话就立刻说："在呢，在呢，我看见金总的车停在楼下，他又没出差，肯定在家。"

话音刚落，洪钧就看见远处一间办公室的门开了，从里面走出来两个人，正朝与会议室遥遥相对的金总的办公室走。姚工也看见了，立刻说："那不就是金总吗？是刚从柳副总的房间出来吧？哎，柳副总应该来听这个会的呀。"

洪钧迅速地对孙主任和姚工甩下一句："我去打个招呼。"不等他们反应过来就把他们俩和菲比都撂在一边，大步朝走廊的另一端奔去。

远处那两个人走到金总的办公室大门前面却停了下来，面对面站定说着什么。洪钧一边疾走一边暗呼，天助我也！他正怕自己还没赶到的时候他们就进了办公室再关上门，洪钧就只得硬着头皮敲门，那可就远不如这种走廊"偶遇"来得自然了。洪钧拼命迈开大步，并把频率加到极限，但他绝不能跑起来，哪怕是小跑也不行，不然就成了送快递的了。洪钧忽然有种感觉，这几十米的走廊怎么这么长啊，长得好像怎么走都到不了尽头。

那两个人说着话，肯定听见一阵脚步声由远而近，两人眼角的余光也都能瞥见一个身影正大步朝这边走来。他们不约而同地转过头，看见一个中等身材、西装革履的人走过来，便下意识地不再说话，而是注视着洪钧。

洪钧看到他们发现了自己，心里顿时轻松许多，他放心了，因为他们不会不睬他走进办公室。洪钧脸上立刻浮现出笑容，一边继续大步走一边迅速打量这两个人，一高一矮，一胖一瘦，一老一少，他猜测那个老而胖而矮的应该是金总，又回忆一下在一楼前厅墙上张贴着的金总相片，他确定了目标。

洪钧在还离两个人三四米的地方就向金总伸出了右手，走到金总面前站定，竭力调匀气息说："金总您好，我是维西尔软件公司的，我姓洪，我们今天是来介绍一下为普发做的软件方案，见到您很荣幸。"

金总虽然有些意外，但出于礼貌还是把手也伸出来和洪钧握了一下。洪钧看一眼金总旁边的人，身材和自己差不多，年纪似乎比自己稍微年轻一些，就也伸出手，对他说："您好，我是洪钧，维西尔公司的，请问您是？"

那个人边和洪钧握手边回答："我姓韩，韩湘，是金总的助理。"

洪钧又转向金总，双手递上自己的名片，韩湘在金总随手翻看洪钧名片的时候说：“他们几家都是软件厂商，都想参与咱们的软件项目，今天应该是维西尔公司来讲他们的方案。”

洪钧在旁边笑着说：“是，我就是专门过来，想请金总也能去听听，就听一部分也好。”说完又向韩湘递上自己的名片，韩湘也从兜里掏出名片和洪钧交换了。

金总面带微笑，看着洪钧说：“好，欢迎啊，欢迎你们把国际先进的管理思想带给我们，也谢谢你们支持我们的工作。”随后稍微沉吟了一下，面露难色地说，“嗯，我下面正好还有个会，就不过去听你们介绍了。”说完又转向韩湘：“小韩，要不你忙完手头的事，过去听一下？”韩湘点头说了声“好”。

洪钧不等韩湘和金总挪动脚步就紧接着说：“金总，我直接过来和您打招呼就已经够冒昧的了，那我就干脆斗胆再冒昧一下。我想请问，普发集团这次的软件项目，是要解决面子问题呢，还是解决肚子问题呢？”

金总愣了，韩湘也愣了，洪钧不慌不忙地笑着解释：“我这是打了个不太恰当的比喻，面子问题，就是花钱买套软件，装装门面，也无所谓真正用得怎么样；肚子问题，就是真要用软件提高普发的管理水平，创造效益，让普发在以后更激烈的市场竞争中能够一直吃饱吃好，能够生存和发展。”

金总耐心地听洪钧说完，微微一笑，韩湘也陪着笑了一下。金总直视洪钧的眼睛反问：“那你是怎么看的？”

洪钧迎着金总的目光，平静地说：“我希望普发能选对软件，更要用好软件，我相信普发上软件项目是下决心要获得回报、取得实效的，因此您的参与就非常关键，所以我来请您。如果只是为了解决面子问题，那项目就太容易做了，您也确实没有必要在这个项目上花太多时间。”

金总也很平静，两只眼睛一动不动地盯着洪钧。韩湘看一眼洪钧又看一眼金总，刚想对洪钧说句什么，金总忽然开口了：“小韩，你去把我桌上的本子拿上，我先过去听听。”

韩湘立刻笑着答应一声，又仔细看了洪钧一眼，转身推门走进了金总的大办公室。金总冲洪钧抬了下手，示意和他一起去会议室。

洪钧早已喜出望外，这下更是差一点激动得跳起来。他刚才看见金总的身影就过来请金总去听维西尔的介绍会，纯粹是抓住时机搏一把，没想到金总居然这么痛快地答应了，而且主动和洪钧一起并肩走到会议室，这种举动向大家传递的信息太丰富了。

洪钧极力控制住自己兴奋的心情，微微欠着身子，跟在金总旁边。金总迈的步子不大也不快，很稳健地走着，洪钧再也不用像刚才冲过来那样大步流星了，也稳稳地压住步子跟着。

金总转头笑着对洪钧说：“刚才看你的名片，你可是状元啊。”

洪钧听了一愣，马上明白过来，却有意并不挑明，而是故作纳闷地问：“您的意思是？”

金总笑起来，摆下手说：“没什么，我开个玩笑。你不知道吗？晚清的时候有个很出名的人啊，他也叫洪钧，和你完全一样的两个字。他就是状元，大才子啊，出使过欧洲，还带着那个叫赛金花的名妓，还算不辱使命吧，呵呵。”

洪钧当然知道一百多年前这位和自己同名同姓的家伙，但现在可不是他炫耀自己是个“杂家”的时候，他赔着笑说：“是吗？您不说我自己都不知道，我可太惭愧了。金总，您的学识可真渊博啊。”

金总又摆了一下手：“不行不行，只是爱看几本闲书而已。”

说着话，已经从走廊那头走到了走廊这头，两人到了大会议室的门口。菲比兴奋得满脸通红，她想不出洪钧用了什么办法竟然这么容易地真就把金总给请来了，孙主任和姚工等几个站在门口的人也都很惊讶，但他们顾不上想菲比在想的问题，金总的突然驾临更让他们觉得紧张。孙主任忙把金总领进会议室，会议室里立刻产生了一阵骚动，坐在第一排的几个副总级别的人都忙站起来，挪着桌上的东西给金总腾出最中间的位置。后面有些人忙拿起手机拨着号码，还有的干脆跑出了会议室。洪钧偷着乐了，他知道这些人都是正忙着招呼人来呢，金总都到了，下面的头头脑脑还不赶紧来？

韩湘快步走进会议室，他手里拿着两个大记事本，一个是金总的，一个是自己的，当和洪钧的目光相遇的时候，他特意朝洪钧微笑着点了下头，然后把金总的记事本递给金总，自己坐到了头一排靠边的座位上。柳副总也匆忙走了进来，手里除了记事本还拿着个不锈钢的保温杯，看来保温杯里都没来得及沏上茶，他一边和金总等人打着招呼，一边叫服务员往他的保温杯里倒水。洪钧冲柳副总笑着拱了拱手算是打过招呼，心想，他肯定是原本没打算来的，听说金总来了才忙着赶来。洪钧以前见过这位主管财务的副总经理兼总会计师，柳副总是所有副总以上人员中唯一穿“蓝精灵”工作服的，估计是因为他也统管行政，得以身作则为他自己选定的工作服捧场吧，柳副总身材瘦小，还稍微有些驼背，像是长期伏案劳作的结果。

九点已经过了，但因为发生了这么一个小插曲，介绍会晚些开始也很自然。孙主任走到讲台前面，扫视一下转眼之间已经坐得满满的会议室，便走到金总的座位前弓着身子对金总说了几句。金总没说话，只是向上抬了下手，孙主任便挺直身子，敲了敲手里的话筒，说：“大家静一静啊，咱们这是第三场软件方案介绍会了，今天给我们做介绍的是维西尔公司，他们的情况我就不说了，留着他们自己来做介绍。我要特别提一句，集团领导也都很重视这次的软件项目，金总亲自到会，柳副总、周副总也都来参加，希望项目组和今天在场的所有同志都能认真地听，也积极地参与讨论。好，下面，我们就有请维西尔公司的先生们和女士来给我们做介绍。”说完，还象征性地鼓了几下掌，没想到金总很认真地鼓起掌来，带着所有人也都一丝不苟地鼓掌，孙主任一愣，便也又鼓了几下。

洪钧面带微笑，走上来接过孙主任手里的话筒，该他上场了。

洪钧已经在刚才短短的几分钟里临时改变了介绍的顺序和内容。原先的安排是由菲比首先介绍一下维西尔公司，然后李龙伟介绍维西尔为普发做的软件方案和项目计划，最后由洪钧做收尾，讲讲维西尔对普发项目的重视和承诺，肖彬没有任务，他就是来打杂和充数的。但是现在一切都已经改变，洪钧要先讲，而且他要讲的东西也变了。在洪钧眼中，满满的会议室里只有一个听众，就是金总，他要讲金总想听的东西。

洪钧首先环顾一下会议室里坐着的所有人，然后把目光移向了前排，微笑着说：“金总、柳副总、周副总，在座的各位大家好。首先感谢普发集团给我们维西尔公司这个难得的机会，让我们可以和大家一起交流。下面的内容我们是这样安排的，等一下我们维西尔公司的资深工程师李龙伟先生将向大家介绍维西尔为普发集团所做的软件方案。在此之前，我想先花一些时间，和大家聊一聊别的。”

说到这儿，洪钧有意停下来，台下的一些人忽然意识到周围一下子变得安静了，便停下手上的各种小动作，抬起头一脸奇怪地看着洪钧。洪钧见收到了效果，便接着说：“我做企业管理软件大约有十年了，亲身参与了不少项目，耳闻目睹的项目就更多了。很少有买了软件却不想把它用好的客户，也很少有卖了软件却希望项目失败的软件公司。但是不可否认，一些企业买了软件以后一直没有用好，有的根本没有用起来，原因很多，而且每家都有每家的特定情况。普发集团决定上软件项目，最关心的是什么？是如何把软件用好，获得切实的收益。所以，我想和大家聊的，是我自己这些年总结出来的——决定软件项目成败的九个因素。”

金总拿起笔，在已经摊开的笔记本上一笔一画地记下了洪钧演讲的题目，然后在“成败”二字下面又重重地画了两条线。洪钧事先准备演讲用的投影幻灯片里，只有三张和他临时改定的主题有些关系，洪钧就只用这三张片子，足足讲了一个小时。在这一个小时里，台下几乎所有人都一直专注地听着，金总的到来足以把他们都“钉”在椅子上，使得他们不敢随意离场，但把他们的心思都“钉”在洪钧身上的，只能是洪钧自己的表现了。金总自己的笔记本已经记满了一页，又翻过一页接着写。

菲比坐在侧面，一直痴痴地盯着洪钧，恨不得把洪钧的每句话都印在脑子里，她早把洪钧布置给她的任务忘得一干二净。洪钧专门嘱咐过她要注意观察普发的关键人物们在听介绍时的反应，一个细微的表情或动作都不要漏掉。可菲比却直勾勾地看着洪钧，仿佛洪钧是在为她一个人做着精彩的表演，仿佛这间会议室里只有她和他两个人。

一阵掌声响起来，菲比在如醉如痴中被惊醒，洪钧已经讲完。李龙伟站起身，走上前从洪钧手里接过话筒，贴着洪钧的耳边笑着说：“干得漂亮，我讲下面的就容易喽。”

洪钧走到菲比旁边坐下，发现菲比的脸红红的，正觉得奇怪，台上的李龙伟开始讲了，菲比也故意躲避着洪钧的目光，做出一副要专心听讲的样子。洪钧也就不再多想，把心思都放到台下的那帮听众身上去了。

李龙伟讲完之后就到了最后的交流阶段，孙主任站起身，招呼着大家有什么问题都可以提出来。洪钧走到台上和李龙伟并肩站着，准备回答台下的提问。

坐在中间偏后的一个人举了下手就站起来，对洪钧发问："你……你们刚才把你们的软件介……介绍了很多，听……听着是挺不错的。可是我也听……听说你们维……维西尔前一段做的几……几个项目都不成功，我还给一家公司打……啊……打了电话去了解，具体是哪家我在这儿就……啊……就不方便说了，那家公司对你……你们意见很大。我想问的是，你们维……维西尔能不能保证我们普发……啊……集团的项目成功？你们如何来保证？"他的声音有些颤抖，不知道是有口吃的毛病还是太紧张的缘故，这个显然是事先准备过的问题，还是被他说得磕磕绊绊的。

洪钧不认识这个人，看来李龙伟也不认识，洪钧瞥了一眼菲比，菲比不出声地做一个口型，可洪钧猜不出来她发的是哪个音，更猜不出来是哪个字。洪钧笑着，很自然地问那个人："请问您是？"

那人犹豫了一下没有马上开口，孙主任已经介绍说："小崔，财务部的，我们的业务骨干。"那人红着脸微微点了点头，坐下了。

洪钧明白了，这个结结巴巴的小崔原来是柳副总的人，刚才菲比冲自己做的那个口型就是在说"柳"字。洪钧用眼角的余光瞥了一眼坐在金总旁边的柳副总，只见柳副总皱着眉头，在本子上比画着什么。洪钧心里暗笑，看来柳副总作为导演也对这个小崔的表演不甚满意，他一定在埋怨小崔也太不会随机应变了，怎么也该根据洪钧临时改动的介绍内容来调整事先准备好的问题嘛。洪钧想，也难怪小崔，搞财务的嘛，看来确实死板了些。

洪钧对着小崔，也是对着台下的众人说："刚才您提的这个问题很好，说明大家都很关心怎么样把项目做好、做成，所以我刚才和大家聊的正是：决定软件项目成败的九个因素，如果我们一起针对这九个因素做好工作，项目就一定可以成功。刚才我在举例的时候，已经指名道姓地提到了维西尔做的几个项目中有不足之处，不知道您不方便透露的那家公司是不是就在我说的这几家之中。如果您同意我刚才列举的那九个因素，就会发现决定一个项目成败的因素是多方面的、复杂的，而且是互相作用的。维西尔作为软件公司，作为软件的提供方，当然在项目中起着重要的作用，但不是唯一的作用。我可以向普发集团保证的是，维西尔公司的产品一定可以达到我们承诺过的功能和性能，维西尔公司也一定会按照对普发的承诺来支持普发项目。您刚才也说到了，这是普发集团的项目，那么我想说一句比较直的话，如果希望由其他人来保证自己的项目获得成功，这种想法是有点问题的。您刚才问，维西尔能否保证普发的项目获得成功，我只能实话实说，我们不能保证，也不会保证。我们会尽我们的全力，和普发集团以及其他参与项目的公司合作，共同来争取项目的成功。”

洪钧说完这番话，微笑着扫视会议室里坐着的人，但眼睛始终没有完全离开金总那一带。金总表情很平静，小崔刚才的提问和洪钧的回答好像都没有在金总脸上掀起任何波澜，他只是翻着刚才记下的两页纸，看着上面的文字。孙主任又张罗着继续提问题，信息中心的两个年轻人分别问了两个软件方面的技术问题，李龙伟一一做了回答。

这时金总转了下手腕，低头看了眼手表，然后抬起头看着孙主任，孙主任立时明白了，冲金总点了点头，然后对大家说：“时间也差不多了，今天大家交流得挺好，维西尔公司也给我们做了精彩的介绍，我代表咱们普发集团向维西尔公司表示感谢。今天就到这儿吧。”

大家鼓了鼓掌，就都一边收拾东西一边起身准备散了。洪钧望着金总，看到韩湘快步走到金总的座位前面，替金总收好记事本，又轻声对金总耳语了一句。金总便抬起头，往洪钧站的位置望过来，发现洪钧正在看着自己，就客气地笑了一下，扭头招呼孙主任：“老孙，请客人们一起到餐厅吃顿便饭吧，我、老柳、老周也一起去。”说完又转头冲洪钧笑着说：“状元公，走吧，不要嫌弃，十块钱标准的工作餐，普发请客。”

洪钧又一次喜出望外，他克制住内心的惊喜，笑着点了点头。柳副总正站在金总旁边，轻声说：“老金，好像前两家公司讲完之后，咱们都没请人家吃饭，要不，以后再找机会？”

金总一听就对孙主任说：“是这样吗，老孙？那你可是失礼啦，来的都是客嘛，哪能连顿饭都不留人家呀？人家埋怨你老孙我不管，我可不能让状元公说我未尽地主之谊。走吧，老柳，一起去，就是一顿便饭嘛，影响不了公平竞争。”

柳副总只好说：“你们先去，我处理点事随后就到。”说完匆匆走了。

金总走到会议室门口，站住了等着，洪钧忙一边催着李龙伟、肖彬收拾好东西，一边带着菲比快步走向门口。周副总在一旁拍了洪钧后背一下，嘻嘻哈哈地开了句玩笑："你面子够大的呀，我还没来得及回请你呢，你倒先来蹭了我们金总一顿。"然后又冲金总解释着，"他们请我们几个腐败了一次，唱了唱歌，洪总和刘小姐唱歌都够得上是专业水平。"周副总还对菲比挤了下眼睛，菲比正在纳闷周副总怎么如此没遮没拦地把被请去卡拉OK的事都说了，有些不知所措。

洪钧倒觉得很自然，周副总这样做恰恰显得很坦荡，没人能说什么，金总也不会在意。果然，金总用手指着洪钧和菲比说："你和刘小姐，状元公和赛……"说到半截突然打住了，哈哈笑着摆手，"不说不说了，再说就是胡说八道了。"

菲比还愣着，洪钧用手指轻轻推了推菲比的腰，让她往前走，菲比压低声音悄悄问洪钧："'赛'什么？"洪钧什么也没说，笑着往前走。走到韩湘面前时，他主动伸出手和韩湘握了一下，用眼睛对韩湘说了句："谢谢。"韩湘又是笑着点了点头，洪钧相信他明白了自己的意思。

洪钧脚步轻快地和金总走出会议室，他的心情已经很久没这么好过了。十块钱一顿的普通员工餐，只有他知道得来得多不容易，也只有他知道这顿饭有多么大的价值。

攻心为上

洪钧一行四个人刚从普发回到维西尔公司，洪钧就赶忙打开笔记本电脑，上网处理电子邮件。他有些惆怅，这天上午在普发取得的突破性进展，在公司里似乎只有他们四个人关心，也只有他们为之高兴。上午发生的事肯定已经传到ICE、科曼和其他参与竞标公司的耳朵里，但是在杰森和他那几个直接下属的眼中这些都不算什么，他们在意的是洪钧今天似乎还没开始工作，因为他迟迟没有回复电子邮件。

洪钧看着屏幕上那一长串未读邮件，刚才的好心情已经打了个五折，硬着头皮像愚公移山一样，搬起眼前这座电邮大山。忽然他又有了那种感觉，他一定有一件很重要的事情要办，却又怎么也想不起来，他只好强迫自己不要再想了，寄希望于等一下就会不经意地被什么东西提示出来。

有人急促地敲了两下门框，洪钧嘴里说着“请进”，一抬头见是菲比。菲比的脸依旧是红扑扑的，洪钧印象中菲比从上午到现在好像都是这样像个熟透的苹果，莫不是发烧了？洪钧又想会不会是办公室的暖气开得太足，他瞥一眼墙上的空调控制盘，正常呀。洪钧觉得奇怪，看来皮肤白嫩也有缺点，对脸红有放大作用。

菲比轻轻关上门，手里拿着一张纸，呼吸好像有些急促，胸脯一起一伏的，她大大的眼睛亮亮的，好像和红红的脸蛋一起放着光。洪钧不好意思再盯着看，便转回电脑屏幕，问了一句：“有事吗？”

菲比没有像平常那样在洪钧对面的椅子上坐下，而是绕过桌子，挨在洪钧身边站着，把那张纸摊在洪钧面前的笔记本键盘上。菲比的声音有些不自然，好像急于马上讲完一样，她说："李龙伟和我商量的软件配置，给普发选的模块和用户数都列出来了，技术上没有问题，你看价格上、商务上还需要怎么处理。"

洪钧正觉得有些不对劲，但一见是最终的软件报价清单，也就不作他想，而是坐直身子仔细地逐项审看。

突然间，菲比俯下身子，把头凑到洪钧耳旁，飞快地在洪钧右边脸颊上亲了一口，随即就像被弹开一样，整个人又同样飞快地闪到了一边。

正在专心琢磨报价的洪钧对这突如其来的"偷袭"毫无防备，整个身体像被电击一样也一下子弹了起来，又重重地落回椅子上，瞪大眼睛惊魂未定地看着菲比。

菲比已经绕回到桌子前面坐下来，恢复了平静，像什么事也没发生一样，一脸无辜地望着洪钧。

洪钧有些气恼，却又不便发作，等自己的呼吸变得平稳了，才指着菲比一下子笑出来，说："你怎么回事啊？我告你性骚扰啊。"

菲比被洪钧逗得大笑起来，又马上夸张地捂住嘴，不让声音发出来，但是没被手捂住的大眼睛已经笑得眯成了缝。等到笑得差不多了，菲比才说："切，我就骚扰你啦，你去告呀。"

洪钧已经恢复了常态，解嘲道："咳，看我现在混的，全都反过来了，阴盛阳衰啊。"

菲比又笑起来："你去告呀，我还是蓄谋已久的呢。"

洪钧拿起那张软件清单说："你跑来学荆轲刺秦王呐？拿来这张纸让我看，趁我不注意就行刺？"

菲比瞪大眼睛，连连点头："对呀，学得不错吧？而且，他没成功，我成功了，嘻嘻。"

洪钧严肃地板起脸："这可是在办公室，是在上班时间，有你这样的吗？"

菲比一听也收起笑容，端正一下坐姿，一本正经地说："别忘了，是你自己说的，做销售没有下班的时候，所以上班下班一个样。"洪钧一时竟想不出如何反驳，下意识地抬起手，用手指擦着右脸刚才被菲比亲到的位置。菲比又笑，晃着脑袋：“不用擦，什么也没有。吃完午饭我特意没补口红。”

洪钧被她弄得又好气又好笑，看来她的确是精心策划、有备而来。洪钧只好说：“第一，谅你年幼无知，又是初犯，我就不再追究了；第二，你刚才的行为，在咱们同志之间，同一个战壕里的战友，也没什么不可以的，但不能代表别的意思啊。”

菲比根本不在乎洪钧怎么说，立刻嗤之以鼻地回应道：“切，看你这副道貌岸然的样子。我刚才那只是先给你一个下马威，现在我明确地通知你，你今天晚上要请我一起吃饭，我们应该好好谈谈。”

洪钧眼睛一亮，立刻记起来他刚才一直苦思冥想的那件重要的事是什么。他忙从搭在椅子靠背上的西装兜里掏出上午收集的一堆名片，一边在里面翻找一边说：“我真得谢谢你，你可真提醒我了，我晚上必须请一个人吃饭，但可惜不能是你喽。”

菲比一听气不打一处来，眼睛一瞪说：“你这不是故意欺负人吗？”又马上平静了，问，“你要请谁呀？我能问一下吗？”

“韩湘，金总的助理呀，吃饭的时候你们不是也打招呼了嘛。今天上午的两大意外收获，一个是请到金总来听咱们的宣讲，另一个是发现了项目负责人的理想人选，就是韩湘。”

菲比既怅惘又无奈：“是他呀，你要鼓动他来做项目负责人？他好像是对你印象挺好的，老冲你笑。那好吧，你直接约还是我来替你约？”

洪钧已经找到韩湘的名片，嘴上说着：“这可得鄙人亲自来打，不敢劳您的大驾。”他拿起电话却见菲比还一动不动地坐在椅子上，没有要回避的意思，就冲着门努努嘴。

菲比一翻白眼看着房顶，说：“我不走，你给韩湘打电话我怎么不可以听呀？我倒要学学你是怎么约的。”

洪钧拿菲比没办法，摇了摇头，拨通了韩湘的手机，说：“喂，你好，我是洪钧，维西尔公司的。”

韩湘在电话里说：“哦，洪总啊，你好你好。”

“韩助理，我心里清楚，是你向金总提议大家一起吃午饭的吧？我要谢谢你呀。”

“哎，不必客气，金总不是说了吗，地主之谊嘛。你们今天讲得很好啊，以后我要找机会多向你讨教。”

洪钧一听韩湘这么说心里更有数了，果然他没看错人，韩湘不仅是个值得交的人，而且也同样有与他进一步结交的愿望。

洪钧立刻就势来了个顺杆爬：“是我要向你讨教。咱们择日不如撞日，既然说到这儿了，那就今天吧，晚上一起吃个饭？”

韩湘好像有些为难，想了想还是说：“哎呀，今天还真不巧。”

“怎么？晚上有安排了？”洪钧刚说完却见对面的菲比得意地一笑，洪钧瞪了她一眼。

韩湘说：“是这样，晚上金总有个应酬，我得陪一下，只是意思意思，对方也不是什么重要人物，和金总也不太熟。”

洪钧一听又来了精神，忙问：“那你那边大概几点能结束？”他抬眼看了下菲比，这回轮到菲比瞪了他一眼。

韩湘说：“不会晚过九点吧，金总不喜欢这种应酬的，他总说还不如回家翻翻书看呢。”

洪钧立刻说：“那这样吧，晚上九点，咱们约个茶馆，你要是喜欢咖啡馆也行。估计你们就是在普发附近吃晚饭吧？那就在你附近定个地方。”

韩湘说：“好的，我们普发大楼出来往东，十字路口再往南，有个咖啡馆，就那儿吧。九点，不见不散。”

洪钧一边重复韩湘说的路线和位置，一边记在桌上的便笺上，然后对着电话也说了句不见不散。

洪钧放下电话心满意足地长舒一口气，像是自言自语地说：“哈哈，一切顺利，皆遂我愿。”抬起头却意外地发现菲比正咬着嘴唇，眼圈居然红了。洪钧立刻不知所措，刚想说些什么，菲比已经站起来，脸一沉说：“那你忙吧，我没事了。”就拉开门走了。

洪钧摇头，心想，他这么费尽心思的普发不正是她菲比的项目吗？菲比怎么一点儿都不领情？算了，不想了，还没把这些电子邮件收拾完呢。

洪钧正埋头于左推右挡地应付电子邮件，又有人敲门，这次进来的是李龙伟。洪钧本以为他是因为当天上午的介绍会效果很好，兴奋不已再次来庆贺一下的，却不料李龙伟脸色凝重，一丝笑容都没有。洪钧心里一沉，刚才被败兴的电子邮件折腾得硕果仅存的那点好心情，这下全都灰飞烟灭了。

洪钧等李龙伟关上门坐下来，没有首先开口，而是用询问的目光看着他。李龙伟长叹一口气，过一阵才说："Lucy又犯病了！她刚才来电话，叫我去上海给一个客户介绍产品。"

洪钧"嗯"了一声，他已经猜到会是类似的事情。洪钧在外企这么多年已经养成遇事先了解清楚、慎下结论的习惯，尤其不会怒而兴师、不给自己留退路。他问李龙伟："上海的项目大致是个什么情况？要你去做什么？"

"既不是大项目，也不是眼前的项目，我都怀疑压根儿就不是个项目。IBM给这家客户做了个方案，里面推荐了咱们的软件，IBM要给客户做个研讨会，拉咱们也派个人去，把几个模块介绍一下，就这么个烂差事。你说，这个Lucy还有没有一点基本的常识呀？！"李龙伟越说越烦躁。

洪钧没有马上反应，而是又问："咱们上海的销售里，有谁负责这个项目吗？"

李龙伟更来气："我问Lucy了，谁是这个项目的销售，我好多了解些情况，她说她也不清楚。我刚才给上海的Roger打了电话，他说他下面的销售没人跟这个项目。你说这叫什么事？！"

洪钧已接近克制力的极限，他深吸一口气吐出来，再问一句："你提醒Lucy你现在忙普发的标书都已经忙不过来了吗？"

李龙伟再也压不住火："我说啦，就剩六天，还有好多章节得赶出来呢。她说没关系，算上往返只需要两天就够了，不会影响。她是真不懂还是假不懂呀？咱们都快按小时倒计时了，一下子去掉两天，她这不是釜底抽薪吗？！"

洪钧其实一直就是在考虑这个问题：Lucy到底是真不懂还是假不懂，她这么做究竟是无意中添乱还是在蓄意拆台。如果Lucy是无意之举，说明她的确分不清业务的轻重缓急，根本没有商业头脑，愚蠢之极；如果Lucy是有意为之，她也太嚣张了，连个更加合理一些的借口都懒得找，难道是有恃无恐？洪钧打定主意，暂且把Lucy看成那么笨，而不把她看成那么坏。

洪钧笑着安慰道："Lucy估计是忙晕了，谁都向她要人要支持，也难为她了。不要紧，我和她讲一下就没事了，她可以找Roger，Roger派个销售去最合适，销售应该足以做这种产品介绍的，还能趁机摸摸客户情况。如果担心IBM现在不想让咱们的销售介入，Lucy可以亲自去讲，还显出维西尔对IBM的项目有多重视呢，经理都亲自上阵了。"

李龙伟撇了下嘴，一脸鄙夷："Lucy去讲？你也太高看她了。这么说吧，她做的事连Mary都能做，我们做的事她一件都不能做。"

洪钧非常惊讶，他估计李龙伟的话并不太夸张，那这个Lucy对公司有什么价值可言呢？洪钧立刻又想到更深的一层：Lucy应该也清楚这一点，所以她一定有危机感，这个岁数的女人本来就有危机感，加倍的危机感会让Lucy处处戒备，愈发敏感而好斗，洪钧告诫自己要小心了。

洪钧不露声色，轻描淡写地说："别管这些了，你继续全力忙普发的标书，我来和Lucy谈。如果她再催你，你就说是我不批准你的出差申请。哦，对了，你不要再和她谈这件事，由我一个人来和她沟通好一些。"

李龙伟叹口气点了点头，出去了。洪钧在想什么时候给Lucy打电话谈这件事，Lucy刚和李龙伟通过电话，自己就一个电话追过去，显得自己太急了，而且Lucy会觉得李龙伟和自己的沟通太过密切。洪钧决定明天早上再给Lucy打电话，可能一夜之间Lucy会自行改变主意，没准IBM和客户的活动都会突然延期甚至取消了呢，也未可知。洪钧的经历告诉他，有时问题发生了不要太急于采取行动，世事难料，有些问题来得快去得更快，有时候问题会自行解决掉的。

傍晚的时候起风了。十八层本来并不算高，可是洪钧的小办公室位于写字楼的一个拐角位置，又面向西北，正好成了风口。大风夹带着沙尘拍打在楼宇的墙面上，敲击到窗户上，鬼哭狼嚎一般呼啸着。

洪钧差不多忙完，顿时觉得饿了，普发集团那顿十块钱的工作餐的确是精神作用远大于物质效果。洪钧站起身，刚要出去解决自己的肚子问题，菲比正好拎着一个塑料袋把他堵了回来。

菲比把塑料袋放到桌子上，从里面往外掏着，嘴里解说："麦香鱼两个，苹果派一个，小心烫嘴，香草味的奶昔一大杯，就这些。现在有疯牛病，就没给你买巨无霸；现在有口蹄疫，就没给你买猪柳蛋；现在还有禽流感，就没给你买麦香鸡；油炸食品会让你变得更加痴呆，就没给你买薯条。所以，就这些，凑合吃吧。”

洪钧听着菲比唠叨，知道她又已经把下午的不开心抛到脑后了，心想，看来菲比也是属于那种可以自行解决的问题。洪钧笑着说：“行了，别摆摊了，我自己来吧。哎，龙伟他们吃了吗？”

菲比一边利索地把已经空了的塑料袋捋一下打个结扔到废纸篓里，一边说：“龙伟和肖彬出去吃了，说是去涮羊肉，回来还得挑灯夜战呢，要先补一补。”

洪钧把包着汉堡的纸打开，两只手捏住汉堡，张开嘴正要去咬，又忽然想起什么，停住了问：“哎，对了，你吃了吗？”

菲比一听，先是双手合十作了个揖，又单手在胸前比画个十字，憋着笑说：“谢谢菩萨和玛利亚，亏你还知道关心我一下，我太感动了。我才不吃这些垃圾食品呢，我呀就吃了一瓶酸奶，嘻嘻，正减肥呢。”

洪钧就不再客气，他真饿了，咬了一大口汉堡包，嘴里边嚼边咕哝着说：“别价，你减什么肥呀，小孩子正是长身体的时候。再说，你也得有的可减呀。”

菲比仰头冲着天花板，说：“切，我乐意。谁让我面子不够，不配和你共进晚餐呢，就只好自己打发自己了。”

洪钧随口问了句：“那你晚上怎么安排？”

菲比立刻眼巴巴看着洪钧，兴奋地说：“咦，太阳从东面掉下去啦？要不，等你和韩湘谈完，你请我吃饭？”

洪钧摇头：“我就是随便问问，我和韩湘不定谈到什么时候呢。这样吧，等咱们把普发的合同赢下来，我请你吃饭。”

菲比的神情又黯淡下来，她站起身，说：“你吃吧，我走了。”

洪钧在她背后喊了一句：“早点儿回家吧，别陪他们加班了。”菲比没有任何反应，头也不回地出去了。

风越刮越大，洪钧刚下出租车，迎面一股凉风就呛进他嘴里，他忙闭紧嘴，眯起眼睛，把风衣的领子竖起来，一只手压着被风吹起来的下摆，钻进了咖啡馆。

洪钧低着头扎进来，还没站住，就已经撞上了一个人的后背，洪钧连忙说了声对不起，抬起头，恰好那个人也转过身来，原来正是韩湘，两个人都笑起来，握过手又同时说了句：“刚到？”便又都笑了。

他们挑了个靠窗的位置坐下，洪钧要了杯咖啡，韩湘要了一杯立顿红茶。韩湘先开口：“洪总，你今天让我开了眼了，我非常佩服你。”

洪钧笑着说：“我看咱们还是先把称呼改改，以后你我之间，你不要叫我洪总，我也不叫你韩助理。咱俩岁数差不多，老啊小啊地叫好像也别扭，咱们的名字又都是单字，要不这样，干脆连名带姓直接叫？”

韩湘就说：“好啊，就这么办吧。”

洪钧好奇地问：“你这个名字有意思，和八仙里面的韩湘子有什么关系吗？”

韩湘说：“那是因为我父母都是湖南人，我是生在北京的，估计他们给我起名字的时候正好想老家了，就给起了这么个名字。”

洪钧笑了，他就是要自然而然地尽快多了解一些韩湘的底细，又问道：“那你就一直都在北京？大学也是在北京念的？”

韩湘说：“是啊，所以我也是一口京腔儿啊，大学里学的是经管。在机关呀、企业里都干过几年，来普发不到三年，一直给金总当助理，瞎混呗。”

洪钧打趣道：“你这还叫瞎混？那我就得算是鬼混，净和鬼子混了。”韩湘也笑了，洪钧接着说，“我觉得你在普发前景很不错啊，金总对你挺器重的。”

韩湘很实在，并没客套，说：“金总对我还行，可我也不能老当这个助理呀，也在看有没有机会。我刚才说佩服你，你知道我最佩服你什么吗？”洪钧自然不好说什么，只能微笑着等，韩湘接道，“我就是最佩服你发现机会和抓住机会的能力。在普发这种大企业里面，机会往往都是转瞬即逝，要真想抓住机会不是件容易的事。哎，我纯属好奇啊，你今天早上在走廊里跑过来对金总说的那些话，是事先就准备好的，还是看到金总临时想出来的？”

洪钧摆出一副惭愧的样子说：“咳，也不用事先准备，都是些大实话嘛。也是被逼出来的，因为我太想请金总也来听听了。”

韩湘说：“真的非常精彩。我后来还想过，你如果说些别的什么话，是不是也能把金总请动了，可想来想去想不出来。只有像你那样说金总才会去，而且只要你那么一说金总就会去。太精彩了，我就像看了场电影。金总对你的印象也很好啊。”

洪钧客气道：“金总肯定清楚，我那只是些小聪明。像他那种地位的人做重大决定的时候，是不会根据自己的印象来定的。”

韩湘喝了口红茶，说：“那倒是，不过你后来在会上讲的那些就更精彩了。实话告诉你，我后来看了看金总的记事本，你讲的那九条他一字不落全记下来了，还标注了好多话。他就是去市里开会，本子上也很少记这么多东西的。”

洪钧试图把话题绕回到韩湘身上去，他可不是来听韩湘夸自己的，便说：“说到这儿我倒想问问你，金总对这个项目这么重视，你对这个项目怎么看？”

韩湘明显斟酌了一下才说：“嗯，我对这个项目还真接触得不多，他们下面为立项报上来的材料，我给金总看之前就是翻了翻，看得不细。办公会上讨论这个项目的时候我虽然在，就是竖着耳朵听了听，没太上心。主要都是柳副总发言，金总基本也是以听为主。”

洪钧听到这儿心里直打鼓，看来俞威做柳副总的工作算是认准人了。洪钧在ICE的时候就和小谭拜访过柳副总，估计俞威一到ICE就从小谭手里把和柳副总的关系接了过去，并且迅速拉近，而柳副总在项目上的作用的确是举足轻重啊。洪钧愈发觉得形势紧迫，时间不等人，真想马上和韩湘彻底挑明，但他还是克制住了，这时候更急不得，只能因势利导、循循善诱了。洪钧用小勺搅动着杯子里的咖啡，像是不经意地问：“你觉得在普发，对于你下一步来说，什么样的机会是好机会？”

韩湘天天处心积虑的其实就是这个问题，这也是他现在最愿意和洪钧讨论的话题。虽然两人今天才认识，但他觉得好像彼此已经很亲近，他佩服洪钧的能力，也相信洪钧的为人。另外，他俩没有任何利益瓜葛，他尽可以把洪钧当作普发的一名局外人，敞开来讨论。他略加思索，说道：“我这个助理，可不是一般人所理解的秘书，说句大言不惭的话，我已经是普发核心管理层最年轻的成员。可大多数人又只把我看作是金总的个人助理，我也始终处于金总的影子里面，没有独当一面地负责过任何业务。所以我的位置看似很得意，前途无量，实际又很危险。因为完全依托在金总一个人身上，好像是靠着一棵大树，其实我自己一点儿根基都没有。金总早晚要退休，所以我不进则退，如果不能尽早利用金总的影响，把一块具体的业务抓在自己手里，占据一个有实权的岗位，等金总一退休我充其量就是现在的孙主任，从金总的助理沦落为给整个管理层打杂。我不是说想找机会向你讨教吗？其实我就是想让你帮我出出主意，看看下一步的方向到底在哪儿。”

洪钧全神贯注地听着，到此处笑着插了一句：“什么讨教啊，随便聊嘛。对了，你有没有探过金总的意思？金总对你不错，估计他应该会有所考虑，没准已经有所安排。”

韩湘微微摇下头：“金总人很不错，所以我赶上给金总当助理是我的运气。其实你今天赶上金总也是你的运气，如果碰上我见过的另外一些企业老总，那帮没素质的家伙，真能把你晾在那儿。但我是这么想的，还是应该自己努力争取一下，而不是等着金总到时候替我安排。他们那辈人和咱们想法不一样，追求的东西也不一样，他觉得安排得挺好，可能我觉得并不好。所以我可以请他帮我，但方向我要自己定，而不会请他替我考虑。”

洪钧盯着韩湘，面带微笑，弄得韩湘有些不自然。洪钧现在已经非常欣赏韩湘了，韩湘直率坦诚，而且有一种自强不息的进取心，大概人天生都会喜欢和自己相似的人，洪钧已经把韩湘当作知心朋友了。起初洪钧想的是如何打着帮助韩湘的旗号，实则利用韩湘以赢得普发项目，这时已经发生变化，他在考虑如何与韩湘一起做好普发项目，来真正地帮到韩湘。自己需要了解的已经差不多都掌握了，也已让韩湘充分表达了自己，洪钧觉得时机已经成熟，便说：“韩湘，我听你说了这些，作为局外人，有个不太成熟的想法，你不妨听听。你有没有想过，普发现在正在搞的软件项目，会不会就是摆在你面前的一个机会呢？”

韩湘马上把茶杯挪到一边，坐直身子往前凑了凑：“你说说看，我很想听听你的建议。”

洪钧接着说：“你刚才说得很对，要想在一个企业有所发展，必须抓住一块业务，要么是企业现有的核心业务，要么是企业未来的新兴业务。想把现有的核心业务抓到手里，难度很大。首先，核心业务必然已经掌握在别人手里，周副总抓着市场和营销，柳副总抓着人、财、物，生产和经营更是金总亲自抓总，你很难争过来。而且，和你一样雄心勃勃的人恐怕不在少数，都盯着这些实权。另外，就算金总对你再器重，也不会贸然把你送上这么关键的岗位，他不放心。所以你现在的策略应该是，首先寻找机会介入普发集团的核心业务，树立你新生代代表人物的地位，同时积极寻找普发集团的新兴业务方向，并争取负责新兴业务。普发在转型，眼下的新兴业务就是今后的核心业务，谁最早在普发拓展新业务，谁就有可能在将来的普发成为核心。”

韩湘认真地听着，双眼熠熠放光，忍不住追问：“那你觉得这个软件项目？”

“这软件项目，可不只是买套软件往电脑上一装就完了，这是事关普发转型至关重要的一步。普发的人、财、物、产、供、销，所有业务都要涉及。没有用过软件的部门，这次就要用软件管起来；已经用了的，要统一移植到这新的软件上来。你可以在这个过程中，真正深入了解普发现有的业务，让各个业务部门的人也都真正了解你。今后普发所有的经营和管理流程都是依托在这套软件之上的，可以说谁掌握了这套软件，谁就掌握了普发。而且这次的软件项目，体现了最先进的管理理念，包含了最高的科技含量，规模最大，难度和复杂性也最高。普发这些年搞的项目里没有能和它相提并论的，你水到渠成就是新普发的代表人物。我也相信，普发的新兴业务一定比老业务更容易利用这套软件，而你也可以顺理成章地介入新兴业务，进而成为新兴业务的负责人。”

韩湘琢磨着洪钧的每句话，眉头皱起来，踌躇道：“能一步步水到渠成当然好，可这第一步怎么走呢？你确定我能弄好这个软件项目？”

韩湘这么一问让洪钧暗暗松了口气，刚才的一番苦口婆心想必已经让韩湘动了心，显然此刻关心的已经是“怎么去做”，而不是“要不要做”了。洪钧一鼓作气：“依我看，普发的项目就缺一个强有力的负责人，而你正是最佳人选，简直是非你莫属。首先，这个负责人要有足够的权威，在关键时刻可以拍板，才能在项目中调动所需要的资源，而你凭现在的地位、你和金总的密切关系，完全可以挟天子以令诸侯。其次，这次的项目涉及所有部门，牵涉各方利益，由直接负责某个部门的人来做负责人，很难协调各种矛盾。所以虽然柳副总很积极，但因为他直接管着财务等部门，销售、总工办都可能怀疑他的公正。而你恰恰不隶属于任何业务部门，大家都会相信你可以一碗水端平。另外，你本身就是学经管的，负责企业管理软件的项目也是名正言顺，你又最年轻，学习能力强。所以你想想看，在普发那么多人里面，还能找出比你更合适的人吗？”

韩湘已经被洪钧的这一席话弄得热血沸腾，胸中有股强烈的时不我待、舍我其谁的豪情在冲撞，他激动地向洪钧伸出手，两人的手在桌子上方握在一起。韩湘说：“你的意思我全听懂了，我觉得句句在理。这次的软件项目就是个契机，我完全应该抓住这个契机，直接介入到普发的全面业务中，用项目的成功来证明我自己可以独当一面，同时为掌握普发的新兴业务占据一个有利位置。我明天就去找金总，向他主动请战。金总给这个项目负责人起了个名字，叫项目总指挥，他们以前搞工程会战的时候落下的毛病，老像打仗似的，你们外企就喜欢叫什么总监，我打算说服他，派我来坐这个位置。”洪钧以为韩湘的话讲完了，微笑着刚想把手抽回来，不料韩湘又紧紧地握了一下说，“以后，我一定会经常向你讨教，你可必须帮我把这个项目搞成功啊。”

洪钧就势以退为进地试探：“那是肯定的。即使你们选了其他公司的软件，作为朋友我也会尽力给你出出主意，毕竟经历过不少项目了。”

韩湘摇下头，严肃地说：“你上午讲的那九条里，不就是一再强调人的因素比软件重要吗？我是在选合作伙伴，而不是在选软件，我相信你是我最好的合作伙伴。”

这次洪钧没有急于把手收回来，而是把左手也放到两人仍然握着的右手上，意味深长地用力按了按。

洪钧和韩湘走出咖啡馆的时候，已经快十一点了，风一点儿没有变小的意思，呼呼地刮着。洪钧在咖啡馆外面的小街上拦了一辆出租车，把韩湘先送上车，他一只手裹紧衣领，一只手在风中挥了挥。等车走远了，洪钧转过身，一边努力背对着风，一边向小街的两头张望搜寻着空车。

忽然，他的目光定住了，就在他的正对面，小街的另一侧，两棵细长的已经被风刮弯了的小树中间，立着一个同样细长的身影，迎着风倔强地笔直站着。洪钧不相信自己的眼睛，又眯起眼睛仔细看，那人一动不动，洪钧看不清那人的脸，却能感觉那人一直在死死地盯着自己。终于，洪钧看清了那人被风吹起的风衣的颜色，是紫红色。洪钧确信了自己第一眼的感觉，是菲比！

洪钧立刻向街对面跑过去，背后的大风把他吹得差一点儿刹不住脚步，他几乎要撞到菲比才停下来，鼻尖对着鼻尖，洪钧终于看清了菲比的脸。菲比满脸通红，洪钧想起来这一整天她的脸色都是这样红红的，他顾不上去想她之前的脸红是因为什么，他很清楚她此刻的脸红是被风吹的、被冻的。

洪钧马上拉着菲比的胳膊转了个半圈，这样菲比就可以背对着风，而洪钧变成迎风站着了。菲比的眼睛终于可以完全睁开，一眨不眨地看着洪钧，笑了。

洪钧脑子里在琢磨她是怎么找到这里的，马上想起来下午和韩湘约定这家咖啡馆的时候菲比就在旁边听着。洪钧吃力地把嘴张开一道缝，问菲比："什么时候来的？"

"不到十点就到了，谁想到你们真聊这么久。"

洪钧被灌进一口冷风，才又问："怎么不进去？给我发短信也行啊。"

菲比说："怕影响你嘛。"

洪钧大声问："怎么啦？有什么急事吗？"

菲比刚一见到洪钧就变得亮亮的眼睛此刻又渐渐黯淡下来，她过了一会儿才说："没事，想见你，想让你请我吃饭。"

洪钧哭笑不得，本想从鼻子里往外"哼"一声，结果被风呛了回去。他有些不耐烦地说："为什么非得今天啊？这么大风，改天不行吗？"

菲比咬着嘴唇，一个字也不说，只是轻轻摇了下头。

"别说是你生日啊，那也太俗了。"见菲比又摇了下头，洪钧勉强咧嘴笑着补了一句，"今天是'一二·九'，你要纪念学生运动吗？"

菲比没有笑，又摇了下头。

洪钧伸出手，去拉菲比的胳膊："走吧，打车送你回家，有话上车说，风太大啦。"

菲比没有动，洪钧又拽了一下，还是没有拽动，菲比死死钉在地上。洪钧看着菲比的脸，刚要大声喊句什么，却一下子呆住了，借着被风吹得摇摇晃晃的路灯的微光，洪钧看见菲比的眼睛里两串大大的泪珠无声地淌了下来。

洪钧蒙了，他在脑子里对自己说："完了。"洪钧最见不得女孩子在他面前流泪了，这是他的软肋，这是他的命门，菲比的眼泪一瞬间就把洪钧缴械了、俘虏了。

洪钧的心一下子软了下来，他觉得面前的菲比是那么凄美，对他是那么真情。洪钧双手搭住菲比的双肩晃了两晃，说：“算啦，我算是死在你手里了。走吧，反正我刚才咖啡喝多了，一点儿也不困。干脆我陪你吃饭，陪你聊天，陪你一晚上。”

菲比笑了，眼泪却没有止住，仍然无声地流淌着。

洪钧也笑了，说：“我手脏，你自己找东西把眼泪擦了，被风一吹皮肤该坏了。”

菲比使劲点了点头，把手伸进手包里掏着。洪钧侧过身和菲比并排站着，把手搭在菲比的肩头，搂着菲比，说了句：“走吧。”

菲比和洪钧沿着小街向前面的十字路口走去，没走几步菲比就把脑袋歪过来，靠在了洪钧的肩膀上，洪钧的脖子有些僵硬，又过了一会儿才放松下来，慢慢地把头也歪过来，和菲比的脑袋挨在了一起。

决战前夜

刮了一夜的风在第二天早晨停了，多日的阴霾被大风吹得无影无踪，压在北京城上的灰蒙蒙的盖子终于不见了。洪钧几乎一夜没睡，筋疲力尽地进了办公室，抬起干涩的眼睛看一眼窗外，不禁叫出声来，哇，真是难得一见的景色。天空湛蓝如洗，没有一丝杂质，视野开阔极了，办公室位于西北角的缺陷现在也成了优势，可以清晰地将西面和北面的群山尽收眼底。洪钧甚至觉得自己依稀看见了香山上的索道缆车，又一想，怎么可能呢？洪钧独自笑了笑，心情非常舒畅。

他坐到椅子上打开笔记本电脑，开始每天早上的例行功课，处理信箱里的电子邮件。很快，他的一番好心情就被一封电子邮件彻底破坏殆尽。洪钧紧皱眉头，努力压抑胸中的火气，把这份电子邮件打印出来，走到外面给自己倒了杯水，扫视一圈外面的几张办公桌，又走到前台，问Mary："菲比还没到吗？"

Mary立刻站起来，摇着头说："还没到，也没打电话来，可能还在路上，应该快到了吧。"她看着洪钧铁青的脸，声音越来越小，最后都小得快听不见了。

洪钧看她这样也没心情向她解释，而是硬硬地说了句："等她来了让她马上来见我。"说完就转身回去了，Mary吓得呆呆地站了一会儿才又坐下。

洪钧回到办公室，强迫自己坐下，但再也没心思看电子邮件或做其他的事，就干脆双手抱在脑后，在椅子上仰着，眼睛直直地盯着门口，静等菲比出现。

过了一阵洪钧觉得再也熬不住，正要让Mary打菲比的手机，便听见外面响起急促的脚步声。脚步声停了一下，估计是Mary叫住菲比说了什么，随即脚步声又响起来，直奔洪钧的办公室，很快，菲比出现在了门口。

菲比的脸色红润，亮亮地闪着光泽，一双大眼睛也亮亮地看着洪钧，脸上浮现的是昨晚在咖啡馆外终于守到洪钧时的那种微笑，甜蜜而满足。慢慢地，她的微笑僵住，眼神也黯淡下来，眉头皱紧了，菲比看清了洪钧正像个凶神一样瞪着自己，等弄明白他不是在开玩笑，菲比这才真害怕了，她从来没见过洪钧的这副样子。

菲比战战兢兢地走近洪钧对面的椅子，一只手摸到椅子靠背，慢慢地刚要坐上去，冷不防洪钧阴沉地说了一句："你干的好事！"菲比的重心将将放到椅子上，被洪钧这句闷雷似的话吓了一大跳，骤然失去平衡，差点儿摔在椅子上，她赶紧撑住再勉强站直，抬手把滑到眼前的头发捋到耳朵后面，脸色苍白地望着洪钧。

要在平时，洪钧肯定被菲比的狼狈窘态逗乐了，他的心也会早就软了下来，但洪钧此刻强制自己继续板着脸，冷冷地瞪着菲比。过了一会儿，洪钧抓起刚打印出来的电子邮件扔给菲比，说："你自己看看！"

菲比忙接过那张纸看起来，似乎看完了就抬起头，洪钧又恶狠狠地说："背面还有！这种垃圾，不配浪费我两张纸！"

菲比忙把纸翻过来继续看，然后再次抬起头，气鼓鼓地说："这个Lucy怎么像条疯狗一样呀？！她也太……"

洪钧毫不客气地打断菲比："你少说别人。我先问你，谁是你的经理？"

菲比怯生生的，没敢回话，只是把手抬到胸前，无声地把食指伸出来向洪钧指一下马上又缩了回去。

洪钧被菲比的举动弄得心里暗笑，但脸上没有丝毫缓和，继续质问："我再问你，你英语怎么样？"

菲比一头雾水，猜不透洪钧是什么意思，只好说："凑合吧，不太好，也就够用吧。"

洪钧被菲比的话弄得火气又上来了，他大声问："够用？够怎么用？你能用英语打官司吗？你能用英语吵架、骂人吗？"

菲比被打蒙了，愣愣地摇摇头。洪钧一下子爆发出来，他指着菲比手上的纸，几乎是吼着说："那我问你，Lucy让李龙伟去上海出差的事，轮得到你直接找Lucy说吗？你凭什么用电邮和Lucy打仗，和她打这种笔墨官司？"

菲比总算明白过来，满脸委屈，又急又气地说："我哪里和她打仗啦？我听李龙伟一说我当然着急啦，普发写标书这么紧张，哪还能去出差？"

洪钧听到菲比居然还在辩解，更是火冒三丈："用得着你和她讲吗？李龙伟当时就告诉我了，我和Lucy讲一下就能解决，轮得到你吗？！"

菲比更委屈了，噘着嘴说："我怎么知道嘛……昨天晚上我听李龙伟一说就急了，你又在跟韩湘谈事呢，我就赶忙给Lucy写了封邮件。"

洪钧也不由得生李龙伟的气，自己已经告诉他不用管了，自己会负责和Lucy沟通，这个李龙伟还和菲比唠叨什么呢？看来李龙伟对Lucy非常不满，总得找个人倾诉，可偏偏找的是菲比。

洪钧抄起桌上的电话机在空中比画两下，又拿出手机对菲比挥动着："公司给每个人桌上配的电话是干什么用的？公司每个月给你报销手机话费又是为了什么？嗯，为什么不在电话里谈？为什么偏偏要用你词不达意、狗屁不通的英语来写这种白纸黑字的东西？"

洪钧话一出口就有点后悔，他不该说什么"狗屁不通"的。他见菲比的脸红了，眼圈也红起来，赶紧缓和下来说："英语不是你的母语，是外语，你写出来的并不一定是你要表达的意思。同样，英语也不是Lucy的母语，对她也是外语，她理解的就更不一定是你要表达的意思。电邮本身就不是一种很好的沟通方式，不像电话，你说出第一句还可以根据对方的反应再决定如何说第二句。但电邮不一样，你不知道人家看完你的第一段会怎么想，即使知道也晚了，因为你的第二段已经写上去发给人家了。所以电邮最适合用来做什么？下战书！最后通牒！有些美国人把发电子邮件说成是'throw email'，'扔电子邮件'，这个'扔'字非常形象，就像两军对垒，互相往对方的战壕里扔手榴弹。"

菲比嘴里嘟囔："我没有对她宣战呀，我就是想请她不要调李龙伟去上海，是Lucy她自己神经过敏，还写了这么一大通莫名其妙的东西。"

洪钧又开始不耐烦了："你怎么还不明白呀？你不要讲你本来是什么意思，你要看看Lucy把你的话理解成了什么意思。你再看看她是什么时间给你回的邮件？"

菲比看一眼手上的纸，笑了："昨天夜里零点二十五分。那时候咱们正喝永和豆浆呢。"

洪钧没好气地打断："你少提那个。我敢断定，她昨晚上没干别的，全用来给你回这封邮件了，你看她写了多少，对你的邮件逐字逐句地辩驳、反击。她现在肯定正等着你或者我再找上门去和她接着打呢，她还专门抄送给了杰森和Roger，要让大家都来替她主持公道。这种你来我往的笔墨官司，是不是内耗？本来很容易解决的事情，让你一下子把矛盾挑起来，现在可就难办啦。"

菲比这下慌了，不知所措地问："谁知道Lucy现在就到更年期啦。那你说怎么办呀？"

洪钧"哼"了一声："怎么办？你惹的麻烦，还不是得我给你擦屁股。"

菲比的脸"腾"地全红了，好像连耳朵和脖子都红了，咬牙切齿地说："真不文明。"

洪钧也自知忙中出错又口不择言了，但已顾不上这些小节，继续教训："你记住，以后整个北京办公室的人都要记住，同一个办公室内不许打内线电话，有话走过去当面说；找上海和广州维西尔的，尽量打电话，除非有文件要用电邮发，否则尽量少用电邮；最后，如果发邮件给其他部门的经理或者杰森，无论是直接发还是抄送，都必须事先让我过目。"然后想了想，才没好气地说，"没事了。"

菲比站起来，低声说："那我出去了。哎，今天晚上咱们去哪儿吃饭？"

洪钧狠狠瞪了菲比一眼，一挥手，不再说话。菲比噘起嘴，失望地叹口气，转身走了。一出洪钧办公室的门，她的表情又恢复了常态，好像什么都没发生，嘴里居然哼起了歌——甜蜜蜜，你笑得甜蜜蜜……

洪钧正在盘算如何收拾眼前的局面，暗自念叨着准备在电话里对Lucy的说辞，桌上的电话响了，洪钧接起来，是杰森的。杰森在电话里又让洪钧吃了一惊，他突然要在明天开经理层会议，洪钧必须马上跑到上海去。尽管洪钧再三陈情仍无济于事，在杰森眼里十个普发也不如他召开的会议重要，可能杰森根本就对洪钧扑在普发项目上不以为然，那是销售该做的事嘛。洪钧想起了杰森用来拒绝参加亚太区会议的理由，可是洪钧没有老婆，不能借口老婆生病而不去，洪钧不禁羡慕杰森，他忽然体会到有个老婆的好处了。挂上电话洪钧苦笑一下，去上海也好，自己不是刚教训过菲比有话最好当面讲吗，现在好了，他可以当面和更年期提前的Lucy打交道了。

两天后的早晨，洪钧又是疲惫不堪地走进了自己的小办公室，他把自己摔在椅子上，连笔记本电脑都懒得打开，反正头一天晚上刚和杰森等人分手，谅他们一夜之间也搞不出什么新动作。洪钧用手撑着脑袋，养养神。头一天闪电般的上海之行眨眼就过去了，他又坐在了这间小办公室里。这种时空变幻让他有些糊涂，究竟昨天是一场梦，还是此刻还在梦里。

往常是打出租车上下班，昨天是把飞机当出租车打着上下班。洪钧坐的是早晨七点的飞机，一切顺利，可是等他赶到维西尔上海位于南京西路上的办公室还是比十点钟晚了一些。不过洪钧很快就发现他并没有错过什么有价值的内容，因为杰森还在喋喋不休地大讲他当年在台湾的丰功伟绩，如何把一家公司的销售额在很短的时间里翻了很多倍。

洪钧到现在还想不出来昨天的会议究竟达成了什么成果，杰森等人都是神侃的高手，一直天马行空、云里雾里的，弄得洪钧这个来自天子脚下的“侃爷”都不好意思开口。慢慢地，洪钧觉出不对了，他发现自己成了众矢之的。会议的主要内容是讨论明年各个地区的销售任务，洪钧意识到其他人都很默契地要把他举到火堆上去烤。维西尔北京这么弱的团队、这么差的基础，他们都视而不见，非要让洪钧承担全公司销售指标的一半还要多，理由只有一个，维西尔北京现在有你洪钧了嘛。

洪钧没有争辩，他只是静静地听，他心里清楚亚太区的科克还没把明年中国区的指标分配到杰森头上，而洪钧关心的并不是维西尔北京在整个维西尔中国公司里分摊的比例，而是北京要承担的销售指标的具体数值。上海的Roger和广州的Bill一再给洪钧戴高帽，乍一听都是赞许吹捧，可稍微琢磨一下就会发现里面充斥着冷嘲热讽。

向洪钧发难的领军人物当然是Lucy，菲比的那封电子邮件已经被特地打印出来放在每个人的面前。让洪钧稍感意外的是Laura，自忖和她往日无冤近日无仇啊，结果Laura也专门准备出来一份三个办公室在过去两个月里的费用花销对照表，洪钧负责的北京确实比上海和广州的人均费用高出不少。洪钧虽说没想到Laura也跳了出来，但面对她的攻击心里却很坦然。洪钧没有超出他的权限审批任何一笔费用，至于每笔钱该不该花，该花多少，本来就应该他说了算。

除了洪钧，对所有这些一概不表态的还有另一个人，就是杰森。在整个会议期间洪钧最留意的就是杰森，杰森对其他人投向洪钧的明枪暗箭统统不作反应，既不支持也不反对。洪钧还发现，不仅是对他洪钧如此，杰森对其他人之间的分歧或争斗也都如此，他从不当着双方的面做裁判。洪钧一直在琢磨杰森的招数，直到他坐在回北京的晚班飞机上才一下子豁然开朗。杰森就好像是一只手的手掌，而洪钧、Roger、Bill、Lucy和Laura就是那五根手指。手掌最希望看到的就是任意两根手指之间都在争斗，这样每根手指都不得不竭力依附于手掌以求获得手掌的支持，而手掌则会在私下对每根手指进行一对一的安抚和笼络，暗地对争斗加以鼓动和挑唆，但不会在公开场合表露对某一根手指的好恶。洪钧坐在机舱里旁若无人地笑起来，难怪"首长"和"手掌"听起来是一模一样的啊。

洪钧正闭着眼睛回味头一天的上海之行，桌上的手机响了，洪钧拿起来看了眼来电显示，是从国外打来的，便下意识地用英语问候一句。

手机里传出来的是浓浓的澳洲腔："你好，我是科克，还好吗？"

洪钧愣了一下，自从在新加坡和科克那次长谈之后，他们之间就再没有过任何单独联系。手机的通话质量不太好，听着科克的澳洲腔就更觉吃力，洪钧刚想请科克打自己桌上的固定电话，又马上改变主意。科克可能是有意不打公司电话的，因为他不想经过前台的Mary转接，洪钧想到这儿更觉得科克是个很细心很周密的人。

洪钧站起身关上门，然后面带微笑热情地冲着手机说："科克，我很好，好久没有联系了。"

科克呵呵地笑："是啊，因为你和我本来就不应该经常联系的嘛，尤其不应该私下里单独联系，否则我们的朋友杰森该不高兴了。呵呵。"

洪钧不好说什么，只得没话找话地问："你现在在哪里？悉尼还是新加坡？"

"悉尼。我昨天刚结束了一次很长的旅行，回到家的感觉很不错。我听说你昨天也是出差刚回来，所以给你打电话问候一下。"

洪钧本来只是随口一问，对科克的回答并没在意，但科克吐露的“听说”二字引起了洪钧的好奇，他会是听谁说的呢？看来科克对洪钧和维西尔中国公司的动向挺了解嘛。洪钧想着，嘴上应道：“是，我昨天去上海了，杰森召集了一个经理层会议。”

科克笑了：“那一定是个很有意思的会议吧？”

洪钧也陪着笑了一下，说：“主要是讨论明年的业务计划，比如销售指标。”

科克沉吟了一下，接着问：“说说你的感觉，这是你头一次参加维西尔中国的这种会议吧？”

洪钧谨慎地回答：“是。而且是前天才通知我要开会的，我没有时间准备，所以主要是听，听杰森和其他人说。”

科克又笑了：“就像你上次在新加坡的时候那样，当了一个听众？”洪钧对着电话笑了一声，正不知如何接话，不料科克忽然直截了当地说，“我给你打电话就是要对你说，不要把那些放在心上，不要灰心。我会支持你。”

洪钧心里一惊，脱口而出：“你都知道了？”

科克轻快的语气里透着几分自得：“凡是我应该知道的，我都知道了。”

洪钧的大脑飞速运转，他把昨天到会的所有人像走马灯一样地在脑子里捋了一遍，会是谁这么快就向科克报告了呢？他首先排除掉自己和杰森两个人，会议室里当时在场的还有Roger、Bill、Lucy和Laura。那间会议室的隔音确实很不好，但堂堂的科克不会安插个什么小人物在外面偷听的，而且科克这么快就打电话过来，肯定不是什么人无意中一点一滴透露出去的，那可能要很久才传到科克耳朵里。

科克已经又开口了：“你不用猜测在你们中间还有谁也是我的朋友。你放心，第一，这个人不知道我要和你联系；第二，将来我一定会告诉你这个人是谁，我不会让你觉得不舒服。”

洪钧再吃了一惊，这个科克开始让他暗自钦佩了，但是科克的手段和心计也已经让洪钧稍稍有些不舒服。洪钧不能再多想，他得搭腔了，就转了个话题：“我现在所有的心思都在普发集团的项目上。”

科克很有兴趣地说：“好的，我正想听你说说普发的项目，可以给我多介绍一下吗？”

洪钧心想，还好，你科克起码还无法从别人的嘴里打听到普发的项目，说明北京办公室尚没有你的人。洪钧便把普发的情形大致向科克说了说，虽然在普发项目上科克和亚太区都帮不上什么忙，但这种沟通总是很重要的。

科克没有插话，仔细地听完之后说："我相信你的能力，尤其是你的判断。我要对你说的是，不要太急于证明你自己，我们还有时间；另外，不要理睬那些人发出来的噪音。你知道吗，有一种很容易的做法就可以让他们都闭嘴。"

洪钧笑着说："我不知道。"他估计科克又要来个什么澳洲风格的幽默了。

科克很严肃，把一句话清清楚楚地送进了洪钧的耳朵里："当你变成他们的老板的时候，你会发现他们全都闭嘴了。"

洪钧挂断手机以后，科克的这句话还在他的脑海里萦绕，挥之不去。实际上，在后来的很多天里洪钧都常常想起这句话，他在想这是科克对自己的诱惑还是承诺呢？是给自己的压力还是动力呢？他想来想去还是觉得，其实都是一回事。

又过了两天，已经是十二月十四日了，将近一个月没日没夜的辛苦劳作，李龙伟总算带着投标小组在晚上完成了所有投标用的方案书。洪钧已经和杰森在电话里把投标用的价格定了下来，他发现杰森这个老板也有可取之处，他要什么折扣政策，杰森就给他什么折扣政策。

洪钧这段时间忙活的另一项结果，是找到了三家系统集成公司来代理维西尔在普发项目中投标，一家是范宇宙旗下的公司，但具体会是哪家还不知道，另外两家都是以前和维西尔曾有过合作，关系还不错，只是他们和普发的关系好像都一般。

洪钧最后一次在电脑上把标书的重点内容审查了一遍，就吩咐菲比可以发给那两家系统集成公司了，但叮嘱她此刻还不要发给范宇宙。菲比之前早已把包括授权书等商务文件的正本做好送到那两家去了，洪钧也把该给范宇宙的这些商务文件压着不让她送。菲比用电子邮件把最终的投标方案书和价格清单给那两家发了过去，又打了电话确认收到之后，来向洪钧交差。

洪钧看了看表，快八点了。菲比有些着急，提醒说："他们每家收到咱们的方案书，都还要花时间和他们的其他部分整合一下，还要再打印、装订，弄出一式四份的正式标书。明天一早就得去交，再晚的话，范宇宙那边该来不及了。”

洪钧轻松地说：“不用急，反正他们谁都得熬个通宵，再等等。”

菲比还是不放心：“你还等什么呢？咱们该做的都做完了，现在也不会再有任何修改了，给他们也发过去呗。”

洪钧说了句：“我是怕他们修改。”看菲比还愣着，就只好解释说，“我对那两家比较放心，但我对范宇宙不放心，他自己明确讲过他会用三家公司的名义分别投ICE、科曼和咱们的产品，也就是说，他手里就会有这三家的方案书和报价。我没想从他那里打听别人的报价，但也得防着他把咱们的东西透露给ICE和科曼。”

菲比说：“你要是这么不放心他，当初干吗要让他代理咱们的产品呢？那胖子多烦人呀，上次我送他出去，电梯都来了他还拉着我手不放。”菲比说着就用左手使劲擦着右手的手背和手腕，好像范宇宙上次留下的痕迹还在似的。

洪钧听了觉得一阵别扭，像眼见自己心爱的东西被别人用过又还回来一样，就又在心里恨恨地对范宇宙的母亲的母亲打了招呼，但嘴上却不动声色地解释：“范宇宙有能量，他能在很短时间里和普发的人混得那么熟，咱们找的另外两家代理都比不上他。咱们做普发项目一直都是从正面做的，任何私下的暗地里的东西都没搞。并非普发里就没有人想搞，人家是不敢和咱们搞，这些都得靠范宇宙到时候具体操办了。”

菲比又问：“那到底什么时候把标书给他们呀？总不能拖得太晚，最后人家都来不及了啊。”

“只能尽量拖了，等一下先把技术方案给他们，即使他们把一些核心内容透露给ICE或是科曼，ICE和科曼也来不及改他们的技术方案了。至于价格嘛，能多晚给就多晚给。”

洪钧刚说完，手机响了，洪钧看眼号码就对菲比挤了下眼睛：“喜欢你的人来了。”然后接通手机笑着说：“老范，我还在公司呢。”菲比一听原来这个所谓“喜欢你的人”竟然是范宇宙，气得狠狠瞪了洪钧一眼。

范宇宙冲洪钧大声喊着，连坐在对面的菲比都能听得见：“老洪，你可真沉得住气呀，我这里急等着你的标书呐，赶紧发过来我们好打印装订啊。”

洪钧笑着解释：“还差一点儿，就快好了。老范你放心，一定耽误不了，他们待会儿弄好我就马上亲自送过去。”

范宇宙又说：“还有啊，我上次不是给了你两家公司的名字嘛，让你一家一份给我做好授权函的，你呀，再给我的泛舟系统集成有限公司也做一份授权函。我现在还没想好究竟用哪家来投你们的产品，我是一颗红心，三种准备啊。”

洪钧觉得有些意外：“你当初不是决定用泛舟来投ICE的吗？我看你不是一颗红心，你是有三颗红心，典型的三心二意。”

范宇宙好像根本不在乎洪钧对他的调侃，哈哈笑道：“我还没想好，ICE和科曼也都是给我的这三家公司各做了一份授权函，我可能得在最后一分钟才能定啊。”

洪钧一听范宇宙不再确定用他自己的泛舟公司代理ICE的产品，隐隐觉得这是个好的信号，他不动声色地说：“那行吧，我们就再做一套授权文件。这些文件都要原件正本，电子邮件、传真都不行，等一下我连同标书一起给你们送过去吧。”

范宇宙沉吟片刻才说：“哎呀，那也太折腾你了嘛，你何必亲自跑呢？我可以派人去取一下就行了嘛。”

洪钧坚持：“没事，我也该去你那里拜访的嘛。我本来就已经安排好了等一下过去，反正你的那两家公司的授权文件正本我们也要送过去的嘛。”

范宇宙听洪钧的口气是主意已定，就说：“那好吧，你可要尽快赶过来啊。你要是过来晚了，明天我可只能投ICE和科曼啦。”

洪钧挂断手机，问菲比：“李龙伟他们都撤了吧？”

菲比笑了：“刚才一转眼就都没影了，这些天把他们几个累惨了。你知道他们私下里管你叫什么？叫你‘表叔’！因为你一见他们就说‘标书’‘标书’，他们就说干脆认你当他们‘表叔’得了，求你别催标书的事了。”

洪钧开心地笑起来：“哎，你今天晚上想不想和我再熬个通宵？”

菲比毫不掩饰自己的兴奋：“想啊想啊，我早准备好了。”

洪钧逗她：“可咱们这次熬通宵的地方你恐怕不太喜欢，范宇宙会一直陪着咱们。你要是不愿意就算了。”

菲比噘起嘴：“早猜到了，你刚才在电话里不是已经定了嘛。唉……我可真命苦啊。”

洪钧吩咐：“你先按刚才范宇宙讲的，给他的泛舟公司也做一套授权函，然后把标书文件都存到一个移动硬盘里准备好，咱们十点钟出发。哎，对了，你去搞些吃的来吧。”

范宇宙在北京可以称得上是狡兔三窟了，洪钧和菲比按着他说的地址，又不停地用手机请他指示方向，总算摸到了他位于城西航天桥一带的一处办公地点。这是一座四层高的土里土气的小型写字楼，一看就是从国有企事业单位以前的那种老旧办公楼改装的。到了门口，保安早已经下班，大门洞开，洪钧打量一下，确定这楼里是没有电梯的，便拉起菲比的手，顺着楼梯爬上了四楼。

他俩沿着四楼的楼道，很容易就找到了范宇宙的那几间办公室，因为只有那里还灯火通明。等他们快走到门口了，洪钧想放开菲比的手，却被菲比紧紧攥着，洪钧扭过头瞪了菲比一眼，又朝门口努了努嘴，菲比才做个鬼脸，松开了手。门口没有任何牌子，根本看不出是什么公司。洪钧敲了敲敞开的门，范宇宙在里间答应一声，很快走了出来。

洪钧第一眼看到范宇宙就发觉与他上次见到的那个相比简直换了个人。范宇宙穿的是件黑色的中式小棉袄，敞着怀，露出里面的毛衣，下面是条像绒裤似的运动裤，脚上蹬着一双厚厚的毛绒拖鞋，就像是住在四合院里的老北京，半夜刚到外面上了趟茅房回来。范宇宙咧开大嘴笑着和洪钧握手，一眼看见菲比正站在洪钧身后，就立刻抢上一步和菲比握手，一直拉到沙发上请他们坐下才放开。

洪钧忽然感觉有些冷，起初以为是范宇宙的龌龊让自己打了个寒战，但马上就明白了真正的原因，原来是这房间里太冷了。他扫一眼房间里忙碌着的几个人，都是一身厚重的打扮，墙上挂着个空调，却还蒙着防尘罩，看来范宇宙真够精打细算的，要么当初买的只是夏天用的“单冷”空调，要么虽然买了“冷暖”空调却舍不得开。洪钧看了眼菲比，菲比也正看着他，嘴唇好像抖了一下。他俩的风衣在坐车和爬楼梯的时候都一直拿在手里，实在不好意思都进了房间反而要把风衣穿上，洪钧只得把风衣严严地捂在腿上，菲比也学着做了。

洪钧从菲比手里接过一个大信封，从里面取出订成三份的文件，递给范宇宙，范宇宙一边招呼人倒茶，一边接过去看了看，又问：“授权函什么的都齐了。方案书呢？还有报价表呢？”

洪钧从菲比手里又接过一个移动硬盘，对范宇宙晃晃：“都在这里头，让人拷进去吧。”

范宇宙便站起身说：“那咱们干脆上那屋吧，他们都在那里头忙活呢。”

洪钧和菲比跟着范宇宙来到旁边的一个房间，映入眼帘的是一派热火朝天的繁忙景象。几个人守着几套电脑和打印机，桌子上摞着小山一样的A4纸，还摊着打孔机等装订工具。范宇宙对其中一个人交代：“哎，你帮这位小姐把他们维西尔的方案书导进去。”然后就拉过两张椅子和洪钧坐了下来。

范宇宙一脸得意，对洪钧说：“ICE、科曼还有你们维西尔，这三家软件公司的标书都在我这间小屋里呢。那两家的已经都快打印完了，你看那不都开始装订了嘛，就剩你们的了。”洪钧笑了笑没说话，眼睛盯着菲比在旁边电脑上的操作。范宇宙又说，“老洪，其实我知道你干吗非拖到这么晚才来，你是信不过我，担心我把你们的东西外传出去，对吧？”

洪钧仍然只是冲范宇宙笑笑，还不打算说话。范宇宙伸出手，把旁边一张桌子的抽屉一下子拉开，让洪钧往里看，洪钧探头看一眼，里面胡乱放着各款花花绿绿、形状各异的手机，足有十来部。洪钧一时不明白范宇宙的意思，范宇宙咧开嘴笑：“这全是他们这帮人的手机，都让我给收了，关了机往这儿一放，谁也别想往外打，短信也别想发。你再看这几台电脑，都没有网线，全都是不能上网的，公司里的电话我也把线给拔了，切断一切对外联络，哈哈。现在这儿只有我这一部手机能用，要不刚才你在路上打我公司电话没人接呢，线都拔了嘛。”

范宇宙越说越得意：“你们三家的标书我这儿都有，你怕泄密，我比你更怕。你担心你们的东西让ICE或是科曼知道，我还更担心那几家系统集成商从ICE、科曼把我的东西搞走呢。你想想，我要是把你的东西告诉俞威，俞威肯定会调整他们的方案和报价，但他不会把调整后的东西再给我，只会在最后一分钟给他另外的几家代理商，因为他也不敢相信我了呀。”

洪钧不想和范宇宙讨论这些，便又笑了笑，转而问：“你打算怎么定你投标的价格？”

正好，和菲比一起忙活的那个人拿着一份打印好的表格走过来递给范宇宙，洪钧瞟一眼，是自己给范宇宙的维西尔软件产品报价表。范宇宙仔细地看着，又让人拿来一个计算器，托在手上算开了。过了一会儿，范宇宙才抬起头说：“老洪，你们给我的这个价格倒还不离谱。我看这样吧，你这个价格我拿来做参考，再加上我这里要留出来的各种费用和利润，关键是考虑我的投标总价在所有投标商里面排什么位置最好，不能最高，也没必要最低，咱们先争取中标再说。等普发定了我的标，也就定了你的软件，咱俩到时候再敲定你给我的最终价格，怎么样？”

洪钧想都没想就说：“你到时候再来找我要的价格，肯定比我现在给你的价格还要更低吧？”

范宇宙一脸坦诚，但是把声音压得低低地说：“那是肯定的，不然我还去找你干吗？我现在就算拼命杀你的价，再杀恐怕也杀不下来，而且最后如果没中标都是白费劲。我大致算过，这个项目在签合同之前，还有日后的验收、付款，大概都需要留出多少钱来打点。我算的数应该比较靠谱，但到时候真正得给出去多少，这可谁也说不好，又不能打出太多富余量，不然投标的总价就太高了。所以我想和你来个君子协定，到时候咱们再仔细核算你给我什么样的底价合适，好不好？”

洪钧很爽快地回答：“没问题，那就等中了标再谈。”

洪钧的干脆利索反而让范宇宙有些意外，忍不住问：“那就这么定了？老洪，你就这么放心？”

洪钧笑了，拍了下范宇宙又宽又厚的肩膀，也悄声说：“老范，你给普发的卖价都定了，可你从我这儿拿的买价还没定，等中了标，你就必须从我这儿买软件交给普发，如果到时候我坚持今天这个价格不降价，你也只能接受，有什么损失都只能你自己扛了。既然你对我这么放心，我怎么会对你不放心呢？我今天可以答应你，只要你不搞破坏性的低价竞标，咱们用合理的价格中标以后，如果你这里发生了一些预想不到的费用，维西尔会和你共同承担。老范，你记住啊，我不会做让你日后骂我的事。”

范宇宙认真地听完洪钧说的每一个字，眼睛直直地盯着洪钧，过了足有半分钟才用手也拍了下洪钧的肩膀，说：“老洪，你这人实在啊。”洪钧感觉放在自己肩上的，活像是一只熊掌。

范宇宙又补了一句：“还有，我不说你肯定心里也有数，到时候跟你要折扣的时候我可不会给你列个单子，上面写着送给谁多少钱、送给谁值多少钱的什么东西，我就会告诉你我整个的打点费用是多少。”

洪钧笑了：“我才不会管呢，钱也好，东西也好，都是你安排的，和我、和维西尔什么关系都没有，我们也根本不知情。你总共打点了多少钱，你自己最后赚了多少钱，我也都不关心。”

范宇宙也“嘿嘿”地笑了几声，用手在洪钧的大腿上拍了一下，眼睛已经瞄向菲比那边去了。

第十七章

无形的手

凌晨四点多钟，所有的标书都已经制作完毕，放进纸箱里密封起来，范宇宙也把他独自躲进另一个房间打印好的最终投标价格单放进信封里封好，只等着早晨开标的时候用了。

洪钧和菲比在四楼的楼梯口和范宇宙道了别，走下楼去。菲比一等到范宇宙的身影被楼板挡住看不到了，便说了句："冻死我了！"然后迫不及待一下子扑到洪钧身上，差点儿把毫无防备的洪钧推下楼梯。

洪钧忙抓住楼梯扶手站稳了，把菲比搂在怀里，说："冻坏了吧，我也没想到他们这儿像冰窖似的。"说着就把手里的风衣披在菲比肩上。

菲比把洪钧的风衣推还给他，边下楼边穿上自己的风衣，她把所有的扣子都系上，还把腰带扎得紧紧的，再把领子竖起来挡住耳朵。洪钧在旁边看着，又想起那天在咖啡馆外面看见的菲比，禁不住伸手过去揽住了她的腰。

上了出租车，洪钧把头放在后座的头枕上仰着，菲比靠着洪钧的肩膀。两个人都一下子感觉疲倦极了，向司机交代菲比家的方位以后，好像都再也没有说话的力气，只有握在一起的两只手还互相摩挲着。

不久，车停在一个立交桥下的十字路口，洪钧抬起眼皮向四周看了看，瞥见立交桥下背风的地方有几个夜宵摊，一群民工模样的人正围坐在几张小桌子旁边，有的干脆蹲在地上，一边吃喝一边高声说笑。

洪钧晃了晃肩膀，把已经有些迷糊的菲比叫醒，菲比支起头，嘟囔着："到了吗？"

洪钧说："还没呢。哎，看看外面那帮民工，人家吃香的喝辣的，你看他们笑的，连我看着都觉得开心。"

菲比挣扎着转过脑袋，眯着眼睛看一眼，就又把脑袋重重地垂在洪钧的肩膀上，嘴里说："那你也下去和他们笑去吧，我看你好像和他们挺亲的。"

洪钧用手轻轻拍了拍菲比的额头，说："你看人家，无忧无虑，无拘无束，哪儿像咱们，这么晚还没到家呢，每天都过得惊心动魄的，一点儿都高兴不起来。"

菲比的身子拱了拱，蜷得更舒服些，咕哝一句："是你不高兴，我每天一见到你就甭提多高兴了。"

绿灯了，车子慢慢开动，洪钧把脸贴近车窗，想再仔细看看这帮令他羡慕不已的快乐汉子。放在炉子上的锅掀着盖子，呼呼冒着热气，每个人手里端着的碗也都冒着热气，就连民工们正在叫唤的嘴里也都嘶嘶冒着热气，洪钧觉得浑身好像也暖和起来了。

上午九点刚过，才回家没几个小时的洪钧就被手机闹醒了，洪钧拿起手机看一眼，是肖彬打来的，他立时从迷糊中完全清醒过来，肖彬是被他派去普发的开标现场打探消息的。

洪钧一接通电话就问："肖彬吗？怎么样？"

"刚开完标，没几分钟就开完了，我差点儿来晚了，还算正好赶上。"

洪钧有些不耐烦，又追问一句："几家的情况到底怎么样？"

肖彬忙说："一共来了九家投软件标的公司，其中三家投了咱们的产品，是嘉合系统、创兴伟业，还有泛舟公司。"

"泛舟？你怎么确定泛舟投的是咱们的软件？"

"唱标的时候念的啊，投标商的名字是谁，投的主要软件产品是哪家的，投标价是多少。泛舟确实投的咱们维西尔的软件。"

洪钧沉吟一声："几家的投标价都怎么样？"

电话里传来一阵窸窸窣窣的声音，肖彬打开他刚才记下数据的纸片，念着：

“按投标价从低往高排，嘉合系统排在第二，创兴伟业排在第三，前面是一家投科曼产品的公司，他们报的总价最便宜，泛舟公司排在第六，后面三家就都是投ICE的了，也是价格最高的三家。”

洪钧径自喃喃地重复着：“二、三、六……”忽然，他回过神来，想起肖彬还在电话上呢，赶紧说，“没有宣布有谁的标书被废标吧？……挺好，二、三、六，咱们的阵形不错。没事了，你回公司吧。”

洪钧放下手机，还在重复着“二、三、六”，很快就又沉沉地睡去。

接下来的几天，普发集团一直在热热闹闹地评标。在开标当天，韩湘就被金总直接点将，“空降”到专门成立的“普发集团现代企业管理示范工程领导小组”当了常务副组长，金总挂了个组长的虚名，由韩湘负责具体工作。洪钧没顾得上问问韩湘，最终没用“总指挥”“副总指挥”这样的名号是不是他做了金总工作的结果，因为开标当天下午韩湘就率领评标小组的十多个人，几辆车浩浩荡荡地开到京北小汤山的一个度假村开始封闭式的评标了。

评标小组分成两部分，一部分负责技术，一部分负责商务。负责技术的由姚工牵头，除了普发自己的人还包括几个从外面请来的专家，北京这地方精英荟萃，那么多的高等院校和科研机构，“外脑”多的是。商务部分由韩湘本人牵头，人数不多，都是普发自己的人。

普发忙活开了，洪钧这边倒平静下来，甚至显得有些清闲了。洪钧给范宇宙打过一个电话，问他为什么最后一刻决定以泛舟公司的名义来投维西尔的软件，而没用泛舟来投ICE。范宇宙打着哈哈，说自己其实没考虑那么多，最后关头慌乱之间就这么投了，反正三家公司都是他自己的公司，没什么区别。范宇宙倒是兴致勃勃地邀请洪钧一起吃个饭，说头一次给洪钧打电话就提过，结果洪钧没给面子，现在已经这么熟了应该可以了吧，最后还专门提到也请洪钧把菲比叫上一起来，他这最后一句话让洪钧下决心再一次地推辞了。

洪钧几乎每天都会在晚上和姚工通一次电话，聊聊评标过程中出现的各种情况。姚工是真心希望洪钧和维西尔能赢得这个项目，因为他觉得这样才能确保项目获得成功。洪钧起先不免担忧姚工的倾向性太过张扬，明显的倾向性反而会让他的影响力打折扣，但很快洪钧就放心了，姚工其实很老练甚至是狡猾。洪钧想，这大概和姚工喜欢历史有关吧，他看了那么多尔虞我诈的东西，虽然不齿，但也不知不觉间浸淫到几分了。

洪钧没有主动给韩湘打过电话，倒是韩湘每隔一两天就会打过来一次，虽然韩湘每次都说洪钧可以随时和他联系，但洪钧还是想缓一缓，他不想让头一次操办这么大项目的韩湘感到洪钧在给他压力。

一个星期以后评标结束，评标小组也就结束了在度假村里甜蜜舒适的日子，回到各自岗位上去了。

圣诞前夜，快下班的时候，洪钧放在办公桌上的手机响了起来，洪钧一看，原来是韩湘又打来了。

洪钧刚问候一声，韩湘已经直入正题："洪钧，下午刚开了总经理会，主要商量了软件项目的事。"

洪钧的心跳骤然加快，周身的神经都紧张起来，他立刻坐直身子，但语调仍然很平静："哦，是吗？有什么可以稍微透露一下的？"

韩湘的思路一贯严谨，表达周密，他不紧不慢地说："我先汇报了评标的情况。是姚工整理的技术部分的评标结论，投你们维西尔的三家和投ICE的那三家，技术部分都没什么问题，当然标书其实都是你们和ICE这些原厂商写的，投标商只是在上面加了个壳。你们两家的技术方案都写得很不错，ICE在产品功能的说明上更清晰，你们在项目实施方法和培训服务上考虑得最全面，也把产品的特色和优势充分体现出来了。技术评分，投科曼产品的那三家都比较低，方案不怎么样，连我这个半路出家的外行都看出来了。他们方案里居然还有不少内容用的是繁体字，估计是北京的和香港的团队各做了一部分，可花不了几分钟就能整合好的东西怎么都没顾上呢？哎，对了，我的商务小组里有人说现在科曼正乱着呢，香港人和内地人打起来了，是吗？"

洪钧先是"嘿嘿"笑一下，没再顺着韩湘的话题接下去，他不想聊科曼的事，韩湘刚才说的他早已经从姚工那里知道了，但不好打断，更不能显出不耐烦，洪钧说："科曼一直是这个德性。那技术上还有什么结论？"

韩湘言归正传："结论就是刚才说的那些。不过今天开会的时候，柳副总倒是很不客气地提了一条，他说他还是强调以前就提过的那个观点。科曼软件的财务功能太弱，只能叫作会计软件，不配叫作财务软件，记账用还凑合，但是成本管理和集团化科目汇总等几个方面的功能都太弱了。”洪钧心想这柳副总的态度很强硬啊，不知道他会如何攻击维西尔。韩湘接着他的思路说，“商务部分我以前都和你聊过，今天主要是向金总汇报了一遍。投你们产品的三家排在二、三、六，投科曼的三家排在一、四、五，投ICE的三家价格都很高，排在七、八、九。你提过几次的范宇宙，很有意思，他不是用三家公司的名义分别投了你们三家的软件嘛，他这三份标书的价格分别排在第五、第六和第七，位置占得很不错啊。”

洪钧其实一直在琢磨范宇宙这个胖子的确是独具匠心，他投维西尔的价格比维西尔的另外两家代理都高；他投科曼的价格也比科曼的另外两家代理都高；ICE采取的是高价竞标策略，而他投ICE的价格却比ICE的另两家代理都低。简言之，便宜的里面他最贵，贵的里面他最便宜，妙啊！

韩湘似乎猜出洪钧在想什么，他说：“你是不是也觉得范宇宙这阵形布得不错？等你听完我下面说的情况你就更得佩服这家伙了。整个会上金总没怎么说话，更没表态，但他在开会之前专门和我交了底。”

洪钧的手机都把他的耳朵压痛了，他不想漏掉一个字。韩湘如此沉稳地讲了半天，洪钧已经确信他这通电话不会带来什么坏消息，心情虽然轻松了一些，但他仍然高度关注普发决策层的一举一动。洪钧没出声，生怕把韩湘引到别的话题上去。

韩湘有些神秘地说：“上午老板找我，说这些天净是找他提软件项目的事的，上边也有人给他递条子、打招呼。软件预算一千多万，整个项目大概三千万，全都盯上了。金总说他压力还挺大。”

洪钧的心乍又收紧，试探道：“金总可得顶住，软件这种项目绝不能拿来送人情啊。”

韩湘笑了：“跟金总时间长了，我相信他心里有数。他告诉我，问题不大，这次的钱全是普发自己出，当初曾想过报到部委里面立个项，要些资金支持，现在一想幸亏没去弄，不然这事可就不能自己说了算了。自己的钱、自己的项目，金总的口气就硬了，方方面面的人打招呼也只能说是请关照一下，不敢明确提要求。金总也说了，这软件项目毕竟是个高科技的工程，也就你们几家能做，有些人看着眼馋，也只能恨自己手不够长，顶多盼着能分一杯羹就不错了。金总还开玩笑说，要是普发想再盖个新楼可就没这么简单了，连垒猪圈的都敢托关系找上门来。”

洪钧一下子想起普发大楼的那个极不协调的台阶和大门，不知道那回究竟是垒什么的凭关系承包到的项目，不觉暗笑。

韩湘这次肯定没猜到洪钧的思绪飘到哪儿了，仍自顾自地说：“不过还是有几家的确得关照一下，想办法从项目里切出一些不太关键的、他们又能上手的，分给他们做一下，哪怕干脆就是让他们再倒一下手赚些钱，面子上过得去就算行啦。金总只是这么一提，具体的就得我来操办，到时候你得好好帮我拿拿主意。”

洪钧应道：“这事得和将来中标的公司来定，谁中了标成为总承包商，你就让他切出一些交给那几家关系户做就行了，软件厂商一般不会参与这些。不过如果中标价太低，总承包商恐怕就没有太多利润空间来运作这些喽。”

韩湘立刻说：“就是啊，所以我们不打算让投标价格太低的那几家中标，最低价中标看似简单公平，可他的价格压得太低，什么都操作不了，那些该照顾的他也无能为力，今后我们这个项目反而会遇到麻烦。所以我刚才说那个范宇宙功夫老到啊，他报的价就很合适，估计他都留出这些空间了。”

洪钧忙试探道：“那看来ICE也很精明啊，他们的三家代理就都清一色报高价，最高的三家都是ICE的。”

韩湘不以为然：“我倒觉得他们的初衷不是这个，招标时公布的评标规则就是综合考评最高分的中标，而不是最低价的中标。ICE就是看准了这一条，他们想把合同签得越大越好，所以那三家的投标价高，是因为ICE报的软件价格本身已经很高，而不是那三家给自己留出了足够的操作空间。另外，ICE可能也是太自信了，觉得他们朝中有人啊。”

洪钧明知故问：“你指的是？”

“你肯定知道我指的是谁，柳副总呗。我给你打电话就为了说这个，想让你有个思想准备，这个项目有可能在短时间内定不下来。”

洪钧的料想得到了证实，他并不觉得意外，也谈不上失望，说：“嗯，你说，我听着呢。”

韩湘就干脆挑明：“柳副总在下午的会上明确谈了他的看法，他列了几条理由，结论就是应该选ICE的软件，至于在投了ICE产品的三家投标商里选谁，他说他没有意见，选哪家都可以，不过最后补上一句，说咱们普发总不能选最贵的吧，招了半天标结果招了个最贵的就太说不过去了。看来那个范宇宙也没少做柳副总的工作，他投ICE的不就正好排在第七嘛，比另两家投ICE的都便宜。”

洪钧有些着急，他尽量克制着自己，问道：“柳副总有没有说他对维西尔是什么意见？金总怎么表示的？”

“柳副总很有意思，他明确表态说科曼的软件不行，又明确说ICE的好，可就是一句都没提你们维西尔。至于金总，我刚才不是说了嘛，金总对什么都没表态。不过我心里有数，金总对你们维西尔，其实就是对你本人，印象非常好，我想其他几个人也都看明白了。”

洪钧也相信金总应该对自己印象不错，如果金总没有其他的考虑因素，他在主观上倾向于维西尔是意料之中的事。但洪钧也估计到了，这种大型项目的最后决策，金总一定要争取领导班子的一致通过，金总不仅不会出什么力排众议的风头，甚至只要决策层有一个人有不同意见，他也不会用少数服从多数的规矩来强行表决通过。这次的软件项目毕竟风险不小，金总又没有什么切身利益牵涉其中，他绝对犯不上由个人来承担责任。项目如果大获成功，自然是他一把手领导有方；项目一旦出了问题，也是整个领导班子集体做的决定，大家都没有经验嘛，不管怎样他金总都绝对安全。而且这个软件项目也没有什么不可迟延的时间表，意见暂时统一不下来，就先搁着吧。

洪钧这么想着，对韩湘说：“估计柳副总也是看出金总对我们维西尔印象好一些，所以他才闭口不提我们，反正他对ICE的倾向性已经很明确地表达了嘛。我感觉金总不会急于表态，他大概也不会急于张罗表决。你刚才说得对，维西尔和ICE的这种胶着状况可能会让项目先拖一下。你和我都不用急，有时候双方争执不下，最后干脆都妥协，反而选了第三方，这种鹬蚌相争，渔翁得利的事我在项目里不止碰到一次了。好在这回科曼看来机会渺茫，柳副总又那么坚决地否定科曼，所以估计这次不会出现双方都退一步，结果选了科曼的情况。韩湘，我的想法是，胶着的时候一定要沉得住气，以不变应万变。这种局面下最终获胜的原因，未必是因为我们做对了什么，倒可能是因为我们没做错什么。”

洪钧感觉自己的话怎么像绕口令，正想再表达得清楚些，韩湘已经了然于胸：“对，洪钧，我也是这么想的，咱们还是以静制动吧。我正想跟你说，好好过圣诞、过元旦，等明年再见分晓吧。”

洪钧刚挂上电话菲比就进来了，她冲洪钧嫣然一笑：“哎，今天你请我吃圣诞大餐吧。”

洪钧打趣道：“你怎么像要饭的似的？我不是说了嘛，等签了普发的合同我再请你吃大餐，在此之前只能是豆浆、稀粥的标准。”

菲比噘起嘴：“那能不能等喝了豆浆、吃了油条以后，你带我去教堂看弥撒呀？”

洪钧拗不过去，只好说：“行吧，先喝豆浆，再去教堂看看有没有施粥的再要碗粥喝。”菲比这才眉开眼笑了。

转眼过了元旦，新的一年开始了，这一年的春节来得早，一月底就又要过农历新年了。俞威原本指望在十二月底以前能够签下普发集团的合同，这样在他初到ICE的头一个季度里就能抱到个金蛋，足以让总部的皮特等人对他更加器重和信赖。没想到项目不像他预期的那么顺利，一直拖过了年，他自己不免气恼，而皮特更是已经明显地表露出了不满，皮特满心期望普发这个大合同能够扭转他的亚太区不尽如人意的业绩呢，也就难怪他给俞威脸色看了。可是随着春节的临近，俞威的心情又好起来，他想开了，把普发留到新的一年里来签，对他其实是件更好的事。如果去年年底签了，去年的业绩固然不错，可今年的指标就会立刻水涨船高，俞威可不想立足未稳就让自己面临太艰巨的任务；另外，过早地签了普发，人们难免觉得他是捡了洪钧留下的便宜，一桩大大的功劳无形之中就会被大大地打了折扣。所以俞威觉得现在这样挺好，把普发留到新的一年，留到他俞威执掌ICE的第一个全年。

晚上刚过六点，俞威就把小丁招呼过来，让他把自己送到了离亚运村不远的一家大酒店，今天是范宇宙做东，请俞威和普发的柳副总聚聚。俞威特意吩咐小丁不用在这里等他，他完事后会自己打车回家。酒店三层有一家很气派的粤菜馆，俞威被领位小姐引到一个包间，已经看见范宇宙迎了上来。

两人说笑着坐下，没多久柳副总也到了，大家又是一通谈笑风生的寒暄。柳副总屁股刚放到椅子上就问："就咱们仨？怎么Susan小姐没来呀？"

范宇宙赔着笑说："是我和俞总讲的，我说今天咱们吃完饭还有些活动，Susan小姐在就不好办了，哈哈。"

柳副总当然明白范宇宙所说的活动指的是什么，就用手一指范宇宙笑了笑。俞威在一旁说："是啊，老范有安排，咱们只好客随主便啦。"

范宇宙转向俞威："还是俞总有眼光啊，发现了Susan小姐这么能干的人才。"

俞威摆着手说："我只是发现了Susan的价值，让她把潜力发挥出来而已，但咱们柳总才是真正懂得欣赏Susan的人呐。"

范宇宙事先定好的菜都摆上来了，三个人便觥筹交错地忙起来。

正在边吃边聊，范宇宙的手机响起来，他忙向柳副总欠了欠身就跑出去接电话。柳副总嘟囔一句："什么要紧事？连吃饭都顾不上，还要跑出去接？"

俞威顾不上搭理这些，他趁着范宇宙不在旁边，忙说："事情已经办好了，您女儿在英国的学费就不用操心了。您让她专心学习，争取明年考上牛津、剑桥什么的。"

柳副总一边夹着菜，一边头也不抬地说："其实真没这个必要，我就是送她出去学一年英语，没打算让她在那儿念大学，她妈放不下心。"

俞威没有再接着柳副总的话说，而是直截了当地问："估计过年前普发定不下来了吧？"

柳副总仍旧不看俞威，而是端详着盘子里的菜说："估计够呛，金总还没表态呢，其实当初他真是没打算太多介入这个项目，就是想让我来定的，可是上次听了维西尔的介绍，他就开始对这个项目上心了。他上礼拜又和我私下聊了聊，想做我的工作，我还是那个态度。金总肯定是倾向维西尔的，但我感觉他只是对他们有些好感，但没什么特别的考虑，我想拖一拖他就不会坚持了，好感能当饭吃呀？咱们还是前一段那个思路，静观其变。"

俞威接了一句："那就春节以后再说吧。"

柳副总却说："明天上午又是这个月的例会，金总估计还会把这个议题拿出来。看吧，也许他明天就不再坚持了呢。"

俞威刚要说什么，一个服务员忽然推开门进来，范宇宙正站在门外不远对手机嚷着，冷不防他的一句话已经从门口飘进了包间："你要是安排不好，坏了事，小心我撕了你。"范宇宙立刻注意到门开了，便马上转过身，一边露出笑脸，一边挂断电话走回来。俞威和柳副总虽然觉得有些奇怪，但也都没太在意。

时间已经过了九点，这顿饭都已经吃了将近三个小时，再好的朋友也有聊累了的时候，何况这三位又有谁真正把谁当朋友呢？柳副总剔着牙，一句话不说，只顾养着神。俞威笑着看了看范宇宙，范宇宙便从自己的西装内兜里拿出了两张房卡，一张塞进柳副总的手里，一张递给俞威。柳副总睁开眼，问了句："这是？"

范宇宙笑着对柳副总说："时间还早，着急回家干吗？上去休息休息吧。"他又转头对俞威说："你们两个房间不挨着，我专门让他们开的是不在同一层楼的，省得咱们几个人好像集体活动似的太扎眼。"

柳副总直接把房卡揣进兜里，然后站起身来，俞威和范宇宙也就跟着离开桌子，俞威笑着拍了拍范宇宙的肩膀："哎，老范，今天的又是从哪里请来的人才呀？"

范宇宙刚要张口就被柳副总打断，柳副总瞥一眼俞威说："老俞，你怎么一点儿神秘感都不要呀？"

俞威忙赔笑说："我又错了，那就留着您亲自探索吧。"说完三个人已经都笑起来。

范宇宙在前面领着，三个人来到三楼的电梯间，守在电梯口的领位小姐主动替他们按了向下的按钮，俞威刚要伸手过去改按向上的按钮，被范宇宙用眼神制止住了。等进了电梯，俞威便问："刚才干吗不直接上去？"

范宇宙笑呵呵地说："那小姐成天守着电梯，咱们停在几层她都可以看得清清楚楚，我觉得别扭。"

电梯停在一楼大堂，范宇宙领着他俩又进了另一部电梯，随即先后按了两个楼层的按钮。电梯第一次停下来，俞威冲范宇宙和柳副总晃了晃手里的房卡，笑着说："老范，你照顾柳总吧，我先去了啊，完事以后咱们在大堂再聚？"

柳副总挥了挥手，说："不用了吧，就在这儿分手吧，等一下就不要再聚了，明天要是有进展我给你电话。"

俞威便没再说什么，出了电梯，回身冲柳副总笑着招手，直到电梯门关上。

范宇宙和柳副总接着坐电梯又上了几层，然后出电梯走到一间客房门口，柳副总掏出房卡，范宇宙忙接过来打开门。门口墙上插卡取电的槽里已经插着一张房卡，廊灯、卫生间的灯都大亮着，显然房间里已经有了人。

范宇宙把门关上，拉着柳副总往里面走了几步，就看见在客房的大床上靠着床沿坐着个女孩儿，一身很平常的穿着，一套羽绒服搭在床旁边的沙发上。窗帘已经严丝合缝地拉上，只开了一盏床头灯，还被女孩儿把亮度调得很暗，电视开着，房间里显得昏暗，又有些暧昧。

刚才在看电视的女孩儿一看他们进来连忙站起来，范宇宙正好打开了镜子上的灯，房间里顿时亮起来，柳副总的眼睛也一下子亮了，直到现在他才看清站在他面前的是一个非常苗条漂亮的女孩儿。

柳副总眼里瞬间闪过的亮光没有逃过范宇宙的眼睛，范宇宙笑着说："怎么样？那你们二位就聊聊吧，我就不在这儿掺和了。"说完就往门口走。

柳副总也跟到门口，对范宇宙小声说："你别管我了，完事以后我打你电话。"

范宇宙特意对柳副总叮嘱着："您别关手机啊，有什么事我可以给您打手机。"拉开门又补了一句，"也别调成静音或是振动啊。"柳副总又是点头又是摆手，等范宇宙的脚后跟刚走出房间就急不可耐地在他身后关上了门。

范宇宙站在门外，嘴里不出声地骂了一句，抬手看眼手表，准确地记下了时间，然后沿着走廊向电梯间走去。

范宇宙下到大堂，走到一扇写着"员工通道"的门前，推开门走进去，找到消防楼梯，往上走到两层之间的拐角，站住了。他看了眼手表，才过了三分钟，他有些紧张，更有些不耐烦，便不顾身上的西装，一屁股坐在了楼梯上。又过了五分钟，范宇宙咬了咬嘴唇，掏出手机拨了柳副总的手机号码。

手机的铃声已经响了三下，柳副总还没接，范宇宙更加烦躁，心想肯定是已经洗上鸳鸯浴了。范宇宙倔强地等着，让铃声一直响。终于，手机接通了，传来柳副总懊恼的声音：“怎么啦？”范宇宙果然听见了莲蓬头哗哗喷水的声音。

范宇宙立刻用急促的音调说：“我是老范，出事了！听说一帮便衣刚进大堂，要上电梯了，肯定是来查房的，您赶紧走。”范宇宙紧接着说，“您别管老俞，我这就给他打……”他还没说完，柳副总已经“啪”的一声挂断电话。范宇宙暗笑，自己的小心真是多余，居然还担心柳副总会通知俞威，其实这柳副总才顾不上多此一举呢。

范宇宙从楼梯上站起来，沿着原路走回大堂，缩在一个拐角后面等着。很快，他就看见柳副总脚步匆匆却又故作镇定地走出电梯，穿过大堂，出门上了一辆出租车没影了。范宇宙又看了眼手表，才过了两分多钟。

范宇宙心里更加紧张，他紧贴着墙站着，拨通了一个手机号码，压低嗓音说：“小马，安排好了吧？小心我撕你。”

手机里传来小马的声音：“大哥，我报过警了，他们就在外面的车里呢。”

范宇宙的心一下子放松下来，他又看眼手表，然后对手机说：“好，事儿成了一大半了。小马，你听好，再过五分钟，你把房号告诉他们，记清楚喽，1405。”最后狠狠地追问一句，“听见没有？”

小马利索地说：“放心，大哥。”

范宇宙把手机揣进西服兜里，从拐角里走出来，站在离总台不远的地方魂不守舍地翻着赠阅栏里面的杂志。过了一会儿，他从眼角瞥见三个身穿皮夹克的人推着酒店的旋转门进了大堂，大步冲向了电梯间。范宇宙忙看一眼手表，正好过了五分钟多一点。范宇宙扔下手里的杂志，快步走到酒店门外，停在不远处的一辆黑色的奥迪A6迅速开了过来，范宇宙拉开门钻进去，小马也不等他发话就立刻加油开走了。

范宇宙马上掏出手机拨了柳副总的号码。柳副总的手机通了，从杂音能听得出应该还在出租车上，但柳副总并不说话。

范宇宙心想这柳副总还真小心，便说：“是我，我这里什么事都没有，我说话您听着就行了。我打听了，是他们这家酒店自身出了问题，警察这是专门查酒店来了，不是冲着咱们，您放心。”

柳副总还是一声不吭，范宇宙就接着说：“我没来得及通知那谁，就是一起吃饭的那个，他可能没走成，我也不敢打他手机。您接完这个电话就把手机关了，回家也把家里电话拔了吧。您一定不能接他的电话，谁知道他旁边是不是正站着警察呢？”

柳副总仍然没反应，范宇宙又叮嘱一句：“您放心，不是冲着咱们来的，您就当什么都没发生一样，该怎么着还怎么着。”

范宇宙说完，注意听着手机那边的动静，又是像刚才一样“啪”的一声，柳副总已经挂断手机。范宇宙立刻又拨过去，听到一个女人冷冰冰的声音：“您拨的用户已关机，请稍后再拨。”范宇宙这才放心地笑了。

小马在旁边注意到范宇宙的脸色好了起来，就问：“大哥，这回您出气了吧？”

范宇宙鼻子里“哼”了一声：“我哪有闲工夫找他出气？我这全是为了普发那个标，老这么僵着得拖到什么时候？我看这下应该能定了。”

柳副总回到家里，真按照范宇宙的叮嘱，立刻把几个房间里的电话线都拔下来，老婆觉得奇怪，问他是怎么回事。柳副总心烦意乱地说这几天有人四处求他帮忙办事，他不想在家里还被他们骚扰到，干脆拔了电话清静。老婆提一句说要是女儿从英国打来电话接不到怎么办，柳副总没好气地说她可以打你的手机嘛，老婆便不再吱声了。

柳副总一夜没睡。他一直在想，俞威到底出事没有呢？听范宇宙的意思，看来是出事了。只是俞威一个人出事了，还是酒店里也有其他人卷进去了？起码自己和范宇宙都平安无事嘛，没准真是只有俞威倒霉。如果真像范宇宙说的那样，这警察不是专门冲他们来的，那事情倒是简单了，无非是虚惊一场，只可惜坏了他的好事。可是那么大的酒店，怎么警察就会那么容易地找到俞威的房间，而他和范宇宙却都能侥幸躲过呢？如果警察真是要通过找酒店客人的麻烦来找酒店麻烦的话，警察肯定得不到酒店的积极协助，也查看不到监控录像什么的，怎么俞威就那么倒霉偏被抓住了呢？

柳副总想着想着身上都出了汗，他感觉俞威是让人给盯上了。会是什么人呢？范宇宙？不会吧？他们之间哪会有这种过节呀，虽说免不了互相算计，但总还是狼狈为奸的时候多嘛，而且怎么想也想不出范宇宙这么做能得到什么好处啊。如果真是有人盯上了俞威，是会就此罢手呢，还是会一而再、再而三？柳副总觉得脖子后面开始冒凉气，如果有人还想继续对俞威下手，自己可得和俞威离得越远越好啊。如果这事真是俞威的对头干的，自己要是仍然和俞威绑得这么紧，他柳副总不就把俞威的对头也变成他自己的对头了吗？

柳副总接着想，越想越不敢想，越不敢想却又越放不下。俞威会不会把他柳副总、范宇宙也给抖搂出来呢？按说不会，俞威要只是个人的事其实没什么大不了的，犯不着检举揭发别人来立功赎罪，反而是一旦又牵扯出其他人其他事，性质可就变了，从个体变成团伙，从丑事变成案件了。可是俞威的丑事会不会传出去呢？很可能。那就更得赶紧和俞威划清界限了，人言可畏呀。

柳副总想到了第二天要开的会，想到了他在软件项目上的表态，看来他要变一变，应该重新表一次态了。

柳副总正似睡非睡，老婆的手机响了，在英国的女儿像平常一样在临睡前给她妈打电话报平安。柳副总睁眼看了看，北京的天已经亮了。对了，女儿后几年的学费怎么办呢？虽然那只是他和俞威之间的一个托词、一个名目而已，可女儿的学费的确是笔不小的开销。柳副总转念一想，这有什么可操心的，甩掉俞威还有其他公司顶上来嘛，即使这个项目不行，以后还有别的项目嘛，只要他柳副总还在这个位子上，正像俞威那句话说的，女儿的学费应该不用他操心的。

再上层楼

俞威也是一夜没睡。当三个人冲进他房间的时候他真被吓傻了，等他被架着下到大堂，又被塞进一辆切诺基后，他的双腿还是软的。俞威瘫在后座，被两个人夹着，脑子逐渐恢复了运转。车一开动，他留意到周围没有其他车辆和他们一起走，看样子不是什么大规模行动，倒像是几个人专门冲他来的。范宇宙和柳副总呢？俞威偷瞄一眼酒店门前停着的一排车，但还没来得及看清，切诺基已经拐上了大街。俞威仅隐约瞥见几辆像是奥迪A6停在门口，可无法确定里面有没有范宇宙的那辆。

车上的几个人一直没说话，脸色都显得很轻松。车没开多远就停在一座小楼的门口，这时候俞威的腿脚已经又可以听他使唤了，他便自己下车跟着人家走进小楼。俞威努力看清了楼门口挂着的牌子，不出所料，自己果然是被带到了一个派出所。

四个人走进一间值班室，其中一个人随手指向一把椅子，冲俞威努了努嘴，俞威便很听话地走过去坐下，心里稍微安定了一些，因为他印象中警察都是让坏人蹲着的，自己居然可以有坐着的待遇。另一个人一路上手里一直拿着俞威的手包还有手机，这时把手包和手机往一张桌子上一扔，便端起一个不锈钢的水杯走到旁边沏茶去了。第三个人就是刚才开车的那个，他走到远处一个角落里打开了电视机。

俞威心跳得像打鼓一样，忽然感觉自己口干舌燥，又想喝水，又想抽烟，可都不敢开口提出来，只好忍着。那三个人谁都不理他，各自收拾停当，就围坐在电视前面，一边胡乱换台一边聊着什么。俞威的脑子里紧张地预演自己会被问到什么样的问题，自己又该如何回答。他的手包里名片、身份证一应俱全，手机上号码簿也一目了然，所以俞威首先确定关于“他是谁”这个问题还是如实回答的好。

刚想到这儿，俞威的手机响起来，他一动也不敢动，看着那几个警察。其中一个走过去从桌上把手机拿起来，并没有接听，只是任由铃声一直响着，然后盯着来电显示说：“琳达苏？怎么这么怪的名字？”他说完这句话，铃声也停了。

那个警察刚把手机放回桌上，没想到手机又响了一声，这次是收到一个短信。他就又把手机拿在手里，按了个键开始大声念着：“你在哪里？做什么呢？怎么不理我？我想你了。”接着又说，“还是这个琳达苏。”他斜眼瞟着俞威说，“这位是你的情儿吧？也真够你忙的，好好反省反省吧。”

俞威估计现在差不多十点了，知道Linda不会再打电话或发短信过来，因为这是他和Linda约好的，十点以后她不可以主动找俞威，只能俞威找她，不然万一接起电话或是打开短信的是俞威的老婆呢？俞威现在顾不上想Linda的事，他赶忙冲那个警察点着头，开始“反省”自己。

俞威觉得他们一定会问他：“你知道我们为什么带你上这儿来吗？”他从电影电视上看到的全这样。俞威犹豫半天仍旧没想好自己应不应该承认嫖娼，因为他连那个女孩儿是不是“娼”都不清楚。不过他有一点想明白了，就是他不能把范宇宙和柳副总说出来。可问题跟着来了，那个女孩儿又是从哪儿来的呢？俞威本想说他和那个女孩儿是一见钟情上的床，可是按说应该先“见”再“钟情”再来酒店开房，可他和她的第一次见怎么就已经是在酒店的客房里呢？俞威发愁不说出范宇宙就说不清那个女孩儿的来历，他又担心说出范宇宙这事就更大了。俞威最忧虑的就是这一点，同时他奇怪他们为什么没把那个女孩儿一起带来，也许是带到另一个地方另案处理了。

俞威一直这么紧张地苦思冥想，感觉自己像一只困兽，已到崩溃的边缘。忽然，看电视的那三个人里有一个冲他这边嚷道：“哎，叫你呢。”

俞威浑身一哆嗦，低着头可怜巴巴地冒出一句：“我错了，我交罚款。”

俞威原本预备着迎接对方的大声呵斥，没想到等来的却是一阵哄笑，那个人笑累了才又说：“会打拖拉机吗？三缺一，你过来凑一手。”

俞威以为自己听错了，扭过头抬起眼皮看过去，见那三个人已经离开电视，围坐在一个乱糟糟的茶几旁边，冲他喊话的人两只手里各拿着一副扑克牌，他这才相信了自己的耳朵。他把屁股从椅子上抬起来，哈着腰走了过去，那个人用脚把茶几旁边的一把椅子往前钩了钩，俞威便知道那是自己的位子了。

俞威坐下来，先堆起谄媚的笑容朝自己的对家点了点头，又朝两边的人笑了笑，然后勤快地洗起牌。开始轮流抓牌了，俞威的心慢慢地放下来，他觉得这次应该不算什么大事。直到这时，他才开始集中精力思虑一个重要的问题：“这是谁干的呢？”

这个重要的问题具有相当高的难度，虽然第一步推理很简单，这个害他的人应该是和他有仇的人，可是再往下推理就举步维艰了。俞威相信和他有仇的人应该不少，商场上、职场上、情场上哪能没有发生过节的，可是他实在理不出头绪究竟哪些人和他有仇。俞威这个人既想不起都有什么人曾经帮过他，也记不清都有什么人曾经被他坑过，俞威记得清清楚楚的只有坑过他的人。俞威发现这样杂乱无章的思路效率太低，便改变策略，从自己认识的人里面一个个地筛。

他想到了范宇宙，觉得按说不会是他。难道是因为上次合智集团没买UNIX机器的事？按道理不会呀，合智可能最终还是不得不买几台UNIX机器的，那就仍会是他范宇宙的生意嘛，充其量是生意来得晚了些、小了些。不过也真说不定，万一范宇宙和他俞威一样都是睚眦必报的人呢？这得留神查一查。

俞威又想到自己的老婆，会是她吗？看这几个警察没有太为难他的意思，只是例行公事想给他一次教训，从这个动机来看倒有些像是他老婆的作为。刚才那个警察不是也让他好好反省反省吗？说这话的立场也的确像他老婆的立场，可是俞威很怀疑他老婆的能力，她应该没这么大本事吧。

俞威脑子里都在想这些，手上的牌出得有多臭便可想而知了，他的临时搭档不时大声地斥责，三番五次地把俞威的思绪强拉回牌桌上来。俞威惭愧得无地自容，忙不迭地赔不是，可是牌技上的表现没有一丝好转。他的对家终于忍无可忍，把牌“啪”的一声摔在茶几上，俞威被吓得身子一歪，旁边的两个人笑着解劝。

也不知道又过了多久，俞威一直提心吊胆陪着他们三个打“拖拉机”，再后来派出所里渐渐有人走动，一早来上班的人已经陆陆续续地到了。俞威偷偷瞄了眼墙上的石英钟，已经是早上七点。昨晚上开车的那个人站起来，把俞威的手包和手机拿过来扔在他怀里，问道：“想了一宿该想清楚了吧？没什么可狡辩的吧？”俞威忙不住点头。警察又说，“那就跟我到隔壁接受处罚，把字签喽，把罚款交喽。”

俞威大喜过望，忙站起来欠着身子跟上。那个人又朝俞威说：“瞧你干的那些烂事儿，你对得起你老婆吗？”

俞威走出派出所，早晨的阳光刺得他双眼都睁不开，他上了辆出租车，对司机说了他家的地址，就拿出手机开始拨号。先打柳副总的手机，关机，再打柳副总家里，没人接，俞威紧张了，难道柳副总也被抓了？不可能啊，酒店和派出所都没看见他人影，难道柳副总被带到别的派出所去了？俞威马上又打范宇宙的手机，关机，再打范宇宙家里，没人接，俞威更慌了。他拼命让已经疲惫不堪的大脑继续运转，但还是想不出所以然，俞威只好宽慰自己，他们也许都正在上班的路上。俞威查看手机，看见Linda昨晚打来的那个未接电话和那条短信，但俞威现在没心思搭理她。

俞威强撑着回到家，老婆不在，已经上班去了。俞威看见房间里各处摆着的老婆的照片，好像都正在对自己奇怪地笑着，他又想起那个警察最后说的那句话，“你对得起你老婆吗”，俞威觉得那句话意味深长，看来老婆的嫌疑是越来越大了，难道她真有这么大的本事？难道兔子急了真会咬人？

俞威在家里四处走动不让自己躺下，挺到八点半，站着给柳副总的办公室打电话，占线，俞威放了心，柳副总已经像平常一样开始工作了。俞威又给范宇宙若干办公地点中的一个打电话，一个女孩接起来说范先生今天不在这边，他刚才来电话说他今天去那边，俞威完全放心了，他也懒得再给“那边”打电话找范宇宙。他想，看来昨晚人家两个都平安无事，只有他自己倒了霉，这次的恶心事只能暂且埋在心里，慢慢查访吧。

俞威立刻被疲倦彻底淹没了，他倒在床上，不到一分钟就沉沉睡去，他根本没想起来柳副总昨晚提到的那句话，今天上午普发集团又有一次总经理例会。

快到中午的时候，正在自己的办公室里忙碌的洪钧接到了韩湘打来的电话。

韩湘第一句话就是：“有个好消息，还有个坏消息，你想先听哪个？”

洪钧并未多想，笑着说：“当然先听好的啊。如果先听坏的，万一被吓死了，好消息都还没听到，那也太可惜了。”

韩湘也笑了：“那就先说好的？”

“嗯，我听着呢。”

韩湘停了一会儿才一字一顿地说：“你们中标了！”

洪钧一时竟没反应过来，虽然他天天都盼着普发有好消息传来，但他根本没想到会这样毫无预兆地喜从天降，他下意识地问：“普发定了？什么时候？”

韩湘很快活地说：“你没想到吧？我也没想到，咱们不都以为得拖过春节了吗，结果今天上午的例会上就定了。”

洪钧不由得激动起来，但他尽量表现得很平静，又接着问：“怎么这么顺利？有什么特别原因吗？”

韩湘说：“例会上金总照例把软件项目的事提出来，问问大家有什么新的考虑、新的意见。柳副总说他这些天又搜集了一些维西尔公司的情况，仔细琢磨了一下，还专门找几个专家聊了聊，感觉虽然维西尔的产品不能说是最好的，但是维西尔提交的项目实施计划和技术支持方案都非常周密。他说，没有所谓最好的产品，只有最适合的产品，所以建议在选型中也要把这点充分考虑进来。金总是多聪明的人啊，立刻知道柳副总的态度转了，便马上说柳副总的意见很中肯很重要，要求大家认真考虑柳副总的建议，然后就提议表决，结果全票一致通过，定了你们维西尔的软件。我们的评标规则里面不是有‘集团领导评议’这一项吗？占十分呢，把这十分加到之前已经评出来的技术分和商务分上，范宇宙的泛舟公司就中标了，当然也就是你们维西尔的软件中标了。你说，这是不是个好消息？”

洪钧立刻表示：“好消息，天大的好消息，来之不易啊。”又马上问一句，“哎，柳副总是怎么转过弯子来的？金总做了他工作？”

“这还不清楚，我的直觉是金总对柳副总的大转弯也有些意外。”

洪钧不打算在电话里就这个疑问深究下去，这个疑问有可能将来会水落石出，有可能就一直是个谜了。洪钧笑着又问："你不是还要搭配个坏消息吗？"

"呵呵，我就是那么一说，吓唬吓唬你。我的意思是，项目确定以后你和我的关系可能就要稍微变变了。我认为你是个好的合作伙伴，所以在签合同之前，咱们密切合作，都想让普发选定维西尔；以后签了合同，咱们就是甲乙双方了，虽说不是两军对垒，但也不是在一个战壕里喽。"

洪钧没笑，他一本正经地说："韩湘，我明白你的意思，可是我还得强调，签合同以后咱们仍然还是合作伙伴，你可别想把我从战壕里推出去。以后咱们的关系是和现在不同了，因为绑得更紧，而且是名正言顺了。"

韩湘调侃道："瞧你说的，好像之前咱们是在背地里偷偷摸摸似的。对了，我下午就会把中标通知书传真给范宇宙，让他尽快来谈合同，如果有什么需要你做做他工作的，我会找你。另外，你那边的产品和人手也可以开始准备了。"

洪钧这才笑了："这倒是我刚才忘了说的，咱们的关系还真发生了一个变化，就是中间夹了个范宇宙，他是总承包商嘛，我是分包商，他从我这里买软件再卖给你。不过你放心，除了商务上经他手走一道之外，其他方面我都会和你直接合作。"

洪钧挂上电话之后在椅子上再也坐不住了，他站起来走到窗前，眺望远处依稀可辨的西山，想着应该把这个好消息第一个告诉谁。

他走回桌旁，取出一摞名片在里面翻着，然后抽出一张，照着上面的号码拨着。

电话通了，洪钧用英语说："你好，科克，我是Jim。"

电话里传来科克的笑声："你好，Jim。如果我没记错的话，这可是你第一次给我打电话。"

洪钧也笑着说："是的，我很想和你一起分享一个好消息，我相信你听了会高兴的。"

科克立刻说："是吗？好啊，请告诉我。"

"我刚得到消息，马上第一个告诉你：我们赢得了普发集团的项目！"

电话里没有声音，科克没反应，洪钧有些意外，他刚怀疑是不是信号断了，才听到科克压抑低沉的声音："Jim，我听到这个消息，我不是高兴……"他停了一下就转而大笑着说，"我是非常高兴！无比高兴！极度高兴！"

洪钧这才明白科克又在闹着玩了，他也被科克的情绪感染起来。科克接着说："我知道你能做到的，我坚信你能做到。Jim，祝贺你，你太棒了。"

洪钧赶紧客气一下："谢谢。这是团队的努力，整个团队都非常出色。"

"我同意，但我也知道，是你让这个团队变得与以前完全不一样了。对了，你可以告诉我这个合同有多大吗？"

"我现在还不清楚，普发集团刚刚确定是一家投了我们产品的总承包商中标，我们要和这家总承包商洽谈最终的软件合同，到那时候才会知道准确的金额。但是我相信，这个合同一定会是维西尔在中国签过的最大的合同。"

科克兴奋不已："太棒了。Jim，我希望能有机会尽早去北京拜访这家客户，我更希望能尽早和你在北京见面。"

洪钧随口表示了一下："欢迎你，到时候我会去机场接你。"

洪钧向科克报喜之后拉开门走出自己的小办公室，他要把这个好消息告诉他的那些兵们。可是公司里静悄悄的，洪钧四处看了看，一个人都没有。洪钧刚觉得奇怪，才想起大家一定都出去吃午饭了。

洪钧在公司门口围着前台绕圈子，他高兴得不能自已。忽然，他抬头看见墙上挂着的一个小白板，上面写着同事之间的一些留言，洪钧立刻有了主意。他用板擦把白板认真地擦拭干净，然后用红色的水笔在白板上工工整整地写下六个大大的字："我们赢了普发！"接着在字的下面画了一张猪脸，大大的耳朵耷拉着，大嘴咧开笑着，又给猪脸画了个小帽子，在帽子上写了"Jim"三个字母。画完了，洪钧退后一步仔细审视了一番，又凑上去给猪脸描补几笔，才意犹未尽地走回自己的办公室，把门虚掩上，然后竖起耳朵留意听着外面的动静。

好像过了很久，洪钧终于听到有人说着话从楼道里走进公司，然后说话声停住了，安静了几秒钟之后就有女孩子的声音尖叫起来，伴随着男声跟着起哄，然后又都开始叽叽喳喳地大声说笑着，这样重复着好像先后进来了两三拨人，公司里已经是一派欢笑声了。

洪钧脸上微微露出一丝笑容，听见一阵杂沓的脚步声离自己的办公室门口越来越近，然后门被一下子推开了，都没顾得上象征性地敲一下，菲比头一个扎进来，后面跟着其他人，小办公室只能再站下几个人，余下的只好挤在门口。洪钧看见菲比举着那个小白板，白板上已经画满了大大小小、各种造型的猪脸，每张猪脸共同的特点就是都在和它们的主人一样开心地笑着。紧挨着洪钧画的猪脸旁边是个打着蝴蝶结的猪脸，戴着的小帽子上写着“Phoebe”，洪钧又把白板上的猪脸挨个儿看过去，找到了“Larry”“肖彬”“Harry”“Vincent”“武权”“Mary”和“Helen”。

洪钧心满意足地笑了，他数出一共有九张猪脸，他的整个团队都到齐了。

东三环外面，离农展馆不远有家不错的法国菜馆。在二楼挨着窗子的一张小桌旁边，菲比一边用一把精巧的小叉子挑着蜗牛壳里的肉，一边朝对面的洪钧说：“外面的露台多好，要是在夏天，咱们应该在露台上吃，是不是特有情调？”

洪钧说：“看来这顿大餐请你吃早了，应该留到夏天再请。”

菲比晃着脑袋：“想得美，你想说话不算数呀，你自己说的，等普发合同签了就请我吃大餐的。”

洪钧笑道：“六只蜗牛都快进你肚子了，还堵不上你的嘴？这不是请你吃着呢吗？我这人没什么优点，就一条，说话算数。”菲比正把嘴凑上去咬住小叉子上的蜗牛肉，顾不上说话，只能点头以示首肯。洪钧又问，“看来你只记住了吃大餐这一项，我当初还说过一句话，现在不是也兑现了吗？”

菲比一边嘴里嚼着一边歪着脑袋想，直到把蜗牛肉咽下去还是没想起来，她用餐巾擦了下嘴：“什么呀？我怎么想不起来啦。”随即又立刻义正词严地低声喝道，“你不许趁我忘了就要赖啊，老实说是什么。”

洪钧用叉子拨弄着面前小盘子里的一块鹅肝，觉得太肥腻了，犹豫究竟吃不吃掉它，嘴上说：“十月份我第一次和你谈普发项目的时候，我说过三个月以后普发就会选定咱们，你算算我说的准不准。”

菲比右手才拿起餐刀，便又放下，掰着手指头数起来：“十一月、十二月、一月，嗯，当时是十月中下旬，现在是一月底，就勉强算三个月吧。哎，你当时怎么料到的呢？反正你说的时候我根本不信。”

洪钧笑了：“别说你不信，当时我也不信。我是怕你没信心，给你打气的，其实也是给我自己打气。这次肯定有运气的成分，居然真在三个月里面拿下了，要不然恐怕就得拖到夏天才能请你吃喽。”

菲比在面包上蘸了点橄榄油，随口问了句：“这地方你以前老来吧？”

洪钧没多想，点了下头：“不止一次了。”

菲比垂下眼帘看着手上的面包：“也和她来过吧？”

洪钧一时没反应过来：“谁？”

菲比撇了撇嘴，露出讥讽的笑容：“认识女孩子太多了也难办，数都数不过来了吧？我鄙视你。”她见洪钧仍是一脸惶惑的样子，便没好气地提醒道，“你们ICE的那个。”

洪钧这才明白菲比指的是Linda，不禁有些尴尬，嘟囔一句：“你也知道了？”

菲比又撇了下嘴，一翻白眼：“哼，圈子里谁不知道呀？那么轰轰烈烈的一场。”

洪钧不理睬菲比话里带的刺，把鹅肝叉起来放进嘴里。

菲比继续摆弄着手里的面包，把面包撕成一块块的，又问一句：“你还想她吗？”

洪钧往后靠在椅背上，淡淡地回答：“有时候会‘想起’，但不是‘想’。”

菲比轻轻叹了口气：“唉，男人是不是都这么薄情寡义呀？”

洪钧不理她，喝了一口高脚杯里的红葡萄酒。

菲比又凑近桌子，嬉皮笑脸地看着洪钧：“哎，人家都说兔子不吃窝边草，你怎么好像专吃窝边草呀？”

洪钧笑了笑：“因为我这只兔子近视眼，只看得见窝边的草。”

“那我呢？这次怎么会看上我了？你窝边的草也不止我一棵呀。”

洪钧装出严肃的样子，语气里满是沉痛：“因为这次我眼睛瞎了。”菲比的脸一下子红了，气得抓起吃蜗牛用的小叉子，向洪钧做了个扎过来的动作。洪钧却一本正经一字一顿地接道，“因为，爱情是盲目的。”说完他就浑身哆嗦了几下，“酸死了，太肉麻了。”

菲比一下子笑起来，又白了洪钧一眼：“真受不了你。”

洪钧没有笑，而是认真地说：“我其实一直在想这件事，今天还想和你说呢，你别当窝边草了。”

菲比一愣：“你什么意思啊？”

洪钧抬头看着菲比的眼睛：“换家公司吧，别在维西尔做了，好不好？”

菲比的眼睛立时瞪起来：“你干吗要撵我走？干吗要我离开你？”

洪钧说：“你不是也觉得兔子吃窝边草不好吗，咱们这么小的公司，你和我这种关系，咱俩会觉得别扭，其他人更会觉得别扭，还是不在一家公司为好。”

菲比不以为然，噘着嘴说：“和我在一起让你觉得别扭啦？我可不觉得别扭，我就想上班的时候也能看见你。”

洪钧耐着性子说：“你可最好想清楚，如果你非要上班的时候能看见我，我就让你下班以后再也看不见我。你选吧，如果非要一起上班不可，咱们就只能做普通同事。”

菲比一点儿不在乎，大大咧咧地说：“你自己说的，销售没有下班的时候。所以我只要在上班的时候能看到你就行了，反正你永远没有下班的时候，哈哈。”

洪钧有些不耐烦了，他板起脸：“我和你说正经的呢，你还是换家公司吧，你要死活不愿意，那我就只好自己换公司了。”

菲比的眼神黯淡下来，脸上也没了笑容，垂着眼皮说：“行啦，我明白你的意思。哪能让你再换公司呀，肯定得我来做牺牲啊。”

洪钧一看她这样心又软了，便安慰说：“你应该认为这是件好事，我不想和你这样继续在同一家公司，就说明我是认真的，是想和你一直在一起的。”

菲比叹口气，过了一会儿才幽幽地说：“咳，我也没指望那么长远，我只想多和你在一起，哪怕多一分钟也好，谁知道能有多久。你要非让我走那我就走呗，只是以后两个人各忙各的，谁知道你还会不会喜欢我。”

洪钧笑了，逗菲比说：“好啊，原来你不愿意换公司是要留在维西尔监视我？”

菲比撇嘴：“切，真自恋，美得你。我才懒得监视你呢，我还不知道你？谁监视得住你呀？”

洪钧被菲比的反唇相讥弄得无话可说，索性开始吃刚端上来的鳕鱼。

菲比只安静了一阵就又说：“哎，你说我应该换一家什么样的公司呀？”

洪钧放下刀叉，开始循循善诱：“我正想和你商量呢。我倒是觉得，换什么样的公司无所谓，也好定，但是首先应该想想，是不是干脆趁势换个别的工作？”

菲比又愣住了，她盯着洪钧：“怎么？你不想让我再做销售啦？你觉得我做销售不合适？”

“不是不合适，是我个人认为，你如果换个别的工作可能更好。”

“比如说？”

“比如，做做行政、搞搞培训，或者协调联络什么的。做销售压力太大，我也不想让你吃苦受累没日没夜地四处跑。”

菲比明白洪钧是在心疼自己、体贴自己，心里觉得暖洋洋的，可是她没想到这么快洪钧就已经开始安排她的命运，有些接受不了，便说：“可是我挺喜欢做销售的呀，难是挺难，可是做成一个项目的时候多有成就感呀，就像这次赢了普发的单子，我开心死了，而且我也喜欢和各种各样的人打交道。”

这次轮到洪钧话里带刺地说：“是喜欢和各种各样的男人打交道吧？”说完就坏笑起来。

菲比的眉毛倒竖起来，手上又举起那把小叉子：“你说什么呢你？道歉！”

洪钧不理她，接着说：“比如范宇宙？”

菲比有些真生气了，她瞪着眼睛说：“不许你再提他，弄得我什么食欲都没有啦！”

洪钧却认真地说：“你看，你还不让我提他，可是如果你继续留在维西尔做销售，你就得经常和他打交道，现在又签了普发，你以后想躲他都躲不掉。退一步说，就算你到别的公司做销售，范宇宙这样的人圈子里太多了，我可不想让这种人整天缠着你。”

菲比立刻顶了一句：“真是大男子主义，你是不是从心里瞧不起女孩子做销售？”

洪钧有些急了，他硬邦邦地说：“我不是在说别的女孩子，我就是在说你！”

菲比一听心里又暖洋洋的，好像全身都觉得软软的，如果不是隔着桌子，她真想倒在洪钧的怀里。她知道洪钧多么在乎她了，可嘴上又不肯立刻服输，便嘟囔着说：“可是我这种性格，真不喜欢天天坐在办公室里，我就想每天都能出去跑。”

洪钧立刻没好气地来一句：“那你还是趁早练练吧，将来没准还得天天坐在家里呢。”

菲比一下子呆住了，“全职太太”？难道洪钧真已经想到那么远的将来了吗？菲比立刻感受到比赢得普发合同更大的成就感和满足感。菲比想，其实自己不就是一直想发现一个好男人，抓住他，再管住他，让他管好自己的一辈子吗？既然自己的心思都要放在管住这个男人上面，那么至于如何管好自己，本来就是应该交给这个男人来做的嘛。

菲比想到这里便低下头说：“好啦，我听你的就是了，那你得负责帮我找一个让我满意的工作才行。”

春节过后刚上班没两天，洪钧开着自己的帕萨特行驶在机场高速上，他是去接首次来北京的科克。洪钧经过一番考量之后才决定开自己的车去接。维西尔北京还没有属于公司的车，本想打辆出租车去，但显然不够正式和隆重；又想从给科克定好的酒店包一辆车去接，未免演变为酒店去接自己的客人，而不是洪钧去接自己的老板的老板，无法体现自己的人情味。洪钧坐在自己的帕萨特上，感觉用这车去接科克没问题，车的档次还算合适，科克和杰森坐在后排也不会觉得拥挤。

正月初七，春节长假最后一天的一大早，洪钧忽然接到科克打来的电话，他正在新加坡的樟宜机场，等待登机飞上海。洪钧有些意外，他没想到科克会在假期里还打电话来，更没想到科克会突然飞去上海，他和杰森有什么重要的事要在正月初八上班的头一天谈呢？

洪钧有些预感，这预感说不上好还是不好，只是觉得来得有些突然。科克的口气很轻松，甚至有些慵懒，告诉洪钧他计划在两天后，也就是正月初九的晚上飞到北京。科克开玩笑说洪钧最好能兑现他的诺言，因为洪钧说过要去机场接他。洪钧笑着说没问题，他一定去，他不会让初来乍到的科克在北京迷路。

洪钧问科克计划在北京停留几天，以便洪钧安排他在北京的行程，科克仍然懒洋洋地说大概一个星期吧。这又让洪钧觉得奇怪，科克在上海只停留两天，在北京却要住一个星期，而且好像还可以视情况再延长些。这让洪钧为难了，春节刚过，很多单位在正月十五之前都不可能安排什么正经事。洪钧试探着提醒科克，他这次来得仓促，恐怕来不及为他安排拜访客户和合作伙伴公司，因为不少公司都还没正式开始上班。科克在电话里打着哈哈说没关系，这次来北京就是来拜访洪钧的，他想请洪钧陪着他去爬长城。洪钧搞不清科克这番话里的真真假假，但有一点他相信，科克这次是冲着他来的，这让他隐隐有些期盼，心里也激动起来。

这两天洪钧没什么心思干活，反正刚过春节也没什么活可干，洪钧一直在猜想上海正在发生着什么，科克会和杰森谈什么？他们之间会达成什么结果？洪钧此刻真希望自己在维西尔上海办公室能有个什么朋友可以向自己通报一些消息，他有些后悔没有尽早在维西尔上海建立自己的关系。

洪钧一路想着，已经开进了首都机场的地下停车场。他把车停好后来到国内航班的到港大厅，信息屏上显示从上海飞来北京的国航CA1516航班将会正点到达。等候接机的人好像比往日少，大厅居然显得有些空旷，洪钧一边溜达一边继续动他的脑子。

洪钧琢磨了两天，心里已经大致有个思想准备，他估计科克会要求杰森把他提升为维西尔中国公司的销售总监，成为在维西尔中国区仅次于杰森的二号人物。这正是洪钧当初离开ICE时为自己设想的职位，忍辱负重三个多月总算如愿以偿，洪钧感到一丝宽慰，自己当初迫不得已选择了被ICE开掉，到今天终于证明那是个不错的决定。

洪钧估计杰森会和科克一起来北京，杰森是理应全程陪同他老板的首次中国之行的。洪钧本以为杰森这两天会给自己来个电话，但杰森没有任何动静。洪钧猜想杰森八成是心里有怨气，他一定是宁愿自己主动提拔洪钧，而不愿意在科克的提名甚至压力下不得不这么做。

广播里提醒CA1516航班已经到达，洪钧往前凑了凑，站到接机人群的最前排，他估计坐头等舱的科克和杰森应该很快出来。杰森按级别是应该坐商务舱的，但是当他陪同科克坐同一个航班的时候，也可以升格坐头等舱。

洪钧伸长脖子向里面的托运行李提取区张望着，真巧，CA1516航班的托运行李传送带正对着洪钧站立的地方，洪钧一眼看见了科克。科克与洪钧在新加坡见到的时候没什么变化，没穿任何冬季的衣服，西装上衣还被脱下来搭在手推行李车的扶手上，只穿着件衬衫。洪钧想，如果科克的托运行李里没有大衣一类衣服的话，看来在去爬长城之前得先和他去买些御寒的衣服了。

洪钧只看到科克一个人，杰森并不在旁边，杰森怎么会不来呢？洪钧想起杰森经常是不按常理出牌的，看来杰森这次是真气坏了，他一定是故意不来北京，以此来表现和发泄他对科克与洪钧的极度不满，也许他老婆又被他“病”了一回。洪钧的心里有些打鼓，杰森如此把矛盾挑明，日后洪钧和他如何相处呢？难道这种效果正是科克想看到的？

科克已经从传送带上搬了一个巨大的旅行箱放到行李车上，然后推着车缓步向外面走来。洪钧顾不上再多想，忙冲科克招手，科克很快就看到了，推着行李车的右手没有离开扶手，而是把手指向上抬了抬，算是打了招呼。

科克一脸笑容走到洪钧面前，首先向洪钧伸出手，洪钧握住科克的手还没来得及问候，便听到科克已经开口说：“Jim，我是专门来北京当面向你宣布一个消息的，你已经是维西尔中国公司的总经理了。”

洪钧霎时愣住了，一时没想好应该作何反应，只是感到自己手心里出汗了，他正要从科克手里抽回手来，科克却更紧地握住洪钧的手并摇了摇，冲他眨了下眼睛说：“Jim，顺便提醒你，你以后可以坐商务舱了。”

二〇〇五年五月至八月　完成初版书稿

二〇一七年十一月　完成修订版书稿